Caminhos do Romance em Portugal

Estudos Literários 47

ANDRÉA TRENCH DE CASTRO

Caminhos do Romance em Portugal
Camilo, Eça e o Folhetim Francês

Copyright © 2015 by Andréa Trench de Castro

Direitos reservados e protegidos pela Lei 9.610 de 19 de fevereiro de 1998.
É proibida a reprodução total ou parcial sem autorização, por escrito, da editora.

Dados Internacionais de Catalogação na Publicação (CIP)
(Câmara Brasileira do Livro, SP, Brasil)

Castro, Andréa Trench de
Caminhos do Romance em Portugal: Camilo, Eça e o Folhetim Francês / Andréa Trench de Castro – Cotia, SP: Ateliê Editorial, 2015. – (Coleção Estudos Literários)

ISBN 978-85-7480-696-9

1. Castelo Branco, Camilo, 1825-1890   2. Crítica Literária   3. Literatura portuguesa   4. Romance português   5. Queirós, Eça de, 1845-1900   I. Título.   II. Série.

15-00544   CDD-801.95

Índices para catálogo sistemático:
1. Análise literária   801.95

Direitos reservados à
ATELIÊ EDITORIAL
Estrada da Aldeia de Carapicuíba, 897
06709-300 – Granja Viana – Cotia – SP
Telefax: (11) 4612-9666
www.atelie.com.br / contato@atelie.com.br
2015
Printed in Brazil
Foi feito o depósito legal

Sumário

Agradecimentos 9

Prefácio 11

Introdução. 15

   A Capital Política e Cultural. 21

   Do Comparatismo em História Cultural 27

   O Monopólio da Ficção Francesa: Por que "os Romances
   Chegam para Ficar"? 35

1. Camilo Castelo Branco e Eça de Queirós sob o Signo
   do Folhetim 49

2. Uma Viagem pelos Mistérios: Confluências e
   Divergências entre Eugène Sue e Camilo Castelo Branco. . . . 69

   A Instância Narrativa: Os Papéis do Narrador e do
   Narratário 97

3. *O Mistério da Estrada de Sintra*: A Estreia Folhetinesca de Eça de Queirós e Ramalho Ortigão 125

O *Fait Divers* e seu Desenvolvimento no Século XIX 136

Os Mistérios de Marselha e *O Mistério da Estrada de Sintra*: Porque os Realistas Também Escrevem sobre os Mistérios! 144

Estratégias Paródicas e Subversão dos Modelos Empregados: *O Fait Divers* e o Folhetim em Evidência 164

4. Os "Mistérios" Portugueses: Camilo Castelo Branco, Eça de Queirós e a Desvirtuação de Modelos Precedentes – um Ímpeto Original 191

Conclusões 201

Referências Bibliográficas 205

Sobre a Autora 213

Agradecimentos

O presente livro é resultado da pesquisa de mestrado que desenvolvi na Universidade de São Paulo sob a orientação do professor Paulo Motta Oliveira. Trata-se, assim, da dissertação que defendi em junho de 2012. Gostaria, em primeiro lugar, de agradecer ao Paulo pela preciosa orientação de alguns anos de pesquisa, iniciada em 2007 e, sobretudo, pela amizade que estabelecemos nesses anos acadêmicos. Agradeço também aos professores que participaram de minha banca de mestrado: professora Maria Lúcia Dias Mendes e professor Sérgio Nazar David, que incentivaram firmemente a publicação deste livro e apoiaram a realização deste projeto. Ao professor Benjamin Abdala Junior, agradeço também pelo apoio à publicação periódica de meus estudos, e ao professor Cândido de Oliveira Martins, por me apresentar a *Revista Portuguesa de Humanidades* (Braga-Portugal), onde expus em 2013 e 2014 parte de minhas investigações acadêmicas.

Não poderia deixar de mencionar e agradecer ao Departamento de Letras Clássicas e Vernáculas da Universidade de São Paulo, pela possibilidade de realizar minha pesquisa de mestrado, bem como aos seus excelentes professores, que tanto me inspiraram. A meus amigos e amigas da Universidade de São Paulo e de tantas outras, que conheci nos congressos e eventos da área, muito grata pelo apoio e amizade.

Aos meus pais, Monica Trench de Castro e Wagner de Castro, agradeço pelo apoio e incentivo concedidos durante os anos de graduação e mestrado em Letras, e, principalmente, pelo orgulho com que se referem a mim e a minha trajetória de estudante e pesquisadora. Ao meu irmão, Fábio Trench de Castro, pelos incontáveis momentos em que me fez rir e distrair-me de alguns percalços, ajudando-me a encarar a vida com mais humor e espontaneidade.

Aos meus sogros, Maria Laura Valiante Peixoto e Gilberto Santo Covre, pelo apoio e carinho com que sempre acolheram minhas escolhas, e pelo exemplo de ética, honestidade e dedicação. Com carinho agradeço ao Helber Peixoto Covre, pela paciência, amor e devoção com que me acolheu, incentivando-me em todas minhas escolhas e orgulhando-se de todos os meus passos.

Gostaria de agradecer, ainda, ao Conselho Nacional de Desenvolvimento Científico e Tecnológico (CNPq), pela concessão das bolsas de iniciação científica e de mestrado, e à Fundação de Amparo à Pesquisa do Estado de São Paulo (Fapesp), pela concessão de uma bolsa de iniciação científica e por auxiliar a publicação deste livro.

Prefácio

Na história da consolidação do moderno romance português da segunda metade do século XIX, as figuras de Camilo Castelo Branco e de Eça de Queirós ocupam um lugar absolutamente canônico. Porém, quer pela dimensão considerável e complexidade evolutiva das suas obras, quer pela acumulação de alguns estereótipos reconhecíveis, a crítica e a história literárias nem sempre abarcam a complexidade e os significados da primordial criação literária destes autores, mostrando-se desse modo um discurso aberto, em permanente e desejável revisão.

Um dos casos paradigmáticos de leitura nem sempre benfeita, porque assente em alguns lugares-comuns, reside na interpretação do cultivo oitocentista do popular gênero (e subgêneros) do *romance-folhetim*, presente na etapa inicial dos dois autores estudados e alvo de visões preconceituosas ou apressadas, sendo gênero relegado para as margens da *paraliteratura*. Para uma revisão crítica do tema, torna-se pertinente uma leitura sociológico-cultural do campo e do mercado literários do Oitocentos, por um lado; e por outro, uma visão comparatista que interrogue as singularidades da difusão do romance-folhetim em Portugal, sobretudo a partir do centro irradiador francês, na sua inquestionável supremacia cultural, não ignorando também o impacto da história do livro e da leitura, bem como o influente desenvolvimento da história da imprensa.

É justamente neste âmbito de pesquisa que se insere o presente estudo de Andréa Trench de Castro, autora do presente ensaio e de outros estudos entretanto publicados. *Caminhos do Romance em Portugal: Camilo, Eça e o Folhetim Francês* foi inicialmente um trabalho acadêmico, concebido como tese de mestrado, defendida com sucesso na Faculdade de Filosofia, Letras e Ciências Humanas da Universidade de São Paulo (USP), em 2012.

Num contexto de assinalável crescimento do público leitor e de mudança dos hábitos de leitura em meios sociais burgueses cada vez mais alargados, a produção romanesca oitocentista responde diretamente a essa procura, sendo a escrita folhetinesca um dos fenômenos mais populares. O caso português mostra-se particular nesse processo de difusão e de apropriação de um gênero singular, permeável ao influxo transformador da escrita de dois autores como Camilo e Eça, nomeadamente em etapa inicial e menos valorizada dos seus percursos, mas também de afirmação do romance moderno português.

Partindo de um informado estado da questão e de atualizadas perspectivas teórico-críticas – como as de Franco Moretti (em *Atlas do Romance Europeu*), de Carlo Ginzburg e de Michel Espagne, mas também de Yves Olivier-Martin ou de Umberto Eco –, a autora propõe-se ler comparativamente as obras *Mistérios de Lisboa* (1853), de Camilo, e *O Mistério da Estrada de Sintra* (1870), de Eça e Ramalho Ortigão, na sua relação com a fecundante e hegemônica matriz francesa (de um Eugène Sue, Dumas e tantos outros), por um lado; e por outro, o singular enraizamento do gênero na realidade cultural portuguesa, tão eivada de influências e de traduções francesas, numa lógica relacional centro/periferia no que respeita à circulação de modelos e convenções estético-literárias no espaço europeu. A referida opção crítico-metodológica não impede Andréa Trench de Castro de, justificadamente, alargar o seu escolhido *corpus* de análise a outras referências literárias múltiplas, estabelecendo assim afinidades e relações pertinentes.

De fato, estruturando intensa e pateticamente as narrativas de "Mistérios", a retórica da *Imaginação Melodramática* (Peter Brooks), tão do gosto de uma grande massa de público burguês, explica em grande medida a enormíssima popularidade da escrita folhetinesca. E é nesta denunciada e censurada concessão (aparente ou real) ao gosto público dominante que radicam algumas das principais críticas de muitos estudiosos da produção folhetinesca.

Como sabemos, essas críticas denunciam insistentemente a reiteração de temas obsessivos, as eficazes fórmulas narrativas e os excessos da teatral farmacopeia romântica e ultrarromântica; mas, ao mesmo tempo, nem sempre avaliam de modo conveniente a ambiguidade da atitude metaliterariamente desconstrutiva e paródica nela contida – como ocorre na pena camiliana ou queirosiana –, entre outros aspectos a ter em devida conta na postura crítica e original dos autores estudados.

Essas diferenças e modulações interpretativas, superadoras do divulgadíssimo modelo francês manifestam-se, por exemplo, ao nível da instância narrativa, nas atuantes funções atribuídas ao narrador (ostensivamente presente e interventivo) e ao narratário; mas igualmente na configuração dos heróis e das demais personagens, ou ainda na articulação das expectáveis peripécias narrativas, com emoções fortes e arroubos passionais, mistérios e desvelamentos, crimes e vinganças, ingredientes fantásticos e sobrenaturais, aparições de *deus ex machina* e atração pelo *fait divers* etc. Sem esquecer, marginalmente, uma visível preocupação de investimento semântico ao nível paratextual, num registo entre a sedução e a ironia, o provocatório e a mistificação, com óbvias ligações a subversivas estratégias parodísticas, no âmbito deste intenso diálogo sobre importações ou transferências culturais, no trânsito entre o molde e as inovações.

Estas e outras estratégias compositivas e discursivas dos romancistas em análise, aliadas a uma narrativa de atualidade, a que se deve somar o ambíguo e provocatório jogo da ironia e da paródia, num continuado processo metaficcional sobre a bem-sucedida *máquina folhetinesca*, configuram assim uma poética romanesca implícita e uma opção literária articulada com o meio social e cultural concreto, merecendo a detida e informada análise crítica da autora neste seu estudo.

É justamente esta constante dialética de aproximação *versus* diferença, por parte dos escritores portugueses diante do formato do modelo francês – numa constante lógica de imitação/originalidade, de adesão e crítica, ou de tradição e reescrita –, que o presente estudo procura analisar detalhadamente. Por conseguinte, reside aqui o apreciável contributo da autora do presente livro: avaliar de modo fundamentado e esclarecido como as referidas obras de Camilo e de Eça dialogaram criticamente com um influente modelo literário europeu, tão em moda no meio literário português; e, ao mesmo tempo, como essas obras contribuíram para a solidificação do moderno romance português do Oitocentos, no âmbito da lógica sedutora e imparável de gêneros e subgêneros romanescos. Com essa articulada reflexão, a autora concorre decisivamente para uma leitura menos preconceituosa da difundida escrita folhetinesca, afinal uma fase da escrita evolutiva de Camilo Castelo Branco e de Eça de Queirós e um dos rostos do metamórfico romance oitocentista.

Com evolução bastante distinta, os estudos camilianos e queirosianos beneficiam enormemente de abordagens cruzadas como esta de Andréa Trench de Castro, cuja metodologia hermenêutica, ao deter-se diacrônica e criticamente sobre especificidades de duas obras do percurso inicial dos dois escritores centrais da literatura portuguesa oitocentista, apresenta um assinalável contributo para a renovação da crítica e da história literárias.

José Cândido de Oliveira Martins
Universidade Católica Portuguesa
(Braga – Portugal)

Introdução

Camilo Castelo Branco e Eça de Queirós, escritores praticamente contemporâneos, situam-se em importante período da literatura portuguesa: o de consolidação de um gênero que só recentemente delineara seus primeiros contornos, sendo importantes representantes, ao lado de Júlio Dinis, do "advento de uma nova época" (Simões, 1969, p. 121), aquela em que observamos a ascensão do romance moderno português, segundo Gaspar Simões, na *História do Romance Português*. E continua o autor:

> Efetivamente, o nosso romance atingia a segunda metade do século sem ter produzido uma obra-prima indiscutível. À volta de 1850 ainda não havia entre nós nenhum grande romancista. O nosso romance ainda não se afirmara na plenitude das virtualidades que nos permitisse dizer que possuíamos, de fato, um romance nosso, um romance moderno português. Só então, a partir de 1851, com o aparecimento do *Anátema*, de Camilo Castelo Branco, e de 1866, com a publicação

de *As Pupilas do Senhor Reitor*, de Júlio Dinis, a situação se modifica. Com estes dois escritores atinge a novelística portuguesa do século XIX uma maturidade que é já porta aberta para a criação de uma literatura romanesca capaz de ombrear com a estrangeira, sejam quais forem as suas insuficiências e limitações intrínsecas (1969, p. 121).

Se o romance histórico determina boa parte da produção novelística da primeira metade do século XIX, o romance da segunda metade desse século, caracterizada então como uma "nova época", erige-se sob a influência da presença massiva de um novo modo de produção, cujos primeiros contornos nascem na França e encontra ecos em diversas produções portuguesas: o romance-folhetim.

Se nosso objetivo é realizar uma detida aproximação da produção inicial de Camilo e Eça, desmistificando lugares-comuns e visões generalistas que comumente, para fins didáticos, distanciam os dois escritores, é de suma importância realizar um estudo também abrangente a respeito desse novo modo de ficção que domina boa parte do século XIX, propiciando um diálogo bastante estreito entre diversos escritores, a par do que faz a crítica de modo geral[1]: depreciar ou diminuir a importância do romance-folhetim, preocupando-se em delimitar os contornos que separam a literatura da "paraliteratura".

Ao analisar de forma mais profunda a problemática e a polêmica que residem nessa rígida separação entre a Literatura (com L maiúsculo, como ressalta o autor) e a paraliteratura, de forma a conceder à última um rol de características, leis de expres-

---

1. É importante ressaltar que, a par do descrédito que sofre o romance-folhetim por parte da crítica e da história da literatura de modo geral, há significativos estudos a seu respeito, que o tomando como objeto de estudo necessário e intrínseco à formação das literaturas nacionais, foram de relevante contribuição para o presente estudo. Entre eles, destacamos as obras: *Letteratura e Vita Nazionale* (1950) de Antonio Gramsci; *Entretiens sur la Paralittérature* (1967), de Noël Arnaud, Francis Lacassin e Jean Tortel; *Histoire du Roman Populaire en France* (1980), de Olivier-Martin; *Folhetim: uma História* (1996), de Marlyse Meyer; *Mágico Folhetim: Literatura e Jornalismo em Portugal* (1998), de Ernesto Rodrigues.

são e funcionamento próprios, Jean Tortel sublinha, contudo, a heterogeneidade e a indeterminação desse campo da "paraliteratura", que fica, portanto, a definir, carente de estudos. Assim mesmo, se a teoria e crítica literárias consagraram alguns escritores tipicamente estudados no âmbito da ascensão do romance, é porque se sabe de antemão que "certas obras e certos autores podem servir de referências" (Tortel, 1970, p. 13), tais como Flaubert, Proust ou Robbe-Grillet, exemplos citados pelo autor. No entanto, como ele mesmo afirma, "seria de certa forma incongruente, ou de fato inconcebível que nos propuséssemos a examinar, por exemplo, o problema do mal em Eugène Sue, os temas fáusticos em Frédéric Soulié, as estruturas do imaginário em Ponson du Terrail" (1970, p. 13). Conclui o autor aproximando os escritores citados de um Balzac, por exemplo, através dos seguintes argumentos:

> [...] a forma expressiva denominada romance é tão explícita, tão demonstrada nas *Memórias do Diabo* ou nos *Mistérios de Paris* quanto em *Madame Bovary* – a ambição prévia à escrita de um Frédéric Soulié ou de um Eugène Sue é muito comparável àquela de Balzac e a retórica do relato não é muito diferente. Em suma, ainda que a intenção seja a mesma e que o resultado seja um objeto da mesma natureza, constata-se que a separação tornou-se radical entre Balzac e dois de seus contemporâneos [...]. Toda crítica do romance se referirá a Balzac, ao passo que Soulié ou Sue jamais fornecerão matéria a qualquer ponto de partida crítico (1970, pp. 13-14)[2].

A este propósito, é interessante lembrar que Peter Brooks, em sua importante obra *The Melodramatic Imagination*, à qual nos referiremos mais adiante, analisa justamente a presença do melodrama e o que chama de "modo melodramático" na obra de Balzac, lembrando, no entanto, que um dos grandes responsáveis

---

2. As traduções de todas as citações de teoria e crítica literária em francês são de nossa responsablidade. Os títulos originais podem ser encontrados na bibliografia final.

pelo desenvolvimento, êxito e auge do gênero fora Eugène Sue, com *Os Mistérios de Paris* e sua intensa exploração do submundo parisiense, onde se luta para fazer reinar o signo do Bem e da Virtude.

Assim mesmo, ambos os autores situam o aparecimento do romance popular (no caso de Tortel) e do melodrama (no caso de Brooks) a partir do nascimento do mundo moderno, da eclosão da sensibilidade romântica e dos princípios da industrialização (cf. Tortel, 1970, p. 23). Tortel ainda ressalta a coincidência do apogeu do romance popular com a transformação de importantes elementos da sociedade francesa: "a grande transformação mecânica, a predominância da burguesia, a constituição das primeiras grandes massas proletárias" (1970, p. 23).

Para os estudiosos da história do livro, por seu turno, o romance-folhetim é de extrema importância para o estudo de relevantes questões relativas ao desenvolvimento da Imprensa e, por outro lado, do livro; ao crescimento do público leitor, bem como da transformação da leitura – atividade antes restrita a uma pequena elite, que diante de uma intensa revolução ou mutação cultural, bem como de uma ascensão social da população (cf. Crubellier, 1986, p. 27), passa a ser atividade "corrente" e em crescente expansão; e, ainda, fundamental no que diz respeito ao surgimento e unificação das literaturas nacionais, que se vendo em direta concorrência com o grande centro irradiador da arte, da cultura e da literatura – a França, como bem sabemos – passaram a produzir romances que pudessem fazer frente à intensa produção francesa, ainda que fortemente a ela ligados. Explica Jean-Yves Mollier, importante estudioso da história do livro e da leitura:

Reproduzível ao infinito, ou quase, o que não acontecia com o romance vindo antes dele, o folhetim destruiu as estruturas das livrarias tradicionais, pulverizou os limites do antigo leitorado, fez recuar as fronteiras de que separavam a população provida de livros do povo privado de material impresso. Capaz de adentrar em quase todos os lares, ele se tornou um elo entre as gerações de leitores, a base ou o centro de uma cultura comum e o ponto de partida da uniformização, ainda que relativa, das culturas nacionais até então extremamente separadas.

Seu triunfo foi inegável, e sua capacidade em superar todos os outros gêneros anteriores na preferência do público foi surpreendente [...]

Sua irradiação internacional imediata, sua faculdade de fazer surgir, senão de criar, literaturas nacionais, demonstram sua força mesmo que ele permaneça, ainda hoje, um gênero literário desdenhado, quando não desprezado, pelas instituições acadêmicas (2008, p. 96).

Assim, para além de conotações pejorativas que sempre contornaram a análise do gênero, diante de sua profícua produção, imensa popularidade e acentuada importância para a história do livro, da leitura e do "estímulo" à produção das literaturas nacionais, pretendemos entender como e em quais circunstâncias se deu sua ascensão, e, sobretudo, entender como se realizou a apropriação portuguesa da literatura folhetinesca francesa, com vistas a aproximar e comparar a fase inicial da produção literária dos já mencionados autores portugueses.

Dessa forma, para além de uma comparação que busca ressaltar pontos em comum entre a obra de Camilo Castelo Branco e Eça de Queirós, tarefa já de antemão incomum, também acreditamos que o presente estudo pode nos proporcionar a abertura de um panorama mais amplo a respeito dessa fase da literatura portuguesa, em que o influxo da literatura estrangeira, especialmente francesa, se fazia vigente e influenciava os rumos da literatura nacional. O período em que o romance português delineia contornos mais nítidos, portanto, entre cujas "influências" certamente se encontra a do romance-folhetim francês, sugere uma interessante investigação ao estudioso da literatura portuguesa.

Assim mesmo, importa ressaltar que, como afirma Maria Alzira Seixo, embora alguns autores possam sempre ser vistos enquanto pares opostos, ou como "desemparelhados" – "espécies de grandes sombras tutelares que conseguem uma afirmação solitária, por vezes desvanecida pela cintilação alternada do par próximo" (2004, p. 14), como certamente é o caso de Camilo e Eça, e a despeito do "constante reenvio da novela camiliana para uma situação artística de inferioridade em relação ao romance de Eça de Queirós, [...] a história literária, como toda a História, se ocupa de *movimentações colectivas*, e não existem *percursos singulares* no vasto mundo que a todos os Raimundos respeita" (2004, p. 15, sublinhados meus).

Nesta instigante introdução feita ao seu livro de ensaios camilianos, a autora nos sugere a evolução de movimentos coletivos na história literária, apontando, mesmo que implicitamente, para a importância do par Camilo/Eça para essa conjuntura, descartando a vigência de percursos singulares. É com este objetivo que nos propomos debruçar sobre parte da obra de ambos os escritores, parte que é e foi geralmente ignorada pela crítica literária, preterida em favor das obras ditas "maduras", nas quais Camilo e Eça puderam revelar seus dotes de romancista e sua acuidade artística no trato de questões intrínsecas à sociedade portuguesa, revelando o substrato sócio-histórico de suas matérias.

Elegeremos, no entanto, como objeto de nosso estudo, a obra inicial dos escritores, de molde romanesco e inspirado na matriz francesa do romance-folhetim, com a qual os autores despontaram na cena literária. Nossa eleição tem como objetivo analisar os diálogos que em torno da forma romanesca se erigiram em seus primeiros romances, a partir do uso de diversas estratégias elaboradas com o intuito de subverter as formas desenvolvidas na literatura francesa, criando novos moldes que reclamam, por sua vez, investigação e análise.

Portanto, para além de um estudo comparativo e aproximativo entre Camilo Castelo Branco e Eça de Queirós, focalizando a fase inicial de suas obras, pretendemos lançar um olhar mais cuidadoso sobre parte da produção do romance-folhetim português, em sua estreita relação com a matriz francesa, com vistas a mostrar, sobretudo, os elementos que se distanciam desta, isto é: analisaremos de que maneira os romancistas portugueses, em sua fase de estreia e de consolidação da ascensão

INTRODUÇÃO

do romance português, travaram um diálogo com a literatura provinda do centro, revelando modos distintos e originais que deram base à criação de um romance português próprio e com características diferenciadas.

A CAPITAL POLÍTICA E CULTURAL

> *Sem dúvida, seria necessário comparar o tropismo parisiense em matéria de edição literária do século XIX ao XX com aquele de Hollywood, em matéria de cinema a partir da década de 1920*[3].

Aspecto evidenciado por muitos historiadores do livro e da leitura, sabe-se que a arte, a literatura e a cultura de modo geral têm na França seu grande centro produtor e irradiador, influenciando em larga medida os parâmetros culturais europeus e também extracontinentais, devido, em grande parte, à importância da língua, da literatura e da imprensa francesas. Dessa forma, não só monopolizando a produção literária no século XIX, em grande concorrência com a Inglaterra, não chegando, contudo, a ter seu estatuto de "nação literária" abalada, a França também tem uma incrível capacidade de exportar seus produtos culturais e, dessa forma, de influenciar as bases das literaturas nacionais, que se veem obrigadas a com ela concorrer, ou ao menos fazer-lhe frente na produção. Novamente recorreremos a Mollier, que em matéria de história cultural e do livro, bem como a respeito da expansão e exportação da literatura francesa, fornece-nos interessantes e esclarecedores panoramas:

3. "Sans doute faudrait-il comparer le tropisme parisien en matière d'édition littéraire du XIXe siècle au XXe siècle avec celui d'Hollywood, en matière de cinéma depuis les années 1920". Jean-Yves Mollier. In: "La Construction du Système Éditorial Français et son Expansion dans le Monde du XVIIIe siècle au XXe siècle". In: Jacques Michon e Jean-Yves Mollier (orgs.), *Les Mutations du Livre et de l'Édition dans le Monde*, Canadá, Presses de l'Université Laval, 2001.

O mercado de livros franceses do Antigo Regime se beneficia evidentemente da *atração que exerce o modelo cultural francês* desde o nascimento da República das Letras até o Século das Luzes [...] Esse tropismo ou esse magnetismo não desaparecerão após a Revolução Francesa e perdurarão até a segunda metade do século xx. [...]

Assim, a primeira marca de originalidade do mercado de livros franceses do Antigo Regime reside na sua *capacidade de exportar uma cultura ou uma literatura* – em amplo sentido – que reclame um público não estritamente nacional [...] (2001, pp. 50-51, sublinhados meus).

Ressalta o autor, em seguida, que um dos grandes responsáveis pela expansão do leitorado francês e estrangeiro fora o "livro de lazer ou divertimento", ao passo que na Alemanha, por exemplo, se privilegiava as formas ou gêneros mais nobres da literatura em detrimento de tais gêneros inferiores, o que bem exprime o termo *triviallitteratur*. Assim mesmo, sabe-se que a literatura francesa desde o Romantismo ao Naturalismo, passando pelo Realismo, permanecia ansiada pelo mundo todo, o que facilitava enormemente a sua expansão, revelando "a força do modelo francês e de sua atratividade" (2001, p. 61). Não deixando de mencionar Portugal, objeto específico de nossa pesquisa, o autor lembra que muitas das livrarias portuguesas, especialmente as de Lisboa e do Porto, eram pertencentes a franceses expatriados, mas não somente: muitos franceses viriam a ter um intenso contato com a Península Ibérica, trazendo durante anos as "frescas" novidades literárias da grande capital da cultura. Dessa forma, o resultado esperado é, com efeito, uma intensa "aclimatação" dos produtos culturais franceses em terras portuguesas e espanholas, de modo que os escritores da época tinham, obviamente, contato com a literatura francesa e, sobretudo, ciência das tendências literárias francesas e dos desejos, portanto, do público leitor português, como é claramente o caso de Camilo Castelo Branco e Eça de Queirós, o que fica comprovado pela leitura de muitos de seus romances e das crônicas jornalísticas de Eça, desde o *Distrito de Évora* até *As*

Farpas, onde o escritor não cessa de trazer à tona o tema da literatura, suas tendências, as preferências do público e o estado (decadente) da então atual literatura portuguesa. Assim, conclui Mollier: "Vê-se perfeitamente bem que o sistema francês se revela capaz de exportar para além de suas fronteiras e de influenciar profundamente a construção de um mercado de livros espanhóis e portugueses que levará muitas décadas para emancipar-se da tutela original" (2001, p. 61).

Assim como Jean-Yves Mollier, a quem inúmeras vezes recorremos com vistas a esclarecer as marchas estrangeiras da literatura francesa, também outros importantes autores trataram a respeito da "supremacia" da literatura francesa no século XIX, aportando novos e significativos aspectos a respeito da intensa exportação da literatura e cultura francesas, e seu consequente domínio no mundo recém-letrado. É o caso de recorrermos, também, a Frédéric Barbier e Franco Moretti, tendo o último importância capital para o estudo aqui desenvolvido. Esclarecendo todas as transformações pelas quais a Imprensa francesa passou no século XIX, bem como as revolucionárias técnicas desenvolvidas e a acelerada marcha dos romances franceses que resultou desses processos, Barbier lembra que, no entanto, a França já era há algum tempo o centro da Europa, marcando e definindo tendências culturais e artísticas: "O século XVIII havia sido o século da 'Europa francesa'. Em ampla medida, o século XIX persegue essa tradição" (1986, p. 269). Lembra também o autor que, a despeito do grande desenvolvimento da Imprensa e das técnicas francesas, "surge uma nova concorrência internacional, aquela do inglês" (1986, p. 269).

Franco Moretti, por sua vez, vai acabar com a dúvida da questão e, embora ressalte também a luta entre França e Inglaterra pelo poder simbólico, não há como hesitar a respeito da hegemonia da literatura francesa e da França como grande centro cultural e político. A questão atingirá contornos mais nítidos e análises ainda mais problemáticas quando o crítico revela os embates vividos entre as literaturas cêntricas e periféricas no século XIX e os problemas da difusão conflituosa. Ressaltando a "luta pela hegemonia cultural" e repetidamente sublinhando aspectos e termos como a "hegemonia e a influência simbólicas", a "superioridade francesa" e a "supremacia do romance francês", Moretti constata: "centralização, semelhança forçada, dependência... Esse não foi um processo indolor" (2003, p. 175).

Ao analisar as questões de "centro e periferia" no processo de difusão do romance europeu, dessa forma, afirma o autor que "o centro exerce um controle quase incontestе [...]: o romance é o mais centralizado de todos os gêneros literários" (2003, p. 175). Mais adiante, assinala que ao passo que o "consumo de ficção estava se tornando mais e mais *generalizado*, sua produção estava ficando mais e mais *centralizada*" (2003, p. 181, sublinhados do autor). Por fim, ao ressaltar que o romance europeu tem seu centro na França e na Grã-Bretanha, o autor pontua:

> O romance fecha a literatura europeia a todas as influências externas: fortalece, e talvez até estabeleça, sua *Europeaness*. Mas essa mais europeia das formas segue adiante, privando a maior parte da Europa de toda autonomia criativa: duas cidades, Londres e Paris, dominam o continente inteiro por mais de um século, publicando metade (se não mais) de todos os romances europeus. É uma *centralização* brutal, sem precedentes, da literatura europeia (2003, p. 197, sublinhados do autor).

Na mesma seção do *Atlas do Romance Europeu*, intitulada "Mercados Narrativos", Moretti retoma a teoria das "três Europas":

> Em um extremo, o que Wallterstein chama de "centro": um grupo precoce, versátil e muito pequeno [...]. No extremo oposto, a "periferia": um grupo muito grande, mas com muito pouca liberdade e pouca criatividade. E, no meio dessas duas posições, um agrupamento híbrido combinando traços de ambos: a "semiperiferia". Uma área de transição, de desenvolvimento combinado (2003, p. 184).

Mais adiante, o autor sublinha as consequências dessa cisão desigual para a formação do mercado literário europeu no século XIX:

Com o romance, portanto, um mercado literário comum surge na Europa. Um mercado: por causa da centralização. E um mercado *muito desigual*: também por causa da centralização. [...]. Os leitores húngaros, italianos, dinamarqueses, gregos se familiarizam com a nova forma por meio dos romances franceses e ingleses: e, também, inevitavelmente, os romances franceses e ingleses se tornam *modelos a ser imitados* (2003, p. 197, sublinhados do autor).

Enfatizando ainda as "relações de poder" (2003, p. 200) que determinaram a ascensão e difusão do romance na Europa e também fora dela, a conclusão de Moretti não é nada redentora, e nos coloca em uma posição bastante desconfortável e delicada, ao termos apenas de "aceitar" as posições de centro e periferia, as mazelas dessa "centralização brutal" (2003, p. 197) e a existência de algumas "réplicas 'mal-resolvidas' de alguns modelos bem-sucedidos em todo o mundo" (2003, p. 206). E fica o fatídico convite que oferece à crítica literária, depois de dar relevo, mais uma vez, à "dependência [...] como força decisiva da vida cultural" (2003, p. 205) dos subdesenvolvidos:

E um dia, quem sabe, uma crítica literária finalmente transformada em uma *morfologia histórica comparativa* possa ser capaz de enfrentar o desafio desse estado de coisas e reconhecer na variação geográfica e na dispersão de formas o poder do centro sobre uma enorme periferia (2003, p. 205, sublinhados do autor).

Interessa-nos aqui, para além de questionar ideias como as de dominação, hegemonia cultural e influências, assinalar alguns pontos que nos parecem centrais da fala de Moretti: que devido à presença avassaladora da produção ficcional francesa e inglesa, a maior parte da Europa teria sido privada de autonomia criativa. Considerando as traduções e publicações dos mencionados países, de fato, o autor mostra a presença massiva de tais literaturas em diversos gráficos e mapas que ilustram o *Atlas do Romance Europeu*; no entanto, não consideramos que tenham *privado* as demais literaturas de sua *autonomia criativa*:

desejamos mostrar que Camilo Castelo Branco e Eça de Queirós, entre outros, naturalmente, encontraram outras formas de realização artística, criando um romance português com características particularizadas e bastante dissonantes, inserindo-se na posição de quem dialoga criticamente, e não simplesmente de passivos "influenciados". Nosso estudo, entre outros objetivos, versará, portanto, sobre a suposta verdade da afirmação de que após o processo da centralização brutal do romance constataríamos apenas a existência de algumas "réplicas mal resolvidas" dos modelos do romance europeu central. Ao comparar a produção inicial de dois grandes romancistas do porte e significação de Camilo e Eça, perguntamo-nos se é lícito confirmar a existência de cópias inferiores dos modelos franceses. Cremos que uma análise detida dos romances *Mistérios de Lisboa* e *O Mistério da Estrada de Sintra*, e uma comparação entre estas obras iniciais dos escritores, bem como a comparação com a matriz francesa do gênero, poderão trazer novos elementos e problematizar as questões postas por Moretti.

Além disso, é de nosso interesse promover uma crítica literária que compare os dois escritores com a matriz francesa com vistas a ressaltar as diferenças que se encontram entre os escritores portugueses e a produção ficcional francesa, e não continuar reiterando os elementos desta produção presentes na literatura portuguesa. Como ressalta Michel Espagne, importante autor ao qual nos referiremos mais adiante: "As comparações acentuam primeiramente as diferenças antes de contemplar os pontos de convergência. O processo mesmo da diferenciação, em segundo plano com relação a imbricações preexistentes, encontra-se oculto" (1994, p. 118).

Visto que é de comum acordo entre diversos críticos portugueses a presença massiva de elementos da narrativa francesa na inicial produção romanesca portuguesa, o estudo comparativo nos parece desnecessário se tiver como objetivo a detecção de semelhanças e a constatação desta influência. Dessa forma, não nos interessa promover uma crítica que se baseie na demonstração do "poder do centro sobre uma enorme periferia",

INTRODUÇÃO

explicitada por Moretti em termos quantitativos e não quali-
tativos, eximindo-se o crítico da análise das obras ditas periféricas[4]. Como objetivo primordial de nossa análise, cabe-nos,
portanto, aproximar parte da produção dos escritores portugueses revelando aspectos comuns que caracterizaram a ascensão
do romance português ressaltando, por outro lado, os modos
criativos com que surgiram na cena literária, para além de uma
simples verificação da influência francesa.

DO COMPARATISMO EM HISTÓRIA CULTURAL

> *Identificar pura e simplesmente a periferia com o*
> *atraso significa, em última análise, resignar-se a escre-*
> *ver eternamente a história do ponto de vista do vencedor*
> *do round*[5].

Contrariando a visão generalista e, quer-nos parecer, bastante redutora de Moretti, outros estudiosos e historiadores da
cultura propuseram novos limites para o comparatismo em história cultural, cujas contribuições trazem nova luz aos estudos
da literatura comparada e, especialmente, à pesquisa que nos
propomos realizar, interessada em reverter algumas opiniões
aceites de modo geral. Assim, exporemos nesta seção os conceitos a respeito da literatura comparada com os quais pretendemos trabalhar, buscando comparar a obra inicial de Camilo
e Eça com ferramentas que visem, sobretudo, as diferenças que

4. Há outros textos do autor que proporão uma revisão da teoria contida no *Atlas
do Romance Europeu*, nos quais se observa a questão da influência do centro
sobre as "periferias" de modo muito menos generalizador e bastante mais mo-
derado, assumindo, desta vez, a possibilidade de efetivas mudanças e transformações na literatura periférica a despeito das influências disseminadas pelas
literaturas cêntricas. Trata-se, especialmente, do texto "Conjecturas sobre a Literatura Mundial", presente em Emir Sader (org.), *Contracorrente: o Melhor da
New Left Review em 2000*, Rio de Janeiro, Record, 2001, do qual trataremos mais
adiante, buscando contrapô-lo às teorias iniciais do *Atlas do Romance Europeu*.
5. Carlo Ginzburg, *A Micro-história e Outros Ensaios*, Rio de Janeiro, Bertrand Brasil, 1991.

se interpuseram no caminho dos *best-sellers* franceses em direção a Portugal, caindo nas mãos de grandes e críticos romancistas, como é o caso de nossos autores em questão, e que visem, também, a possibilidade do surgimento de novas matérias, transformadas, em que a apropriação dos elementos estrangeiros significa antes uma reinterpretação e uma recriação, em que importa substancialmente o posicionamento do indivíduo que recria, do que uma "réplica mal resolvida", como quer Franco Moretti. Recorreremos, dessa forma, a algumas contribuições de Carlo Ginzburg e de Michel Espagne.

A respeito das contribuições de Carlo Ginzburg, apenas abriremos o panorama acerca do comparatismo em história cultural, já que, ao passo que Espagne trabalha com as transferências artísticas e científicas ocorridas entre França e Alemanha, o que se acerca muito mais de nosso objeto de pesquisa, o historiador italiano traça um panorama da pintura e da arquitetura ao longo dos séculos na Itália, formulando alguns conceitos, no entanto, que vão ao encontro de nossas reflexões a respeito da comparação entre os autores portugueses e franceses.

Traçando um longo panorama da arte italiana ao longo dos séculos, o historiador busca comprovar que, nem sempre, as produções artísticas das cidades ou das regiões tidas como "periféricas" ou "provincianas" podem ser consideradas com evidente atraso, inferioridade ou subalternidade com relação às produções vindas dos grandes centros artísticos. Dessa forma, analisando diversos momentos em que as regiões periféricas da Itália, com relação aos grandes centros como Roma, Milão ou Veneza, apresentaram formas "alternativas", de "resistência aos modelos" ou ainda a criação de "novos paradigmas", mostra-nos o autor que as noções de atraso, influência e periferia devem ser postas, dessa forma, em questão. É, portanto, a partir da noção de *conflito* que devemos tratar a relação entre centro e periferia, e não apenas de *difusão*, situando-nos a partir de uma perspectiva polivalente (cf. Ginzburg, 1991, p. 7), isto é, que não se restrinja a "reconhecer na variação geográfica e na dispersão de formas o poder do centro sobre uma enorme periferia", pro-

INTRODUÇÃO 29

posta de Franco Moretti a respeito de uma "morfologia histórica comparativa". É em resposta ao conhecido axioma de Kenneth Clark, que afirma que "a história da arte europeia foi, em larga medida, a história duma série de centros de cada um dos quais irradiou um estilo" (*apud* Ginzburg, 1991, p. 6), que Ginzburg procura renovar a teoria a respeito do provincianismo ou da "periferização" da arte[6].

Após apresentar algumas provas que nos fazem verificar a complexa relação entre centro e periferia, buscando, dessa forma, relativizar afirmações estandardizadas a respeito da influência de alguns poucos "planetas de primeira e segunda grandeza" – como bem poderia ser considerada a França – sobre uma infinita "miríade de satélites (as 'cidades súditas') gravitando, em posição subordinada" (1991, p. 17) – como bem poderia ser considerada a nação portuguesa (e brasileira, e belga, e russa, e holandesa etc.), afirma o estudioso: "O que foi dito até aqui é quanto basta para mostrar que o nexo centro/periferia não pode ser visto como uma relação invariável entre inovação e atraso. Trata-se, pelo contrário, de uma relação móvel, sujeita a acelerações e tensões bruscas [...]" (1991, p. 37). E continua o autor, problematizando, relativizando e trazendo nova luz à questão das relações de poder entre centro e periferia:

6. Não poderíamos deixar de mencionar que Moretti, a propósito de sua teoria conflitante com a de Carlo Ginzburg, revela, entre outros aspectos, o interesse de comprovar o contrário do que busca mostrar Ginzburg, afirmando em nota, aliás, que o historiador italiano não cumprira com seus objetivos: "A tentativa mais explícita e intrépida de refutar a tese de Clark [a de Castelnuovo e Ginzburg, supracitada] acaba na verdade reforçando-a, pois Castelnuovo e Ginzburg fracassam em encontrar uma única inovação de longo prazo que tenha se originado fora dos poucos centros da pintura italiana" (Moretti, 2003, p. 175). Não queremos discordar nem concordar com Moretti, já que o assunto não é de nosso inteiro domínio; apenas desejamos mostrar, na esteira e em concordância com Ginzburg, que há, com efeito, a possibilidade do surgimento de novas alternativas ou ainda de uma resistência ao modelo no que tange à relação entre a difusão dos elementos artísticos do centro em direção à periferia, elementos que serão intensamente problematizados quando da análise dos romances de Camilo Castelo Branco e Eça de Queirós. Relembramos, contudo, que o próprio Moretti repensará as limitações de sua teoria, relativizando algumas afirmações de cunho generalista e redutor (vide nota 3).

Mas se nem todos os atrasos são periféricos – [...] – nem todas as periferias são retardatárias. Admitir o contrário significaria adotar uma visão linear da história da produção artística que, por um lado, julga possível apurar uma linha de progresso (em todo o caso motivada do ponto de vista ideológico) e, por outro, tacha automaticamente de atraso qualquer solução diferente da proposta pelo centro inovador. Deste modo acaba-se por procurar na arte da periferia aqueles elementos, aqueles cânones, aqueles valores que são estabelecidos tendo precisamente como base os caracteres das obras produzidas no centro; e no caso de se reconhecer a existência de cânones diferentes, esses são examinados só em relação ao paradigma dominante, com um procedimento que leva facilmente a juízos de decadência, de corrupção, de baixa qualidade, de rudeza etc. [...]

Identificar pura e simplesmente a periferia com o atraso significa, em última análise, resignar-se a escrever eternamente a história do ponto de vista do vencedor do *round*. (1991, pp. 53-55).

Exemplaríssimo pelo seu conteúdo, o excerto também nos revela a força de combate do historiador com relação às teorias mais redutoras a respeito do tema, propondo formas alternativas de encarar a delicada questão com a qual os historiadores da arte, da cultura e da literatura se deparam, quando têm de lidar com matérias em transformação e transição, ainda que a noção de transferência cultural (e não de influências, veja-se) seja amplamente vigente. É importante ressaltar, como se verá mais adiante, que no que diz respeito às obras iniciais de Camilo e Eça, que dialogam, como bem sabemos, com a literatura do folhetim, dos jornais e da imprensa francesa que passam a dominar a atenção do público leitor, há, de acordo com uma significativa parte da crítica literária, um consenso de que as obras iniciais de Camilo, sobretudo, seriam vistas como "de baixa qualidade", "rudes" e mal-acabadas, como bem explica Ginzburg no trecho supracitado. Isso ocorre exatamente, como também explicita o historiador, pelo fato de os critérios que se têm em conta na hora da "avaliação" das obras girarem em torno dos valores estabilizados pelo paradigma das produções do centro. Assim, se romances-folhetins franceses são ignóbeis, mas aceitáveis e legíveis, aqueles que se fazem nas "periferias" europeias são apenas "tentativas casuais" (Moretti, 1997, p. 160) cópias malfeitas, "réplicas mal resolvidas" (1997, p. 206), e por aí vamos.

É então que propõe o autor, como elemento alternativo que surgiria na periferia, a noção de *scarto*, isto é: "uma deslocação lateral repentina relativamente a uma trajetória dada" (Ginzburg, 1991, p. 56). Isto não significa, como ressalta Ginzburg, algo extremamente diferente, já que alternativo e diferente não são sinônimos. Assim, a partir de uma "linguagem artística corrente" (1991, p. 56), que poderíamos entender como o modelo do romance-folhetim proposto nos moldes franceses, também seria possível o surgimento de novas alternativas a este romance que não significam, no entanto, algo totalmente diferente daquele no qual se "inspirou", afinal seria difícil que os escritores portugueses ignorassem tendências da época e, sobretudo, expandidas em todo o mundo. Assim, como veremos mais adiante no estudo comparativo entre *Os Mistérios de Paris* e os *Mistérios de Lisboa*, Camilo reaproveita muitos dos traços contidos no romance francês, dando a eles, no entanto, diferentes soluções ou alternativas, que apontam para um possível deslocamento com relação ao padrão uniformizado por Sue. Se os folhetins de Camilo e Eça podem ser entendidos, de fato, como um diálogo com os folhetins franceses, que retomam suas características, seu entorno, seu modo de publicação, entre outros, também podemos vê-los – depois de uma devida análise, logicamente – como obras que apresentam uma alternativa à solução dada pelos franceses, que trazem novos e originais componentes.

Expandindo um pouco mais a questão, e tratando especificamente das "transferências culturais franco-alemãs", que envolvem trocas estéticas ou científicas, sejam elas literárias, filosóficas, artísticas, históricas, entre outras, Michel Espange propõe uma orientação metodológica para a pesquisa em história que visa "colocar em evidência as imbricações e as misturas entre os espaços nacionais, ou mais genericamente, os espaços culturais, em uma tentativa de compreender por meio de quais mecanismos as formas identitárias podem se alimentar de importações" (2009, p. 201). Assim, a partir da base do comparatismo em história cultural (ou mesmo da história social comparada) – a ideia de que produtos culturais nacionais podem ser comparados – o objetivo desta orientação metodológica é estudar de modo profundo o processo de translação de um objeto entre o seu contexto de emergência e seu novo contexto de recepção (cf. 2009, pp. 201--203). Em seguida, esclarece o autor aquele que nos parece o ponto chave da teoria, que nos aporta imensas contribuições para o estudo comparativo entre Portugal e França:

> Observar-se-á em particular a transformação que uma importação cultural traz ao contexto de recepção, e inversamente o efeito positivo desse contexto de recepção sobre o sentido do objeto. [...].
>
> [...]. A translação dos objetos culturais não é uma diminuição. Essa ideia [...] é um dos pressupostos de base da pesquisa sobre as transferências culturais, que considera as transformações semânticas ligadas a uma translação não como uma diminuição, mas como uma nova construção (2009, p. 20).

A proposta desta orientação metodológica é, portanto, como já demonstrara Ginzburg em seu intento combativo, relativizar algumas ideias estandardizadas a respeito de cópias e influências, trazendo em sua base a ideia preliminar de que um objeto cultural que "viaja" no tempo e no espaço, sendo importado por outras nações, será claramente modificado em termos de uma "nova construção", não podendo esta ser interpretada como uma diminuição ou um enfraquecimento do objeto original. É, portanto, a partir de uma visada crítica que se propõe comparar distintos objetos culturais, pertencentes a distintos espaços nacionais. Se Ginzburg acentua a necessidade de uma perspectiva polivalente no estudo das relações entre diferentes nações, com ênfase, como sabemos, sobre as relações entre centro e periferia – o que não é o caso de Espagne, note-se – o último, mesmo assim, também reitera a importância da perspectiva crítica do historiador: "A comparação como método não pode, em nenhum

INTRODUÇÃO   33

caso, ser aceita de modo não crítico, [...]. A teoria das transferências culturais surge como contribuição a uma correção metodológica do comparatismo em história cultural" (Espagne, 1994, p. 121). Apresenta-se, como se sabe, como uma correção a longos anos de tradição que levava em conta, sobretudo, as noções de influências, hegemonias e nações fortes. Assim, se a história cultural da França é interpretada em termos de hegemonia política e supremacia dos valores e paradigmas literários, conclusões a que Moretti chega em seu *Atlas do Romance Europeu,* Espagne prefere acentuar uma perspectiva descentralizadora, na qual o estudo da história passa a ser feito de maneira intercultural: "A história literária de Paris inclina-se para uma história intercultural. O agenciamento de uma história intercultural das ciências humanas através do estudo do sistema pressupõe a capacidade de operar um descentramento" (Espagne, 1999, p. 31).

Dessa forma, é preciso interpretar o objeto estrangeiro integrando-o em seu novo sistema de referências (1999, p. 20), que certamente contará com outros paradigmas culturais, sociais, linguísticos etc. Assim, é necessário compreender e analisar o fato de que "a mensagem transmitida deve ser traduzida do código de referências do sistema de emissão para aquele do sistema de recepção. Esta apropriação semântica transforma profundamente o objeto transferido de um sistema a outro" (1999, p. 20).

É, portanto, a partir de tal pressuposto que pretendemos olhar para nosso objeto de análise: o romance-folhetim francês, expandido por todo o mundo e "imitado" em diversos países, sofre uma modificação profunda ao integrar novos contextos de recepção, levando em conta as diferenças sociais e culturais de cada identidade nacional. No caso de Camilo Castelo Branco e Eça de Queirós, estas transformações são ainda mais significativas e evidentes, considerando-se que em seus romances, crônicas e diversos paratextos (como os prefácios, advertências, notas etc.) os escritores gizaram muitas ideias e reflexões a respeito do panorama literário e cultural da época, revelando-se intelectuais atentos e críticos.

Importa ainda ressaltar que esta reinterpretação do objeto importado não pode ser compreendida como uma mutilação do original, uma vez que ela "permite um posicionamento do indivíduo interpretante diante de um horizonte temporal específico" (1999, p. 20), de modo que "é perfeitamente legítima" (1999, p. 20). Estas novas afirmações de Espagne corroboram, uma vez mais, nossos propósitos comparatistas: cremos que o posicionamento de Eça e Camilo – bastante crítico e analítico – é o que nos permite trabalhar tantas diferenças entre seus romances e aqueles franceses com os quais dialogaram. No entanto, ainda é conveniente lembrar, como também ressalta Ginzburg, que a reinterpretação não corresponderia a uma nova criação, mas sim a uma recriação, a uma nova alternativa, a uma quebra de determinados valores e paradigmas, sem que haja, contudo, uma total mudança dos elementos implicados na importação. Este contexto é completamente compreensível pelos vários depoimentos de Camilo e Eça deixados em suas obras: sabiam bem os escritores que uma tendência dominava a Europa – a do Romantismo e a do romance-folhetim – de modo que contorná-la ou desprezá-la não seria a atitude mais inteligente. À guisa de exemplificação, traremos apenas um exemplo de cada escritor:

Não queremos enviesar apontoados de palavras eufônicas ao avelhado véu de mistérios com que por aí se enroupa o romance chamado da *época*. Filho legítimo da literatura *palpitante de atualidade*, chamam-lhe uns [...].

[...].

O que é certo é que existe uma escola romântica, democrática, social e regeneradora. Não tem academias, nem paragem determinada. É imensa, elétrica e onipotente. Lá é que se aprende a agradar às turbas [...] (Castelo Branco, 1982, p. 10, sublinhados do autor).

[...] nós vamos atravessando uma época em que a crônica pouca importância tem: a importância e a consideração, e a atenção, vão, segundo as épocas, duma a outra seção dos jornais: hoje o folhetim, amanhã o artigo de fundo, depois a crônica, depois os anúncios; [...] (Queirós, 1867 *apud* Rodrigues, 1998, p. 18).

Em resumo, importa ressaltar que, a despeito da acolhida dos produtos culturais franceses – especialmente do romance--folhetim – em virtude das tendências da época dificilmente contornáveis, segundo o que se depreende dos depoimentos supracitados, não se pode deixar de afirmar que os escritores portugueses aportaram novas e originais contribuições para a formação e ascensão do gênero em Portugal, pelo que é necessário sublinhar a seguinte afirmação: "A passagem de um espaço cultural a outro produz, assim, uma metamorfose" (Espagne, 1999, p. 22).

É a partir, finalmente, destas novas perspectivas críticas, polivalentes e descentralizadoras que pretendemos enveredar pelos caminhos da literatura comparada entre França e Portugal, revelando as diversas transformações a que chegaram os "mistérios" portugueses com relação à matriz francesa. Mas, antes, vejamos um breve panorama do surgimento do romance-folhetim na França e seus desenvolvimentos ulteriores, que nos levarão ao profícuo e disseminado subgênero dos "mistérios".

O MONOPÓLIO DA FICÇÃO FRANCESA: POR QUE "OS ROMANCES CHEGAM PARA FICAR"?

Não me importava a beleza: queria distrair-me com aventuras, duelos, viagens, questões em que os bons triunfavam e os malvados acabavam presos ou mortos. [...].
Descíamos o monte das Oliveiras, caíamos na planície nacional, visitávamos a Casa de Pensão e O Coruja. Da cópia saltávamos ao modelo, invadíamos torpezas dos Rougon-Macquart, publicadas em Lisboa.
Feria-me às vezes, porém, uma saudade viva das personagens de folhetins: abandonava a agência, chegava-me à biblioteca de Jerônimo Barreto, regressava às leituras fáceis, revia condes e condessas, salteadores

> e mosqueteiros brigões, viajava com eles em diligência
> pelos caminhos da França. Esquecia Zola e Victor Hugo,
> desanuviava-me. Havia sido ingrato com meus heróis de
> capa e espada[7].

> "Será que as senhoras e cavalheiros da moda – es-
> creveu Geraldine Jewsbury em um de seus relatórios
> para a Mudie's – vão ler a respeito das ansiedades do-
> lorosas de um mercador quebrado? Será que as leitoras
> comuns vão se dar ao trabalho de ler sobre as gradações
> das especulações comerciais?". O que equivale a dizer:
> será que vão se dar ao trabalho de ler César Birotteau
> ou Ilusões Perdidas? (Sarah Keith apud Moretti, 2003,
> p. 167)[8]

O romance *Os Mistérios de Paris*, de Eugène Sue, publicado entre 1842 e 1843 no *Journal des Débats*, é uma das mais importantes obras no processo da constituição do romance-folhetim como subgênero específico do romance. A designação de "romance-folhetim", inicialmente referindo-se apenas a um lugar preciso do jornal – o rés-do-chão ou rodapé – destinado ao entretenimento de modo geral, passa a designar posteriormente um novo tipo de romance, que tem sua estrutura sensivelmente alterada em vista das condições formais de sua publicação: passa a ser narrativa folhetinesca ou rocambolesca, sem que com isso a entendamos a partir de um ponto de vista pejorativo, isto é: cheia de lances imprevistos e reviravoltas surpreendentes, apresentada em fatias nos jornais, lançando mão da hábil fórmula "continua amanhã". Os escritores Alexandre Dumas e Eugène Sue, segundo Marlyse Meyer, são os responsáveis pela empreitada:

A década de 1840 marca a definitiva constituição do romance-folhetim como gênero específico de romance. Eugène Sue publica no *Journal des Débats* entre 1842 e 1843 os *Mistérios de Paris*. Em 1844 sai,

---

7. Graciliano Ramos, *Infância*, Rio de Janeiro, Record, 2008, 41.ed.
8. Sarah Keith, *Mudie's Select Library: Principal Works of Fiction in Circulation in 1848, 1858, 1869*, Michigan, Ann Arbour, 1955.

INTRODUÇÃO 37

do mesmo Sue, *O Judeu Errante*; de Dumas, *Os Três Mosqueteiros* e *O Conde de Monte Cristo*; de Balzac, a continuação folhetinesca de *As Ilusões Perdidas*, ou seja, *Esplendores e Misérias das Cortesãs*. A invenção de Dumas e Sue vai se transformar numa receita de cozinha reproduzida por centenas de autores (1996, p. 63).

Interessados em multiplicar os ganhos e as assinaturas do público leitor, os editores dos jornais passam a diminuir seu preço, compensando o desconto, no entanto, através de duas estratégias: a introdução de anúncios publicitários a preços módicos, e a "encomenda" de folhetins a diferentes escritores da época, fazendo com que o público, sedento de curiosidade pela narrativa constantemente interrompida, passasse a assinar o jornal. Dessa forma, a modificação dos moldes da Imprensa francesa tem uma repercussão direta sobre os moldes do romance-folhetim, e do romance impresso de modo geral. Eugène Sue tem uma significativa importância nesse contexto:

O fenômeno dos folhetins bem-sucedidos de 1838-1844 sublinha que o crescimento da difusão da imprensa deve passar por uma modificação do seu conteúdo: Eugène Sue é sem dúvida um dos únicos autores autenticamente populares da época, um dos únicos a ser lido nos meios proletários da capital (Bertho, 1986, p. 400).

Se Sue fora um dos poucos autores autenticamente populares e um dos únicos lido pelo meio proletário, também fora avidamente "consumido" pela burguesia parisiense: é que, a princípio, os preços dos jornais ainda eram demasiado altos para os reduzidos salários do proletariado francês, bem como as edições em livro. Contudo, com o passar dos anos e com o ainda avivado interesse do público leitor pelos já famosos *Mistérios de Paris*, os livreiros passam a imitar as estratégias do jornal: fracionam a narrativa em diversos livrinhos pequenos, acessíveis, baratinhos e facilmente encontráveis, garantindo fatias de emoção também ao pequeno burguês e ao público popular. A este propósito, vale a pena ler o seguinte diálogo entre três ope-

38   CAMINHOS DO ROMANCE EM PORTUGAL

rários, encontrado em uma carta de uma leitora dirigida a Sue, transcrito por Anne-Marie Thiesse[9]:

> – Joseph, há um famoso espetáculo esta noite no Folies, você vem?
> – Não.
> – Mas por quê, você que é sempre tão animado?
> – [...].
> – Se ele não quer te dizer – continua um terceiro – eu o farei. Você deve saber que Joseph quer economizar [...]. Ele quer comprar *Os Mistérios de Paris*.
> – [...] É verdade, o pai diz que é um belo negócio, um famoso livro, que aquele que o escreveu conhece bem o que fala, que prega muito pela moral e pelos infelizes (1986, p. 465).

Para a concorrência de diversos subgêneros folhetinescos, a partir deste novo contexto da imprensa francesa, sobreviria um que contribui enormemente para o sucesso da mania do folhetim: o romance de "mistérios", estreado em seu formato mais popular e bem-sucedido com *Os Mistérios de Paris*, de Eugène Sue. Martyn Lyons, em seu estudo a respeito dos *best-sellers* das décadas de 1810 a 1850, mostra que durante os quinquênios de 1841 a 1845, o romance contou com, pelo menos, sete edições, sendo quatro em Paris e três em outras províncias ou no estrangeiro; e de 1846 a 1850, isto é, a partir de dois anos após o término da publicação do romance em folhetins, contava ainda com, pelo menos, mais duas edições em Paris, ao passo que *Os Mistérios do Povo*, romance do mesmo autor, contava com quatro edições nessa mesma época espalhadas por Paris, pelas províncias e pelo estrangeiro. Sucesso, para a época, estrondo-

---

9. Carta assinada por Ernestine Dumont, datada de 24 de outubro de 1843 (Fonds Eugène Sue, Bibliothèque historique de la Ville de Paris): "– Joseph, viens-tu ce soir aux Folies, il y a un fameux spetacle? – Non. – Pourquoi donc, toi qui d'ordinaire es si chaud? – [...] – S'il ne veut pas te le dire – reprit um troisième – je vais le faire. Tu sauras que Joseph veut faire des économies [...]. Il veut souscrire pour acheter Les Mystères de Paris. – [...] C'est vrai, le père dit que c'est joliment tape, que c'est un fameaux livre, que celui qui a fait ça connait un peu son affaire, qu'il prêche bien pour la morale et le malheureux" (1986, p. 465).

INTRODUÇÃO   39

so, comparável ao de grandes clássicos extremamente editados
e vendidos no século XIX, como *Dom Quixote*, de Cervantes,
as obras completas de Molière ou *Gil Blas*, de Lesage. Para que
tenhamos uma ideia a respeito da proficuidade do célebre romance de "mistérios", basta circular brevemente por alguns folhetins franceses do século XIX – após a estreia de *Os Mistérios
de Paris*, surgem os seguintes títulos: *Os Mistérios de Londres*
(1844), de Paul Féval; *Os Mistérios de Province* (1844), obra con-
junta de Balzac, Charles Ballard, Frédéric Soulié e Alphonse
Brot; *Os Mistérios do Povo* (1849), do mesmo Sue; *Os Mistérios
do Palácio-Royal* (1865), de Xavier de Montépin; e *Os Mistérios
de Marselha* (1867), de Émile Zola.

Observa-se que, a par do desprestígio do romance-folhetim,
diversos escritores, inclusive aqueles considerados "realistas"
ou "naturalistas" tais como Balzac e Zola, tiveram seu quinhão
na produção folhetinesca dos "mistérios", comprovando o êxito
da fórmula e a importância de sua realização para a evolução
do gênero romanesco. Assim mesmo, é extremamente verificá-
vel o fato de que, apesar de Balzac, Stendhal ou Flaubert terem
sido consagrados pela crítica literária mundial, é a Sue, Dumas,
Pigault-Lebrun, Scott, entre outros, que cabe o grande êxito da
empreitada romanesca, do desenvolvimento do romance-folhetim, bem como da Imprensa e do leitorado francês e europeu de
modo geral. Lyons vai mais longe, amplia o panorama e abrange
a questão do seguinte modo:

Para o historiador da sociedade, uma história da cultura literária
francesa do século XIX baseada em obras de escritores tais como Stendhal, Balzac, Flaubert e Zola seria de pouca utilidade. Os testemunhos
existentes sobre os gostos populares mostrariam uma escolha bem diferente, feita de acordo com critérios mais mercenários de vendas e
de produção. Assim, uma seleção mais representativa dos romancistas
franceses do século XIX compreenderia Walter Scott, Pigault-Lebrun,
Sue, Dumas, Erckmann-Chatrian e Jules Verne. Para o historiador em
busca de informações sobre os hábitos culturais, esses escritores são os
objetos de estudo mais justificados, pois a lista de *best-sellers* conce-

deu-lhes uma certa legitimidade, baseada nas reedições frequentes e amplamente disseminadas de suas obras (1986, p. 369).

A despeito das afirmações de Marlyse Meyer, no entanto, a respeito da fórmula inventada quase que "conjuntamente" por Eugène Sue e Alexandre Dumas, segundo o que se pode depreender de seu último trecho supracitado, deveremos ressaltar que os caminhos seguidos pelos autores são um pouco diferentes. Ao passo que Dumas, ao lado do folhetim tradicional, de vinganças, peripécias e contínuas reviravoltas (lembremos de *O Conde de Monte Cristo* e suas mais de mil páginas...) envereda também pelos caminhos do folhetim histórico, tendo capital importância para os desenvolvimentos do gênero, bem como para a introdução de temas históricos da sociedade contemporânea francesa na narrativa folhetinesca, Eugène Sue parece retomar a forma de Dumas atualizando, no entanto, um conteúdo temático diferente: o melodrama é categoricamente introduzido na narrativa, que apresenta ainda uma mescla do romance contemporâneo e do romance negro, todos eles de antecedentes mais antigos.

No que diz respeito ao romance *Os Mistérios de Paris*, de Sue, é importante pontuar que se localiza na primeira fase do folhetim, o "folhetim romântico ou democrático", de acordo com Gramsci e com Marlyse Meyer. O primeiro ressalta os diversos tipos do "romance popular", e na primeira categoria coloca Victor Hugo e Eugène Sue, autores de romances de "caráter nitidamente ideológico-político, de tendência democrática ligada às ideologias de 1848" (1978, p. 112). De acordo com Meyer, "seu início data da pós-revolução burguesa de julho de 1830, a qual coincide com o estouro do romantismo, já então na fase chamada romantismo social; vai desembocar no não menos romântico estouro da Revolução de 1848, suas glórias republicanas em fevereiro e massacre operário em junho" (1996, p. 64).

Em meio à evolução e transformação da imprensa francesa, após as empreitadas do jornalista que viria a prefigurar um verdadeiro "empresário", Émile de Girardin, observamos os primeiros contornos do "romance em pedaços", que buscando sua forma, "toma impulso a partir do *Capitaine Paul*, primeiro folhetim folhetinesco, e define-se na sua especificidade a partir da década de 1840" (1996, p. 67). E continua a autora, referindo-se a Alexandre Dumas e Eugène Sue:

> Ao dar corpo ao que fora o astuto projeto mercantil de um jornalista ambicioso e clarividente, formam ambos o impetuoso e fértil olho d'água que irá fecundar todas as manifestações ulteriores. Um manancial distribuído em duas vertentes principais: a do folhetim histórico e a do folhetim "realista", inspirado em eventos do cotidiano. O "realismo", na conotação da época, é um real recriado a partir do concreto muito amplificado pela vigorosa imaginação que o transcreve (1996, p. 67).

Como explicita a autora, o romance-folhetim realista, sem ainda pretender, evidentemente, referir-se ao realismo como período posterior ao romantismo, introduz elementos do cotidiano dramatizados e transpostos ao material literário, podendo ser compreendido, então, como o "romance da vida" (1996, p. 102). Ao lado da temática histórica, que ainda persistirá em alguns romances de Dumas e do próprio Camilo, por exemplo, ainda que de maneira bastante enviesada e crítica, se não paródica, coexistirá, portanto, o folhetim realista, que será por excelência a matéria do escritor francês Eugène Sue. Em seus folhetins, a "realidade" francesa do século XIX, com a ascensão da burguesia e do proletariado e os abismos cada vez mais colossais entre as classes sociais, é retratada de forma impiedosa e indignada. Esta atualidade latente que passa a incorporar e abundar nas páginas do romance francês é entremeada, no entanto, de outras tantos eventos intensamente dramatizados, de forte carga melodramática, moralizante e pretensamente "revolucionária".

Se pensarmos, a este propósito, no "realismo formal" do romance inglês tal como elaborado por Ian Watt[10], veremos uma

---

10. Não pretendemos, aqui, apresentar uma visão simplista da ascensão do romance inglês considerando como elemento fundamental apenas o realismo de sua

significativa diferença com relação ao romance-folhetim francês: o primeiro, ao contrário do segundo, teria a função de fornecer todos os detalhes de um acontecimento ao leitor e, segundo o autor, estaria implícita no gênero romance de modo geral:

> O romance constitui um relato completo e autêntico da experiência humana e, portanto, tem a obrigação de fornecer ao leitor detalhes da história como a individualidade dos agentes envolvidos, os particulares das épocas e locais de suas ações – detalhes que são apresentados através de um emprego de linguagem muito mais referencial do que é comum em outras formas literárias (1990, p. 31).

Assim, comparando as expectativas do público leitor às de um júri em um tribunal, Watt afirma que o romancista deve fornecer "todos os particulares" do caso, oferecendo provas aos jurados, que, por sua vez, "esperam que as testemunhas contem a história com suas próprias palavras" (1990, p. 31). Sendo assim, consiste na evolução "de indivíduos particulares vivendo experiências particulares em épocas e lugares particulares" (1990, p. 30).

Ora, o *roman populaire* francês, objeto de longo e detalhado estudo de Olivier-Martin (1980), está longe de respeitar as tais características do "realismo formal": seu corolário é justamente a ausência, bastante adequada e bem planejada, dos detalhes e das particularidades de cada acontecimento, interrompendo a todo momento as linhas centrais da narrativa, para que, preso ao desenlace dos fatos, o leitor possa imaginá-los e esperá-los ansiosamente; a presença do indivíduo misterioso,

---

representação. Intencionamos apenas apresentar algumas diferenças iniciais existentes entre a ascensão do romance inglês e do romance-folhetim popular francês, considerando as divergências que encerram no que diz respeito ao "realismo" de sua representação. Isto posto, é importante sublinhar a seguinte observação de Sandra Vasconcelos: "O 'realismo formal' proposto por Watt como uma definição operacional do novo gênero, parece ser insuficiente para dar conta da multiplicidade de caminhos percorridos pelos romancistas no século XVIII [...]. É um conceito, portanto, que foi problematizado e refinado à luz de novas descobertas" (Vasconcelos, 2002, p. 23).

INTRODUÇÃO 43

leitmotiv dos romances folhetinescos, e a ausência de detalhes que possam explicar os pormenores dos acontecimentos, o que no mais das vezes acaba por gerar inverossimilhanças, é o que caracteriza em ampla medida a estrutura dos "mistérios". Como afirma Olivier-Martin, o narrador, constantemente, apenas ameaça um desfecho – no entanto, sobretudo em Sue, "o plano mina a inspiração" (1980, p. 59). Isto é, em prol da produção em massa dos episódios determinada pelas leis do "mercado" do folhetim, o desfecho é constantemente postergado e, com ele, as particularidades dos indivíduos, das experiências e das épocas, como verifica Watt a respeito do romance inglês.

Dessa forma, a atividade de leitura dos romances passa a carregar consigo a constante tensão em busca de respostas e descobertas, o que naturalmente deveria alimentar a expectativa dos leitores e aumentar a fortuna de periódicos, editores e folhetinistas. Não tão interessado em "imitar" o realismo formal do romance inglês, o romance-folhetim francês parece irromper contendo características diversas daquelas com as quais se deu a ascensão do romance inglês, selecionando um novo público interessado em emoções contínuas, reviravoltas alucinantes e coincidências bizarras..

Alain Montandon, outro historiador da ascensão do romance europeu, em *Le Roman au XVIIIe Siècle en Europe*, assinala: "O romance reflete e exprime a tomada de consciência do homem como indivíduo, isto é, como princípio ativo agindo/reagindo em um sistema de causas e efeitos em formação" (1999, p. 47). Mais adiante, afirma:

Uma outra consequência desta estreita interdependência do coração e da razão diz respeito ao agenciamento e à organização de um relato no qual a ordem racional legitima e justifica, graças a uma série de causas e efeitos imediatamente legíveis na experiência, as ações e as reações do sentimento, o caráter e as paixões dos personagens (1999, p. 47).

E finaliza as considerações a respeito do tema com a seguinte síntese:

Assim são colocadas as grandes orientações do romance [...], que será racionalista por uma composição que expõe os jogos de causas e efeitos, realista em função de um olhar concreto sobre as experiências imediatas do homem, pedagógico pela experiência e elevação que a leitura fornece, útil em razão da formação que o homem recebe no âmbito psicológico e sentimental, moral pela comprovação da virtude (1999, p. 48).

Mais uma vez assinalamos algumas diferenças entre o romance-folhetim francês e o romance inglês, tal qual observado em sua ascensão por Watt e Montandon: longe de organizar cadeias de acontecimentos que mostram a relação racional de causas e efeitos, a partir dos quais os personagens poderiam refletir e aprender com seus erros – e, consequentemente, os próprios leitores – o romance de "mistérios" faz crer na existência de uma Providência, de um Destino, ou de um *deus ex-machina* que tudo resolva e que restabeleça a ordem do universo caótico: "Ele privilegia a competição extraordinária de circunstâncias, isto é, a fatalidade providencial. O dedo de Deus se torna a justiça de Deus" (Bory, 1963, p. 21). Assim, o homem não aprende com suas experiências, observando ou lamentando as consequências de suas atitudes, tais como Emma Bovary, Julien Sorel ou Lucien de Rubempré, personagens da herança realista de Flaubert, Stendhal e Balzac, respectivamente; e nem mesmo se pode observar que "a noção de tempo carrega dentro de si a possibilidade de aprendizado por meio da experiência, a chance de mudança, de amadurecimento" (Vasconcelos, 2002, p. 40); o que podemos constatar é que, na realidade, o homem é joguete do destino, da fatalidade ou do acaso – e do autor dos folhetins – que pode usar e abusar de coincidências inverossímeis que produzirão e darão início a infinitas peripécias e reviravoltas, nas quais o "princípio da casualidade e a intervenção da Providência" (2002, p. 32), elementos tipicamente romanescos, têm sua dinastia de forma imperiosa[11]. Assim,

---

11. A respeito da ascensão do romance inglês, Sandra Vasconcelos aponta que, desde o princípio, os primeiros teóricos e romancistas que se dedicaram à

INTRODUÇÃO   45

parece ocorrer uma inversão de extremos, ou ao menos uma
preponderância do segundo sobre o primeiro: do princípio da
causalidade para o da casualidade, em que a cadeia racional de
fatos e acontecimentos perde importância diante da força da
coincidência; o "acaso" tão caro ao romance-folhetim, essa força estranha que controla a narrativa, naturalmente explicaria a
atração dos leitores pelos folhetins franceses: nada melhor que
o folhetim e suas irracionalidades para explicar esse "mundo
folhetinesco", em que a constante espera de salvação e a garantia de uma "leitura moral do mundo" se colocam acima de
qualquer expectativa:

> O reconhecimento final da virtude permite uma leitura moral do
> mundo [...] e nos garante que uma leitura moral do universo é possí-
> vel, que o universo possui uma identidade e uma significação morais.
> Num universo dessacralizado, onde os imperativos morais e claros co-
> munitários se perderam, onde o reino da moral foi ocultado, a função
> primordial do melodrama é de redescobrir e de reexprimir claramente
> os sentimentos morais os mais fundamentais e de render homenagem
> ao signo do bem (Brooks *apud* Meyer, 1998, p. 46).

análise do gênero tentavam separá-lo da história romanesca, acentuando o
compromisso do romance com a verdade, os acontecimentos comuns e na-
turais e a probabilidade, elementos que se afastam, portanto, do princípio da
casualidade e da intervenção da Providência. Mesmo assim, nota que diversos
elementos surpreendentes, incomuns e imprevisíveis ainda aparecem nos primeiros romances ingleses de Defoe e Fielding, por exemplo, sem que com isso
se rompa o mandamento da verossimilhança inerente à ascensão do novo gênero. Portanto, não pretendemos dizer que o romance inglês apresente exclusivamente elementos próprios ao realismo, ao passo que os folhetins franceses
apresentem elementos tipicamente romanescos. Como esclarece a autora, "o
novo gênero não sufocou, por completo, o elemento romanesco no interior da
narrativa realista [...]. Os modos não-realistas de ficção sempre sobreviveram
[...]. Não cabe, na reivindicação do predomínio do realismo como traço essencial do romance, o conceito do gênero como forma "pura", avessa à mistura,
às contaminações, à variedade e ao cruzamento de fronteiras" (Vasconcelos,
2002, p. 29). No entanto, desejamos apontar, após a leitura de diversos folhetins franceses, o acentuado caráter romanesco de tais romances, que se afastam, dessa forma, do romance realista inglês e francês.

Não é à toa que Moretti se refere à "fortuna medíocre de Stendhal e de Balzac", afirmando que alguns dos grandes sucessos do século xix tenham sido, incontestavelmente, Dumas, Sue e Hugo: "Toda a Europa unificada por um desejo, não pelo 'realismo' (a fortuna medíocre de Stendhal e de Balzac não deixa dúvidas sobre esse ponto) – não pelo realismo, mas pelo que Peter Brooks chamou de 'imaginação melodramática'" (2003, p. 187).

Dessa forma, a partir da leitura fácil e de entretenimento, os leitores teriam a possibilidade de realizar seus desejos de evasão e, por meio da literatura, ter acesso a uma nova realidade sonhada e imaginada: "O romance popular constitui o acesso a uma realidade sonhada, transmutada em função dos desejos de evasão, de justiça e do ideal de autores e leitores, articulada em torno da luta do Mal e do Bem, da felicidade e da desgraça, do amor e do ódio" (Olivier-Martin, 1980, p. 11). Em concordância com Olivier-Martin, o mesmo aspecto é ressaltado por Gramsci em *Literatura e Vida Nacional,* no capítulo destinado ao romance popular:

> O romance de folhetim substitui (e ao mesmo tempo favorece) a tendência à fantasia do homem do povo, é um verdadeiro sonhar com os olhos abertos [...]. Neste caso, pode-se dizer que, no povo, a tendência à fantasia depende do "complexo de inferioridade" (social) que determina longas fantasias sobre a ideia de vingança, de punição dos culpados pelos males suportados etc. No *Conde de Monte-Cristo,* existem todos os elementos para gerar tais fantasias e, portanto, para propiciar um narcótico que diminua a dor (1978, pp. 109-110).

Ainda a respeito do tema, enfatizando as relações entre o romance, o melodrama (ou o que nomeia de "imaginação melodramática", na tentativa de evitar a forma desmerecedora que geralmente se atribui ao tema) e o signo da moralidade, Peter Brooks afirma: "A retórica melodramática implicitamente insiste no fato de que o mundo pode ser semelhante às nossas mais ardentes expectativas sobre ele, que a realidade corretamente

INTRODUÇÃO

representada nunca deixará de atender às nossas fantasmáticas demandas acerca dela" (1995, p. 40)[12].

Todas estas considerações nos fazem observar o acerto de Sue ao inventar a fórmula precisa para os leitores de diversos níveis sociais, embora o pequeno burguês e as classes laboriosas já estivessem presentes desde as origens do romance popular francês, em autores como Pigault-Lebrun, Victor Ducange ou Paul de Koch: da costureira ao novo burguês, todos se reconhecem como personagens que vivem os dramas misteriosos da vida, em busca de salvação, penitência, caridade, amparo religioso etc. O melodrama, "rendendo homenagem ao signo do bem" e assegurando "uma leitura moral do mundo" oferece a possibilidade de que todos os seres humanos sejam iguais diante de um julgamento superior, alheio aos homens, e que, dessa forma, seus sonhos e ilusões possam ter uma possibilidade de realização, já que se apresentam em correspondência com a fantasiosa literatura que leem. Na obra de Sue, o narrador-autor se "identifica" cada vez mais com as classes trabalhadoras, denunciando as mazelas de uma sociedade corrupta e imoral, conferindo ainda a alguns poucos poderosos a chance de tudo transformar pela caridade e pela ajuda ao próximo.

É neste panorama que se inserem os romances que serão analisados na terceira parte do presente estudo: *Os Mistérios de Paris*, de Eugène Sue, e *Os Mistérios de Lisboa*, de Camilo Castelo Branco. Juntos, os romances exprimem esta forte carga melodramática, em que a leitura moralizante do mundo fica evidenciada pela constante luta travada entre o Bem e o Mal, bem como pela cadeia temática que inspira o fio condutor das narrativas: a transgressão – o arrependimento – a punição – a redenção. *O Mistério da Estrada de Sintra*, por sua vez, escrito conjuntamente por Eça de Queirós e Ramalho Ortigão, será tratado na quarta parte do presente estudo, separadamente dos romances de Sue e Camilo, por conter características um pou-

---

12. A tradução das citações do livro de Peter Brooks também é de nossa responsabilidade. O título original pode ser consultado na bibliografia final.

co diferenciadas, advindas da evolução do romance-folhetim e mesmo das tendências da Imprensa e do leitorado franceses, como demonstraremos ulteriormente. Antes de passar à análise das obras, no entanto, faremos precedê-la de um breve panorama da crítica a respeito desta fase inicial de Camilo e Eça, ainda deficiente em consistentes estudos.

1

Camilo Castelo Branco e Eça de Queirós sob o Signo do Folhetim

No que diz respeito à importância do estudo do romance--folhetim em Portugal, talvez seja válido lembrar algumas citações compiladas na obra de Ernesto Rodrigues, intitulada *Mágico Folhetim: Literatura e Jornalismo em Portugal*. A esse propósito, referindo-se ao folhetim, afirma o autor que, como "se já não bastasse o espaço conquistado nos periódicos", cedo se convencera de que estavam "perante algo de incontornável em Oitocentos, *significativo da cultura de um século*, com suas benfeitorias ou desaires" (1998, p. 15, sublinhados meus). Mais adiante, lê-se uma citação de Vitorino Nemésio, que segundo Ernesto, fora o primeiro a atribuir grandeza literária ao tão depreciado e "fútil" folhetim:

> Talvez mais da metade da produção literária portuguesa do século passado [1800] ficou nas coleções de jornais sob essa forma. E, se a superficialidade fatal a este modo de tratamento de temas tende a condenar essas toneladas de papel sepulto nas caves das bibliotecas e dos

50   CAMINHOS DO ROMANCE EM PORTUGAL

bibliófilos, *o seu caráter documental resgata*-o (1950 *apud* Rodrigues, 1998, p. 21, sublinhados meus)[1].

Em seguida, lê-se uma afirmação de José V. de Pina Martins[2], que confirma a importância do jornalismo para a produção literária oitocentista: "Todos os grandes nomes da literatura portuguesa do século XIX estão mais ou menos ligados à história do jornalismo e à influência que este exerceu sobre a vida política e cultural da Nação" (1974 *apud* Rodrigues, 1998, p. 21).

Por fim, mas sem a pretensão de encerrar a discussão a respeito da importância do estudo do folhetim para a literatura oitocentista portuguesa, destacamos a seguinte passagem do autor de *Mágico Folhetim*:

Foi sobre este período de 42 anos [1833-1875] que mais *pendeu a investigação*: por um lado, com a vitória liberal já clara em 1833, impunha-se moderna fórmula de Imprensa literária na deriva romântica; por outro, a transição, ou educação, realista d'*O Crime do Padre Amaro* esboça-se na serialidade da luxuosamente colaborada *Revista Ocidental* (1875), [...]. *Eça, por mais que o denigra, nasce e cresce literariamente com o incontornável folhetim* (Rodrigues, 1998, p. 131, sublinhados meus).

Vale ressaltar das anteriores citações algumas ideias já destacadas em itálico: o fato de o folhetim representar elemento significativo para a cultura oitocentista; a importância de seu caráter documental, devido ao expressivo conjunto da produção literária presente nos jornais; a influência e a importância do jornalismo para a vida literária portuguesa; a posição central do folhetim nos jornais e sua consequente primazia; e, por fim, o importante período de investigação em que se situam as obras sobre as quais nos deteremos.

---

1. V. Nemésio, *Diário Popular*, 22-III-1950, p. 5.
2. J. V. P. Martins, "O Portuguez Constitucional e a Revolução de Setembro de 1836", *Cultura Portuguesa*, Lisboa, Editorial Verbo, 1974, p. 219.

Verificada a relevância do estudo desta fase da produção portuguesa, em que o diálogo com o romance francês e, em menor medida, com o romance inglês, apresenta-se como elemento essencial para a criação e consolidação de um gênero ainda tateante em Portugal, também lançaremos, à guisa de breve introdução, um olhar ao que se disse a respeito da dita "produção folhetinesca" dos autores compreendidos neste estudo, sem a pretensão de abarcar toda os estudos críticos feitos a respeito dos romances. Dessa forma, analisaremos as contribuições de alguns importantes críticos e historiadores, em razão de suas obras conterem uma visada panorâmica da literatura portuguesa oitocentista ou especificamente das obras de Camilo Castelo Branco e Eça de Queirós, a despeito de nosso objetivo primordial – o de realizar uma análise menos panorâmica e uma comparação mais detida sobre a obra inicial dos autores.

No que respeita aos primeiros romances de Camilo – o *Anátema*, os *Mistérios de Lisboa*, e sua continuação, *O Livro Negro do Padre Dinis* – parte da crítica consente de modo geral que esta seria parte da produção inferior do escritor, onde ainda não tivera tempo e maturidade para revelar seus dotes de romancista[3]. Assim sendo, atesta-se que a dita produção folhetinesca de

---

3. Os romances *Anátema e O Livro Negro de Padre Dinis,* como se sabe, não serão tratados neste estudo, que visa realizar a comparação de três obras inseridas no subgênero dos "mistérios": os romances de Camilo, Eça e Eugène Sue. No entanto, nesta introdução que visa traçar um panorama geral a respeito da crítica sobre as primeiras obras de Camilo, não poderíamos deixar de referir-nos ao romance *Anátema*, fundamental para o desenvolvimento de Camilo como escritor romântico. Sendo a primeira obra do escritor, o romance já traz muitos dos aspectos evidenciados nos *Mistérios de Lisboa,* como a presença da ironia romântica, da paródia e do humor, concorrendo com elementos tipicamente romanescos como a presença da vingança, das múltiplas peripécias, reviravoltas e reconhecimentos, filhos bastardos, origens desconhecidas, entre outros aspectos. Assim, analisar o que foi dito a respeito dessa obra pela crítica literária consagrada é também, em grande parte, compreender o que se pensou a respeito dos *Mistérios de Lisboa*. A respeito do *Anátema*, traçamos algumas considerações que vão ao encontro do presente estudo, de modo que podemos compreender os romances iniciais de Camilo Castelo Branco em um conjunto. Para maiores desdobramentos, ver Andréa Trench Castro, "De Amores Desmedidos e Narradores Irônicos.

Camilo Castelo Branco baseia-se, essencialmente, em tópicas da produção romanesca francesa, da qual o escritor revelar-se-ia apenas um mero "copiador", além de voraz leitor. Como sintetiza Alves Lima a partir da leitura da crítica de Camilo de modo geral, "pode-se verificar alguns pontos comuns, dentre os quais se destacam: a) cópia de modelos franceses (e modelos de baixa qualidade, pelo que se depreende); b) ausência de valor literário; c) preocupação em escrever para agradar ao público" (1990, p. 15).

Da *História da Literatura Portuguesa,* de Antonio José Saraiva e Oscar Lopes, depreende-se, de modo geral, que a produção camiliana teria se apresentado em uma curva evolutiva, cujas primeiras obras, objeto de nosso estudo, teriam a função de "satisfazer o gosto do romance negro de aventuras, lançado pelo pré-romantismo inglês (H. Walpole, Ana Radcliffe) e afim do melodrama [...] de que Soulié, Nodier, Féval, Sue e o próprio Victor Hugo foram os principais transmissores" (1969, p. 820).

Condizente com o intuito de apresentar um extenso, e, portanto, limitado panorama da literatura portuguesa, é natural que não se encontrem comentários abrangentes ou mais detidos a respeito dessa obra inicial de Camilo. Notam já os autores, no entanto, uma diferença central em relação aos romances de Sue e Hugo: "É, no entanto, significativo o fato do nosso novelista esbater, se não eliminar, a crítica das misérias e das degradações morais, das perversões que estas provocam, tal como a encontramos nos livros de Eugène Sue e Victor Hugo que imita" (1969, p. 820). Em seguida, os críticos atribuem o fato à sua "antipatia em relação à literatura de crítica social" (1969, 821).

Apontando, portanto, uma diferença central com relação aos romances que supostamente "imita", sem, contudo, elaborar esse aspecto, os autores já nos fazem notar de antemão *diferenças* constitutivas que se sobressaem quando da leitura dos romances, diferenças essas que pretendemos elaborar e problematizar no desenvolvimento do presente estudo.

A (Anti) Heroína Romântica e a Quebra do Lugar-comum", São Paulo, *Revista Criação & Crítica*, 2011, volume 7.

Passando de um extenso panorama da literatura portugue-sa em sua evolução histórica, deter-nos-emos em um novo panorama, desta vez a respeito do romance português, que nos apresenta, portanto, análises mais detidas a respeito de determinados romances e romancistas portugueses. João Gaspar Simões, na *História do Romance Português,* se não apresenta uma visão panorâmica completa da obra de Camilo Castelo Branco, como faz Jacinto do Prado Coelho, realiza, por outro lado, um extenso panorama do romance português, pontuando a importância do escritor para a evolução e ascensão do gênero, como comentamos anteriormente (a respeito do fato de que Camilo, Eça e Júlio Dinis tenham sido importantes representantes da ascensão de um novo gênero – o romance moderno português). Assim, seria importante observar o que diz a respeito dessa fase experimental da obra de Camilo, em comparação com as fases mais amadurecidas em que se apresenta o escritor de *A Queda dum Anjo, Amor de Perdição* e *Eusébio Macário.*

Apesar de situar o aparecimento do *Anátema* – romance do qual apresenta mais informações, por ser a estreia de Camilo, mas que apresenta muitos pontos de contato com os *Mistérios de Lisboa,* publicado apenas três anos depois – como importante fato para a ascensão do romance moderno português, como demonstrado anteriormente, Simões considera a fase inicial de Camilo como absolutamente inferior às demais, mencionando, novamente, a suposta importação e imitação dos modelos estrangeiros, reafirmando o domínio do influxo externo sobre a literatura portuguesa. Afirma, dessa forma, que a produção de Camilo se elevará "logo que se desiluda dos cosmopolitismos à Dumas e Eugène Sue" (1969, p. 123).

Buscando realizar uma distinção entre novela e romance, com vistas a classificar a produção camiliana entre um ou outro gênero, o crítico afirma que o romance "exige 'enredo', personagens pormenorizadamente estudadas e um acontecer moroso – um tempo capaz de se corporizar em fatos e episódios objetivos" (1969, p. 130). Na novela, por sua vez, o "estilo é primacial. Tudo depende da 'voz' do narrador" (1969, p. 130). Em seguida, analisando e enaltecendo a produção novelística de Camilo, afirma:

> As suas histórias valem sobretudo pelo tom em que são contadas. A voz que melhor se ouve nos seus romances é a do romancista. [...]. Através dele, através de sua "voz", que é a sua prosa, o seu estilo inconfundível, tomam corpo, existência, vida, coisas, pessoas, acontecimentos, paisagens, situações, tudo quanto comparece nas suas histórias (1969, p. 130).

É, pois, por esta razão que a fase inicial do escritor é considerada de má qualidade e cópia dos modelos franceses: de acordo com Simões, o enredo e as aventuras folhetinescas se sobrepõem à voz camiliana, que configura seu estilo e faz de sua novela elemento significativo para a ascensão do romance em Portugal. Antes de comentarmos a análise do crítico, que não deixa de apresentar elementos importantes, vejamos como analisa a fase experimental da produção camiliana:

> No *Anátema*, nos *Mistérios de Lisboa*, no *Livro Negro do Padre Dinis*, obras intrinsecamente folhetinescas, à maneira dos Sue & Companhia, temos algumas de suas histórias de mais nítida traça "romancesca". À medida que se afasta do folhetim é que se aproxima da novela. [...]. Na novela se lhe apura o estilo, se lhe aguça a veia satírica, se lhe afirma o tônus passional. Na novela se emancipa do "terror grosso" que ensancha os seus folhetins.
> [...].
> Por aí começaria Camilo. O *Anátema* é puro "terror grosso". Estava na moda. Era a grande atração do público. [...]. E o certo é que para desembaraçar-se do "terror grosso" teve de recorrer à jocosidade, ao sarcasmo, ao grotesco, à sátira grosseira. [...]. Depurando as suas histórias da ganga folhetinesca da primeira fase, atinge então uma sobriedade por vezes magistral. É certo que o "terror grosso", ou seja, o folhetinesco nunca desaparece por completo de sua obra. Mas é onde ele menos se evidencia que Camilo atinge a nota mais alta da sua genialidade (1969, p. 132).

Se, por um lado, estamos de acordo com Gaspar Simões quando afirma que a voz do narrador camiliano é o que lhe marca o estilo e o que determina boa parte da importância de sua obra, por outro, ressaltamos a exagerada generalização de sua análise, bem como a falta de um olhar mais atento aos inúmeros passos sarcásticos, irônicos e jocosos nessas obras iniciais, que se revelam intenso "laboratório" para o escritor. Das observações do crítico, depreende-se que a voz camiliana é ausente dos romances de sua fase inicial, a qual denomina fase do "terror grosso"; além disso, observa-se também que passou despercebido ao crítico a presença da ironia, da paródia, da veia satírica (mencionado por ele mesmo) com as quais Camilo estreia na cena literária em romances como *Anátema* e *Mistérios de Lisboa*. Dessa forma, diferentemente do que esquematicamente apresenta Gaspar Simões como sendo elementos de uma novela ou de um romance, cremos que Camilo aperfeiçoa ao longo de sua produção literária elementos que já estão presentes desde sua primeira novela, ou romance: a presença da voz dissonante, destoante e aguda do narrador irônico, sempre pondo em xeque a enunciação e desestabilizando a narrativa.

Outro elemento que desautoriza a análise do crítico a respeito dos romances-folhetins de Camilo, especialmente quando se trata do romance *Anátema*, é a insistência da voz do narrador já nesses primeiros romances, demonstrando uma aguda consciência de sua inserção na cena literária, do meio que o circundava e do público leitor ao qual deveria dirigir-se. Confirma-o Cleonice Berardinelli, em ensaio que denuncia no próprio título – "Pela Mão do Narrador" – o teor da análise:

Em 1991, em vários Encontros, Congressos ou Simpósios, relembrou-se o Centenário da morte de Camilo Castelo Branco. Em um deles, analisando o seu primeiro romance, o *Anátema*, em que me inclinava nitidamente para a figura do narrador, sua presença insistente, sua intromissão no texto, seu diálogo simulado com o leitor, sua verve, devo ter deixado transparecer minha simpatia por esse narrador que, rigorosamente, não o é, pois deixa o relato pela interpelação, pelo diálogo "implícito ou explícito", pelo questionamento, pela exclamação (2002, p. 72).

E complementa a autora a respeito da frequência com que a voz do narrador camiliano interrompe o relato ao longo de sua produção literária:

E tantas eram as suas aparições, que comecei por estabelecer uma hierarquia entre os romances, verificando que só numa muito pequena minoria o narrador se oculta (os romances realistas aí se incluem); em vários sua presença é discreta, em muitos é frequente ou frequentíssima, em dois é avassaladora: o *Anátema* e *O que Fazem Mulheres* (2002, p. 80).

Dessa forma, observemos o embate travado entre as posições dos críticos: ao passo que Gaspar Simões considera inferior a primeira fase da produção de Camilo devido à ausência, entre outros fatores, da voz do narrador que configura e determina o estilo de sua obra, Cleonice Berardinelli aponta justamente para a presença insistente e avassaladora dessa voz no romance *Anátema*. Essa voz constante e insistente do narrador camiliano nos princípios de sua novelística será outro dos aspectos sobre o qual pretendemos nos deter.

Passando a um terceiro panorama, ainda mais específico por deter-se estritamente sobre a obra de Camilo Castelo Branco, vejamos o que dizem as páginas correspondentes ao estudo dos romances *Anátema* e *Mistérios de Lisboa* que se encontram na *Introdução ao Estudo da Novela Camiliana,* de Jacinto do Prado Coelho. As análises apresentam, a nosso ver, uma visão apenas parcial dos romances e dessa primeira fase do autor, embora verifiquem também a presença da paródia e do espírito escarnecedor do narrador, por um lado, e a originalidade de Camilo em relação aos seus modelos, pelo desenvolvimento de determinados aspectos, por outro. No entanto, apresentados como elementos secundários, perdem toda a sua significação e inviabilizam uma análise mais detida e aprofundada das obras de estreia de Camilo, em que a ironia, a paródia e o cômico têm lugar privilegiado, no primeiro romance, embora esmoreçam levemente no segundo. A respeito do *Anátema*, comenta o autor:

> Na introdução, Camilo troça do palavriado oco, das confusas utopias e da falta de cultura dos que formam a "escola romântica, democrática, social e regeneradora". Parece que Camilo se coloca à margem dessa escola de "palpitante atualidade" (como diz ironicamente), em que não "abriu matrícula". Todavia, a leitura da novela demonstrará que estas afirmações não passam de fogo de vista para atordoar o leitor. Como veremos, Camilo cede ao gosto do momento, quer urdindo a sua história de amores "trágicos e lamentosos", quer descrevendo ambientes, conforme as tendências "fastidiosamente localistas" da novela romântica, quer ainda atribuindo ao *Anátema* um conteúdo moral adaptado ao espírito do século (1982, p. 198).

Como se pode observar, os valiosos elementos de análise que Camilo aponta desde o prefácio, revelando na abertura as intenções paródicas e experimentais de seu romance, não são ignorados pelo crítico, de modo que podemos constatar que já há muito tempo a crítica observara a presença desses aspectos. No entanto, são analisados como uma débil tentativa de fuga dos parâmetros delineados pela nova escola romântica, resultando, ao final, em evidente malogro, já que lhe parece que Camilo cedera "ao gosto do momento", quando, na verdade, apresenta as modas da "palpitante atualidade" para justamente parodiá--las e negar-lhes sua completa sujeição, num romance em que a subversão dos moldes hegemônicos apresenta-se como valioso e original aspecto.

No entanto, mais adiante, o crítico parece ter dado maior valor ao projeto que encerra o romance, atentando ao seu fundamental caráter paródico e subversivo. Em conclusão à análise do romance, Coelho afirma:

> Tentando um juízo de conjunto, direi que o *Anátema* marca um surpreendente progresso em relação aos anteriores esboços de nove-

las: maior fôlego, mais habilidade na composição, linguagem menos imprecisa e mais dúctil. Desta vez, Camilo defende-se pela ironia dos exageros romanescos em que caíra: os sentimentos continuam a ser excessivos, as falas enfáticas, o enredo melodramático: mas o autor parece não tomar tudo isso muito a sério, e o leitor hesita em troçar com receio de ter sido troçado. [...]. A intenção de fazer uma paródia ao romance romântico [...] adivinha-se desde o prefácio. [...]. A atitude que Camilo adotou deu-lhe maior liberdade de movimentos, permitiu-lhe servir-se de *clichés* sem os quais não podia ainda passar, habilitou-o a escrever de vento em popa a sua novela sem grandes preocupações de verossimilhança, e ficar, depois, na posição de quem supera a própria obra (1982, p. 212).

O crítico coloca aspectos interessantes a respeito da obra, como a intenção de realizar uma paródia ao romance romântico, a maior liberdade de movimentos com a qual Camilo surge na cena literária como romancista e a necessidade de adotar e utilizar-se de certos clichês que tornariam o romance legível e reconhecível aos leitores portugueses habituados à literatura francesa. No entanto, esses elementos são apenas mencionados, sem receber uma especial atenção ou análise que realmente observe o caráter experimental e original do romance, que acaba por destacar-se pela "fidelidade à linguagem e aos costumes populares" (1982, p. 218) e pela "reprodução flagrante da realidade portuguesa" (1982, p. 220), aspectos que nos parecem secundários em relação ao uso da ironia romântica e da paródia, ao menos nesse romance, com os quais se erige um verdadeiro diálogo em torno do gênero romanesco, elementos que não serão abordados neste estudo em virtude de nosso *corpus* já delimitado, mas que anteciparão a elaboração dos *Mistérios de Lisboa*.

No que diz respeito aos *Mistérios de Lisboa*, novamente afirma-se que apenas revelam o intuito de escrever ao gosto do público, já que o romance apresenta uma evidente intertextualidade com o célebre *Mistérios de Paris*, de Eugène Sue. Assim, inclinando-se para "longos romances folhetinescos, cheios de mistérios, crimes, disfarces, reconhecimentos e maravilhosas coincidências" (1982, p. 287), Camilo estaria apenas atualizando ao gosto português uma tendência do romance de terror inglês e do romance-folhetim francês.

Avançando um passo na crítica do romance, no entanto, Coelho nota que "Camilo afirma-se amplamente original" (1982, p. 297). Através da análise da configuração de alguns personagens e da atualização das descrições de paisagens, características, retratos e tipos sociais tipicamente portugueses, o crítico deixa de acentuar apenas o influxo da literatura francesa e o domínio da matriz sobre seus "afilhados", para também ressaltar a busca de uma originalidade pautada em diferenças, e não somente influências. Assim, num balanço dos prós e contras do romance, o crítico estabelece determinados aspectos presididos exclusivamente pelo gosto do público e pelos romances franceses e outros que apontam para uma originalidade que já começa a dar o tom, ainda que muito sutilmente, da novelística camiliana. Ao final, no entanto, a escritura do romance parece-lhe resumir-se a uma "útil experiência", em que Camilo pôde impulsar a "sua imaginação de enredos" e apurar a sua "técnica de narrar, adaptando o estilo às exigências duma acção rápida e rica de incidentes concretos" (1982, p. 309).

Em suma, adota-se o mesmo procedimento que se adotara na análise do *Anátema*: aponta-se o influxo do romance europeu central, com o que se busca apenas escrever para agradar ao público – o que não deixa de ter sua relevância e verdade –; em seguida, ressaltam-se umas poucas qualidades que revelam o início do processo de um escritor original, que não se deixa dominar apenas por influências externas; e por fim, ressaltam-se outras características que desmerecem a importância das originalidades previamente apontadas, reduzindo os romances apenas a uma fase de experiência, em que não se ressaltam os aspectos experimentais e o diálogo crítico que se estabelece com os modelos do romance francês.

Assim, ressaltamos que, além da necessidade do estudo dessa primeira fase da obra camiliana, em que o escritor dialoga com a tradição do romance europeu central e com a própria ascensão do gênero em Portugal, também é imprescindível que haja uma continuação da revisão crítica sobre a fase inicial da obra camiliana e, como veremos em seguida, da queirosiana, a fim de evitar lugares-comuns e observar verdadeiramente a presença da ironia e da paródia na produção inicial de Camilo e Eça, bem como as diferenças com relação à matriz francesa, problematizando o consenso de que essa produção seria apenas um retrato da produção francesa e que revelaria, por sua vez, a influência determinante do romance europeu central sobre o romance português.

A respeito dessa influência francesa sobre a literatura portuguesa, como parece ser vista pelos críticos de modo geral, Sampaio Bruno, contemporâneo de Camilo e Eça, apresenta um interessante depoimento na medida em que ressalta seu caráter negativo e prejudicial à literatura portuguesa: "Esta miséria moral da literatura portuguesa, alheia à realidade e vivendo da imitação do que passou, aparece em tudo" (1984, p. 74). E continua a respeito do folhetim:

> Tendo, apesar de todo o bom senso gaulês, e pelos motivos apontados, esta espantosa *blague* [folhetim] feito sucesso no seu país, como nós, parasitas espirituais da França, não fazemos senão refletir dos nossos livros à nossa administração a mobilidade das ideias francesas, seguimos inconscientemente esse refluxo de civilização e a espécie mórbida aventurou-se nesta terra (1984, p. 74).

A despeito dos exageros estilísticos do historiador da *Geração Nova*, é importante observar a insistência com que se vê a nociva influência da literatura francesa sobre a portuguesa, ponto de vista, curiosamente, ressaltado tanto por importantes críticos do século xx (como Franco Moretti) como pelos próprios contemporâneos de Eça e Camilo, como Sampaio Bruno, que voltará a falar do problema da hegemonia cultural francesa ao longo da *Geração Nova*. A importância do influxo cultural francês e os problemas que esse aspecto acarretaria para a literatura portuguesa, ou em maior medida, para as chamadas literaturas periféricas, é tema frequente entre diversos críticos e a conclusão a que parecem chegar é que a parte desta produção inicial dos escritores, trazendo a referência explícita dos autores franceses e as tópicas da literatura folhetinesca, sem maiores problemas, seria de evidente inferioridade.

Após a breve análise da crítica a respeito das primeiras obras de Camilo, e da áspera conclusão de Sampaio Bruno com relação ao panorama da época, também deveremos lançar um breve olhar sobre a crítica que se realizou a respeito d'*O Mistério da Estrada de Sintra*, romance de estreia de Eça de Queirós e Ramalho Ortigão. Observamos que, de modo geral, também há, por um lado, certo demérito conferido ao romance, criticado por suas falhas estruturais e inverossimilhanças narrativas, e por outro, uma evolução da crítica literária a seu respeito, com estudos mais voltados à paródia, ao jogo humorístico e à desconstrução dos modelos do romance-folhetim.

Ofélia Paiva Monteiro, em um dos poucos estudos dedicados a analisar de fato a composição narrativa e a presença da paródia e da desconstrução, intitulado "Um Jogo Humorístico com a Verossimilhança Romanesca: *O Mistério da Estrada de Sintra*", verifica na abertura desta série de três ensaios publicados periodicamente na *Revista Colóquio/Letras* a dificuldade de se encontrar uma bibliografia crítica consistente a respeito do romance, já que esta se ocupa com a discussão a respeito do escândalo que acompanhara o surgimento dos folhetins e da autoria de cada capítulo. Afirma a autora:

A bibliografia crítica até hoje consagrada a *O Mistério da Estrada de Sintra* tem sobretudo visado dilucidar as circunstâncias do *bluff* que representou, em 1870, a sua publicação no espaço do *Diário de Notícias* reservado ao folhetim e procurado definir com alguma probabilidade a parte que no texto caberá a cada um dos seus dois autores, Eça e Ramalho. Poucas páginas suscitou ainda a análise da obra em si, vítima talvez da relevância logo adquirida, na história da nossa cultura e da nossa literatura, pelos frutos da consagração de Eça e Ramalho à observação saneadora da degradação portuguesa (1985, p. 15).

Acrescentando somente algumas linhas ao que já notara Ofélia, já que não se pode vislumbrar, de fato, uma análise detida do romance e de seus procedimentos narrativos, trazemos novamente a referência de Sampaio Bruno, observando o cenário em que nascera o romance e o êxito que suscitara na época:

> O gênero estava lançado e no interesse produzido convergia o feitio dos noticiários das gazetas, crescentemente ocupado ou em traduzir *canards* fantasmagóricos ou em revestir de minúcias acirrantes a narração dos crimes célebres, [...].
>
> O jornalismo em Portugal não tinha ao tempo, como ainda hoje sucede grandemente, a menor independência; ele vivia dos *clichés* da imprensa francesa, [...] (1984, p. 82).

Da afirmação de Sampaio Bruno depreende-se, novamente, a ideia de que o romance nasce a partir da influência da literatura ou imprensa francesas, das quais a literatura e imprensa portuguesas seriam meras reprodutoras, imitando tal e qual o que se passava na França.

Devemos lembrar que, nessa época, um novo modo de publicação atraía a atenção dos leitores de jornal: o suplemento dominical do *Le Petit Journal*, por exemplo, "podia ser vendido avulso, entremeando romance-folhetim e *fait divers* narrados de forma folhetinesca e cuja espetacularidade já está na famosa ilustração da capa" (Meyer, 1996, p. 224). Marlyse também nos esclarece em que consistiam os famosos *fait divers*, aqueles que chegaram para fazer frente ao folhetim e desviar a atenção dos leitores:

> O folhetim ficcional inventando fatias de vida servidas em fatias do jornal, ou os *fait divers* dramatizados e narrados como ficção, ilustrados ambos com essas gravuras de grande impacto, ofereciam às classes populares o que desde os tempos da oralidade e das folhas volantes as deleitava: mortes, desgraças, catástrofes, sofrimentos e notícias (1996, p. 224).

Assim, pela leitura dos excertos de Sampaio Bruno e Marlyse Meyer, constata-se, de fato, a influência dos *fait divers* ou *canards* franceses para o romance de estreia de Eça e Ramalho. O modo e a data de publicação do folhetim, as referências e a suposta veracidade dos fatos passados na narrativa, envolvendo elementos bastante caros aos *fait divers* como assassinatos sem resolução e sequestros espetaculares, mencionados tanto por Sampaio Bruno (em tom notadamente irônico) como por Marlyse, dão-nos uma ideia bastante abrangente do contexto em que se situa o romance. No entanto, a pergunta que pretendemos lançar é se esse contexto em que nasce o romance e se a referência aos *fait divers* franceses não configurariam uma paródia e uma crítica a tais elementos, dadas as circunstâncias em que são elaborados no romance, análise que faremos mais adiante.

Uma análise mais superficial e menos detida comprovaria a suposta "dependência do jornalismo português", em razão da clara alusão aos *fait divers* franceses presente no romance, tese que nos lembra aquela "miséria moral da literatura portuguesa", tão alheia a si mesma e tão dependente da cultura francesa, como afirmara Sampaio Bruno. No entanto, ao realizarmos uma análise mais aprofundada do romance, veremos que "a disposição dos espíritos" dos escritores não parecia estar somente voltada à reprodução dos modos da Imprensa francesa, e sim a um diálogo com os modos de ficção preponderantes na época, revelando uma produção original, independente e de cunho crítico.

Na edição do romance realizada pela Lello & Irmão Editores, há uma nota ao final que sugere como valiosos, além do estudo feito por Sampaio Bruno sobre a obra, a leitura dos estudos de Antonio Cabral e João Gaspar Simões. Não sendo muita vasta a bibliografia crítica sobre o romance, consideramos necessários alguns comentários a respeito desses estudos, com vistas a mostrar a evolução da crítica no que diz respeito à análise mais aprofundada da obra.

No que concerne ao estudo de Antonio Cabral, publicado aproximadamente trinta anos após o estudo de Sampaio Bruno, não nos parece que significativas mudanças tenham ocorrido, já que, como comenta Ofélia Monteiro, a crítica sobre o romance se debatera preponderantemente a respeito da autoria dos capítulos e sobre as circunstâncias em que o romance fora escrito. O estudo apenas apresenta um resumo da obra, no sentido de auxiliar aqueles leitores que talvez não a conheçam, e enreda-se em polêmicas a respeito do romance com o intuito de esclarecer alguns equívocos levantados acerca da obra. A partir de uma visão bastante generalista e redutora, na qual não se pode entrever nenhuma tentativa de análise da obra em si, Cabral assim define o romance:

> [...] obra incongruente, desordenada, mais que romântica, absurda e falsa no caráter dos personagens, inverossímil em muitos lances, mas despertadora de súbito interesse, que não diminue, antes aumenta, de episódio para episódio. Dessa obra extravagante, mais de dois terços são produção indubitável da pena cintilante e mágica de Eça de Queiroz, tocando o restante à primorosa pena de Ramalho Ortigão.
>
> [...]
>
> *O Mysterio da Estrada de Cintra*, apesar das imperfeições de urdidura e de execução, é curioso e excitante livro, que se devora dum fôlego, com verdadeiro empenho de se chegar ao fim e de se conhecer o desenlace (1944, p. 315).

Pela leitura dos excertos supracitados, constatamos que Cabral parece revelar-se antes um leitor de folhetins que um crítico literário, já que a ávida leitura do romance parece ter-lhe impedido de ver que, a despeito dos lances inverossímeis, das imperfeições de urdidura e do falso caráter dos personagens, há elementos fundamentais para a análise do romance, tais como a presença da paródia, da crítica e da sátira de costumes sempre presente na obra de Eça de Queirós.

Com a análise de João Gaspar Simões, no entanto, observa-se uma sensível evolução na revisão crítica da obra de Eça e Ramalho. Muito menos atento aos meandros da narrativa, preocupando-se antes com os aspectos da composição da obra e das personagens e sempre afirmando a consciência crítica e literária dos escritores, sobretudo a de Eça, Simões levanta aspectos interessantes e importantes para o presente estudo, já que nos fornece elementos possíveis de comparação com a obra inicial de Camilo Castelo Branco, como veremos ao longo do desenvolvimento do trabalho.

Simões afirma que se "acordar tudo aquilo a berros" (Queirós e Ortigão, 1963, p. 7), referindo-se à pacata Lisboa, fora, de certo modo, a primeira intenção dos escritores, também houvera outras importantes motivações para o lançamento do folhetim: a de realizar uma "tremenda sátira contra o romance nacional e os seus modelos estrangeiros" (1945, p. 233). Dessa forma, o crítico valoriza a obra inicial dos escritores na medida em que a coloca dentro de um sistema evolutivo da obra queirosiana: explica que, ao passo que os posteriores romances de Eça podem ser analisados sob o prisma de uma crítica e uma sátira à sociedade, este romance inicial pode ser entendido como uma sátira à própria literatura e uma crítica à produção romanesca e romântica. E assim conclui a introdução à análise que fará da obra: "de facto, eis-nos perante uma obra inteiramente composta sobre uma intenção crítica" (1945, p. 235). Para ele, ainda, é já nesse primeiro romance que "o processo criador do romancista desvenda-se admiravelmente" (1945, p. 246), hipótese que também levantaremos e demonstraremos a respeito de Camilo Castelo Branco.

Estamos de acordo com as afirmações de Simões a respeito das intenções críticas dos escritores, sobretudo dirigidas à própria literatura do momento, da qual Eça, assim como Camilo, revela-se um perspicaz observador. Lembramos que, no entanto, ao analisar a obra inicial de Camilo Castelo Branco, Simões não observa a explícita intenção crítica e paródica contida nos romances *Anátema* e *Mistérios de Lisboa*, classificando-os como produções dominadas pelo "terror grosso" e, portanto, de baixa qualidade. Novamente afirmamos que uma análise comparativa entre os dois escritores é essencial para unir os fios deixados pela crítica literária prévia, dividida entre ver nas obras dos escritores despontes de originalidade e evidências do influxo determinista da literatura romântica e romanesca francesa; cumpre, dessa forma, analisar a produção inicial dos dois escritores de maneira a aproximá-los e observar a sua relevância para a ascensão do romance em Portugal, revelando os modos criativos com os quais os escritores estrearam na cena literária, por meio de um diálogo bastante interessante travado, no seio dos próprios romances, com a tradição do romance europeu central.

Para terminar este breve sumário a respeito de parte da bibliografia crítica do romance, ressaltamos que é somente com o estudo de Ofélia Paiva Monteiro, já citado anteriormente, que se pode observar, de fato, uma transformação na crítica e um aprofundamento da análise. Como veremos na análise do romance que se fará mais adiante, Ofélia deslinda todas as estratégias elaboradas para desconstruir a narrativa de cariz marcadamente romântico e sentimental, a partir da presença incontesta da paródia e do humor, através dos quais podemos já confirmar, como assinalara Simões, que Eça "principiava a compreender que, realmente, o riso era o melhor dos remédios" (1945, p. 232).

É justamente através do jogo entre os elementos românticos e sentimentais e aqueles que confirmam a presença da paródia e do humor que podemos verificar as intenções críticas que subjazem à tessitura do romance, estratégias também perfeitamente verificáveis nas obras iniciais de Camilo. Como afirma Ofélia: "Da intersecção de climas romanescos contrastantes nascem efeitos burlescos que, associados à *paródia* de elementos típicos dos 'modelos' ficcionais utilizados, subvertem toda a seriedade do texto" (1985, p. 22, sublinhados da autora).

A esta detida análise do romance, após algumas tentativas pouco abrangentes e desenvolvidas, pretendemos agregar novos elementos que afirmem a importância da obra para a literatura portuguesa oitocentista: a análise feita à luz dos estudos sobre o romance-folhetim francês, já que é nesses modelos em que os escritores se "inspiraram", a despeito de toda sua originalidade; e a comparação com a obra inicial de Camilo Castelo Branco, também "inspirada" nos moldes do folhetim francês, mas, a nosso ver, igualmente crítica e original.

Findas estas primeiras considerações a respeito da obra inicial de Camilo Castelo Branco e de Eça de Queirós, bem como o breve panorama da crítica literária a respeito dos romances *Anátema*, *Mistérios de Lisboa*, e *O Mistério da Estrada de Sintra*, passaremos, finalmente, à análise de ditas obras, seguidas de uma aproximação entre os dois romances de Camilo e Eça, com vistas a por em paralelo o horizonte de expectativas e a consciência crítica a respeito do meio socioliterário dos escritores em questão. Comecemos com uma análise dos romances que apresentam um evidente diálogo, aspecto de antemão evidenciado por grande parte da crítica literária: trataremos dos estrondosos sucessos de *Os Mistérios de Paris* e os *Mistérios de Lisboa*.

2

Uma Viagem pelos Mistérios: Confluências e Divergências entre Eugène Sue e Camilo Castelo Branco

Nós não poderemos entender o movimento românti-co, escreve George Steiner, "se não percebermos em seu cerne o impulso pelo drama. O estilo romântico não é nem uma ordem nem uma crítica da vida; é uma dra-matização" (apud Brooks, 1995, p. 81)[1].

Os Mistérios de Paris oferecem a mais elaborada exploração do submundo, seus arquicriminosos e ma-jestosos redentores, seus crimes hediondos e a redentora pureza do coração[2].

1. George Steiner, *The Death of Tragedy*, New York, Hill and Wang, Dramabook, 1963. "We cannot understand the romantic movement, writes George Steiner, 'if we do not perceive at the heart of it the impulse toward drama. The romantic mode is neither an ordering nor a criticism of life; it is a dramatization'".
2. Peter Brooks, *The Melodramatic Imagination. Balzac, Henry James, Melo-drama and the mode of excess*, United States, Yale University Press, 1995. "*Mystères de Paris* offer the most elaborate exploration of the underworld, its arch-criminals and regal redeemers, its hideous crime and redemptive purity of heart."

Os *Mistérios de Lisboa,* publicados em 1853, quase dez anos, portanto, após o término da publicação dos *Mistérios de Paris* em folhetins, apresenta, desde o título, um evidente diálogo com o romance francês, matriz dos "mistérios" tão proficuamente reproduzidos por vários escritores em diversas partes do mundo. Na esteira do primeiro romance publicado em folhetins, o *Anátema,* este segundo romance de Camilo Castelo Branco também dialoga (criticamente) com a tradição do romance-folhetim francês, o qual coloca em evidência, para ora afirmá-lo, lançando mão de suas características constitutivas, e ora dele se afastar, realizando um novo romance português com características próprias. Entre outros recursos, a presença do diálogo crítico com o romance-folhetim francês ainda se pode verificar pela voz dissonante do narrador, que joga com o discurso romântico, constantemente sustentando e rompendo as expectativas do público leitor, procedimento que explicita nas malhas narrativas do romance. Mas, para que não se pense que a narrativa camiliana resulta um novo romance – original e interessante a partir de suas características intrínsecas, e não somente pela reiteração das tópicas da literatura romanesca francesa – única e exclusivamente através da subversão dos elementos que concernem à instância narrativa, isto é, o narrador e o narratário, também realizaremos um estudo comparativo entre o enredo do romance de Eugène Sue e o da narrativa camiliana, abrangendo aspectos como as personagens, a figura do herói, a cadeia temática explorada nos romances e o desenlace das narrativas.

Em Portugal, de acordo com Sampaio Bruno e, posteriormente, com João Gaspar Simões, observamos a transição do romance histórico ao romance de intriga, após o surgimento do romance de atualidade, cujas principais realizações são, segundo Simões, o romance íntimo ou passional. Outra possível transição, segundo Sampaio Bruno, é do romance histórico ao romance de costumes, cujo elo seria o romance marítimo, subgênero também realizado por Sue. Os romances de Camilo, geralmente classificados, nos primeiros anos de sua produção, como romances de atualidade ou romances de costumes, também receberam a nomenclatura de romance de intriga. Mais uma vez, os críticos nos ajudam a visualizar o panorama português da época, absolutamente rendida aos romances de intriga e às emoções folhetinescas:

A feição histórica do nosso romance vai-se delindo à medida que progridem entre nós as traduções de romances de atualidade, essencialmente baseados na complicação do enredo e na sugestão dos episódios narrados. *O Conde de Monte Cristo* era traduzido em 1849; entre 1841 e 1847 traduzem-se em Portugal 25 títulos de Dumas. Pinheiro Chagas traduzia, em 1848, *A Dama das Camélias*. Desde 1843 que andavam em versão portuguesa *Os Mistérios de Paris*, de Eugène Sue (Simões, 1969, p. 112, vol. 2).

O gosto que preside à transformação dos gêneros do romance e a súbita acolhida dos romances franceses, bem como o aparecimento de versões portuguesas dos romances de intriga, diretamente relacionados aos romances franceses – tais como os *Mistérios de Lisboa*, de Camilo, *Os Mistérios de Lisboa*, de Hogan, que se antecipa a Camilo na atualização do gênero ao gosto popular português, *A Mão do Finado*, do mesmo Hogan, que se apresenta como continuação ao *Conde de Monte Cristo* e, ainda obras hoje totalmente desconhecidas, como *Frei Paulo e os Doze Mistérios*, de António da Cunha Sotto Mayor e Ayres Pinto de Sousa – é, naturalmente, o gosto pelas ficções pouco verossímeis e de cariz soturno, tétrico, emocionantes ao gosto popular, mas não só popular, já que o próprio Sue, por exemplo, atrai leitores de diversas camadas sociais em razão da vasta diversidade de suas personagens. Gaspar Simões assim explica a transformação:

Saciado de romance histórico, procurava agora o leitor português ficções mais emocionantes: as que lhe descreviam aventuras e desgraças entre gente do seu tempo e em cidades tão reais como Paris, Londres ou Lisboa. "Havia precisão de comoções violentas! Dramas aterradores!", escrevia Júlio César Machado, em 1870, "romances lúgubres! Quanto mais se vivia na ignorância das paixões humanas, mais vigorosa era esta mania" (1969, p. 112).

Outros tantos escritores portugueses, além de Júlio César Machado, testemunharam a respeito da mania dos folhetins franceses, expandidos, imitados e lidos em todo o mundo, em tons que variam entre o sarcasmo escarnecedor queirosiano até o profundo desprezo pela "espécie mórbida" que se aventurou em Portugal, como atestara Sampaio Bruno na *Geração Nova*. Mas, voltemo-nos aos romances e vejamos de que forma Camilo, escritor estreante na cena literária, mas que já provocara alguma repercussão na sociedade portuguesa com a publicação do *Anátema*, apropria-se da engenhosa máquina francesa.

Se levarmos em conta somente o fio condutor dos *Mistérios de Paris* e dos *Mistérios de Lisboa* – uma vez que se multiplicam em várias outras histórias relacionadas ao entrecho principal, sendo caracterizados por Jean-Louis Bory como "romances centrífugos" (1963, p. 237), que multiplicam o lugar, o tempo e a ação – podemos observar similaridades constitutivas: o cerne da narrativa de Sue é a história de Rodolphe e sua filha abandonada, Goualeuse/Fleur-de-Marie/Amelie, transfigurada em diversos tempos e espaços, de acordo com as peripécias da narrativa; e, por sua vez, o fio condutor da narrativa camiliana é a história de Padre Dinis e Dom Pedro da Silva, ao qual o primeiro faz as vezes do pai. Ambos os romances descrevem a penitência e a peregrinação de Rodolphe e de padre Dinis por crimes cometidos no passado, e a subsequente espera de redenção, por um lado; e, por outro, presenciamos os sofrimentos e percalços vividos por Fleur-de-Marie e D. Pedro da Silva em razão de sua suposta orfandade.

No que diz respeito aos segundos personagens principais, as similaridades também restam bastante claras: acredita-se, em boa parte do romance, que Fleur-de-Marie, filha de uma união ilícita entre Sarah Seyton e o príncipe Rodolphe, abandonada por sua mãe, é órfã, o que explica os desvelos de Rodolphe, seu verdadeiro pai, à menina, mesmo não o sabendo; e, por sua vez, no segundo romance, também se acredita que Dom Pedro da Silva é órfão, já que Padre Dinis, seu preceptor, não lhe conta a verdade sobre seu nascimento; mais adiante, o leitor toma conhecimento a respeito do personagem – revela-se que Dom Pedro também é filho de uma união ilícita e não legitimada entre a Condessa de Santa Bárbara e Dom Pedro da Silva (pai).

Quanto aos personagens principais dos romances, constituindo pares temáticos e ao mesmo tempo bastante diversos, como se verá mais adiante, observamos que o príncipe Rodolphe de Gerolstein e o duque de Cliton, ou Padre Dinis, terão, portanto, que acatar aos desejos da Providência, expiando seus crimes por meio da caridade e da ajuda ao próximo. O processo de redenção é lento e penoso, o que certamente faz com que as narrativas sejam muito longas, multiplicadas em centenas de capítulos, respondendo à lógica mercadológica que determinava a extensão de tais romances, a partir dos quais podemos analisar a estrutura do folhetim:

> O universo do folhetim e sua relação de causalidade estrambótica, em que sua estrutura iterativa não é só chamariz para segurar o público, mas uma cadeia de coincidências que também têm significado, subentendendo a noção de Providência. [...] sua repetição estrutural acaba sendo produtora de um sentido misterioso que no entanto sempre escapa, nunca se alcança, e é precisamente o grude que mantém preso o leitor, que "sabe" perceber as "coincidências" habilmente montadas pelo autor-Providência (Meyer, 1996, p. 178).

Assim, imersos em um universo onde o crime será naturalmente punido e em que as más ações devem sempre ser expiadas, as trajetórias dos personagens do romance-folhetim, ou ainda do melodrama, nos fazem constatar a existência de um Destino inexorável que organiza o aparente caos da vida, de uma existência superior que assegura o acerto de contas entre o Justo e o Pecador, dando-nos, assim, a possibilidade de entender alguns aspectos: o enorme êxito de tais romances, considerando a "supremacia do romance francês" e especialmente de Dumas,

Sue e Hugo (Moretti, 2003, p. 195); de que modo Camilo estaria dialogando diretamente com Eugène Sue ao trazer a contribuição de sua poderosa fórmula narrativa; e, por fim, em que medida os autores se aproximam. Parece-nos que para além das peripécias, dos reconhecimentos e das reviravoltas que prendem o leitor por meses a fio aos folhetins assegurando-lhes seu quinhão de emoção, elementos constitutivos da narrativa analisados desde a *Poética* de Aristóteles, este tipo de romance também tem a função de "consolar" os leitores[3], tão ansiosos por poderem acreditar em algo maior que a essência materialista do homem: "ele cria um universo mítico que acredita numa inteligência escondida, em outras palavras, num Destino" (Meyer, 1996, p. 180). Assim, de maneira a redimirem-se de seus pecados, as trajetórias de Rodolphe de Gerolstein e do duque de Cliton consistirão em uma longa expiação que lhes fará apenas entrever a felicidade, sem nunca de fato alcançá-la. Concentrando-nos apenas nos personagens principais, ainda que Fleur-de-Marie e Dom Pedro da Silva detenham quase a mesma importância, vejamos em que consiste o percurso expiatório de Rodolphe e Padre Dinis.

O primeiro, rico, jovem, poderoso e extremamente influente, passa a atribuir-se a função de salvar e recompensar os "Bons" e punir os "Maus", numa lógica notadamente maniqueísta. Ao circular pelos *bas-fonds* de Paris, o príncipe descobre uma série de personagens que sofrem injustamente e outros tantos que causam o mal sem qualquer punição. Assim mesmo, tem um conjunto de características que lhe permitem fazer as vezes do *deus ex machina*: tem dinheiro, influência, sabe adequar sua postura ao mais alto ou baixo escalão, podendo facilmente entender a linguagem dos criminosos e, como se não bastasse, tem uma série de fiéis escudeiros capazes de lhe fornecer qualquer

---

3. O termo refere-se à tese de Umberto Eco, que relaciona a estrutura iterativa do romance, no qual vários dramas e sofrimentos são repetidamente resolvidos por Rodolphe, ao que chama de "estrutura da consolação": "Trata-se de consolar o leitor, mostrando-lhe que a situação dramática pode ser resolvida, mas de tal maneira que esta não cesse de identificar-se com a situação do romance no seu conjunto" (Eco, 1979, p. 202).

informação ou de lhe prestar qualquer serviço. É, como defende Umberto Eco, o elemento fantástico da narrativa, funcionando como "elemento resolutório em luta com a realidade inicial, e que se opõe a esta como solução imediata e consolatória das contradições iniciais" (1979, p. 192). Assim, assegura um futuro digno e honrado aos jovens trabalhadores Germain, Rigolette e Louise Morel e, por outro lado, pune cruel e sadicamente o Maitre d'École e o notário Jacques Ferrand. Criando sua própria justiça segundo suas leis, Rodolphe promove a reorganização do universo caótico, em que o justo sofre de fome e tirita de frio, e o pecador aumenta sua fortuna ao espoliar os fracos e oprimidos. Dessa forma, por detrás do caos do crime e da violência, há sempre um princípio ordenador (Rodolphe e suas ações), introduzido a bel-prazer na narrativa, já que se constitui como elemento consolador e reconfortante. Beirando os limites do inverossímil, não há porque ser questionado ou coerentemente motivado, visto que tem a função de trazer novamente a ordem ao universo caótico, consolando os personagens da narrativa e os leitores do romance, que se identificam com as transformações e correções impostas aos pecadores.

Como comenta Gramsci, é importante no romance popular a presença da categoria da "justiça", cujo poder é detido por verdadeiros "super-homens" que se responsabilizam pela sua administração ao empregar e fazer valer a "verdadeira justiça", isto é: aquela que não é somente mediada pelo poder do aparato judiciário, mas sim pelos próprios homens. Assim, Rodolphe funciona como "o amigo do povo, que destrói intrigas e crimes" (1978, p. 117) ao passo que Sue constrói "todo um sistema de repressão à delinquência profissional" (1978, p. 118).

No romance português, o anjo padre Dinis, antigo criminoso duque de Cliton, terá uma trajetória semelhante, com apenas uma crucial diferença: apesar de ajudar incondicionalmente aos que necessitam, não lhes garantirá um futuro abençoado, feliz ou afortunado, e nem mesmo, irascível, punirá os culpados; seu auxílio moral se efetivará no sentido de reorientar os perdidos e pecadores e assegurar alguma paz de espírito aos desgraçados.

Os primeiros, o mais das vezes, se arrependerão de seus pecados e trilharão o caminho da autopenitência, realizando uma peregrinação física e moral e buscando os caminhos para a redenção; os segundos, em grande parte, receberão algum auxílio moral ou financeiro para que tenham, em geral, uma vida menos atribulada.

Assim, sem que haja um elemento fantástico ou resolutório tal qual Rodolphe de Gerolstein, o sentimento que prevalece no romance é o infortúnio. O possível conto de fadas com final feliz para alguns e a punição para outros não têm qualquer espaço no romance português, onde o sofrimento e a desesperança é que tomam o lugar dos "felizes para sempre"[4]. Se personagens como Germain, Rigolette, Madame de Germain, Louise Morel e sua família têm o seu quinhão de felicidade – e de fortuna – assegurados graças a Rodolphe de Gerolstein, "o melhor dos homens, o mais generoso que há no mundo, uma espécie de santo, se não mais" (Sue, 1982, p. 1279)[5], no romance de Camilo observamos

4. Referimo-nos ao "possível" conto de fadas em vista de que alguns personagens que muito sofreram ao longo da narrativa, tais como Germain, acusado e preso por roubo por haver ajudado a família Morel; Rigolette, pobre costureira que se dedica a ajudar também os desafortunados da família Morel; e, por fim, Morel e sua filha Louise, que vivem sob o jugo do terrível Jacques Ferrand, passam a ser extremamente recompensados pelas benesses de Rodolphe, que lhes assegura um futuro digno, honrado, concedendo-lhes, ainda, suficientes rendimentos. No entanto, não podemos nos esquecer dos sofrimentos da autopunição vividos por Fleur-de-Marie, Chourineur e o próprio Rodolphe, que de antigos pecadores acabam dedicando-se virtuosamente aos outros ainda que sem pensar em seus próprios sofrimentos. Por fim, não se pode desmerecer o quadro das mazelas sofridas pelos franceses naquela época, em que as desilusões com a Revolução somavam-se ao abismo entre as classes sociais, à extrema pobreza do proletariado e às péssimas condições de trabalho de algumas faixas da população. Dessa forma, se Sue ainda aposta no melodrama como resolução dos problemas, assegurando a leitura moral do mundo e explicitando a Virtude como signo mais poderoso, ainda que para tanto tenha que recorrer a uma solução "fantástica e consolatória", como menciona Umberto Eco, não se pode deixar de observar a importância do escritor no que diz respeito à introdução de questões prementes na época, tais como as condições do proletariado, os benefícios concedidos à burguesia, o abismo colossal entre as condições de vida das diferentes camadas da sociedade, entre outros temas.

5. A tradução dos excertos do romance de Eugène Sue, que não conta com traduções no Brasil, é também de nossa responsabilidade. No entanto, apresenta-

um grande culto ao infortúnio e ao desespero, onde não há ventura possível.

Assim, observamos que a categoria arquetípica do Mal, amplamente explorada nos romances-folhetins e no melodrama, cede passo, no romance camiliano, ao infortúnio, à desgraça, à impossibilidade de plenitude numa sociedade dessacralizada. Dessa forma, haveria uma luta entre a busca pela paz e o infortúnio, mas não claramente entre o Bem e o Mal, o que torna o romance menos "consolatório" – e menos melodramático. Vejamos com Peter Brooks:

> A estrutura do melodrama move-se de uma apresentação da virtude-como-inocência à introdução da ameaça ou do obstáculo, o que coloca a virtude em situação de extremo perigo. Na maior parte das peças [o autor refere-se muitas vezes a obras de teatro], o perigo parece reinar triunfante, controlando a estrutura dos eventos, ditando as coordenadas morais da realidade. A virtude, expulsa, eclipsada, aparentemente destruída, não pode, efetivamente, articular a causa do Bem (1995, p. 31)

O romance, mais verossímil e menos consolatório, possui um esquema lógico que se irradia do personagem principal a todos os demais personagens: quando há um prenúncio de felicidade, logo há o peso determinante do infortúnio. Obviamente que a crítica de Camilo, presente em boa parte de sua obra, dirigida à sociedade sustentada por bens econômicos faz-se observar desde aqui: boa parte dos pecados e crimes cometidos está relacionada ao dinheiro, de maneira que a lição é certeira: após o crime, uma cadeia em que se observa uma crise moral, seguida de um remorso doentio e de uma autopenitência que se consubstancia na peregrinação, na morte ou no sofrimento. Nenhuma paz ou recompensa é assegurada aos bons, nenhuma punição é advin-

---

mos também as citações em francês para que o leitor possa lê-las no original: "l'homme le meilleur, le plus généreux qu'il y ait au monde, une espèce de saint, si ce n'est plus".

da de um grande *deus ex machina*: são os pecadores mesmos que se arrependem e que entram para o centenar de personagens infelizes e desgraçados da novelística camiliana[6]. Veja-se, a esse respeito, as considerações de Eduardo Lourenço no ensaio "A Situação de Camilo", que vão ao encontro de nossas hipóteses acerca da característica peculiar e marcante da ficção camiliana:

> Tocamos aqui no núcleo da visão e da sensibilidade especificamente camilianas. [...] o esquema maldito e fascinante da *culpa* e do *castigo*, da queda e da expiação, que é o esquema central de toda a ficção camiliana. Esquema cuja função não é senão a de exprimir a necessidade profunda de sofrimento, quase de gozo na infelicidade, [...]. Neste sentido, Camilo é bem filho do seu século, mas por este gosto, por assim dizer inato, da infelicidade no coração da vida, ele resume e cumpre em termos espetaculares uma vocação de *tristeza* e um gosto imemorial pelo *sofrimento*, ancorados no mais profundo da sensibilidade portuguesa. Impõe-se a aproximação com esse outro criador que fez da dialética do *crime* e do *castigo* uma alegoria do caminho da cruz no mundo do Deus morto. Nos dois extremos da Europa, à margem da sua aventura técnico-científica, dois autores tiveram uma intuição semelhante do papel da *paixão* no destino do homem (1994, pp. 225-226, sublinhados do autor).

Em suma, podemos observar semelhanças estruturais entre as obras, que acabam por dar contorno ao romance-folhetim, especialmente aos romances em questão, na medida em que ambos tematizam o desejo de perdão e de redenção, através do arrependimento, da punição ou autopunição e da penitência.

---

6. Não desejamos afirmar que esse esquema valha irremediavelmente para toda a novelística camiliana. Em se tratando de um escritor como Camilo Castelo Branco, cuja obra é vasta e muita variada, pensamos que não se pode afirmar, sem sombra de dúvida, determinados aspectos. Assim, é de se notar que a presença da Providência e até mesmo de um *deus ex machina* que resolva de forma inexplicável os conflitos dos personagens é significativa para outros tantos romances do autor. Assim, defendemos que nos *Mistérios de Lisboa*, no qual parece haver um grande culto ao infortúnio e um repúdio aos desígnios da Providência, privilegia-se antes a autopenitência e os caminhos tortuosos da expiação.

São os temas principais dos romances e todas as peripécias e reviravoltas se dão a partir de sua presença.

De forma exemplar e bastante esclarecedora, Peter Brooks amplia as reflexões sobre a questão ao relacionar esses mesmos temas ao melodrama, esclarecendo a história da inserção desse gênero na literatura romântica e as repercussões que tivera no seio da sociedade francesa. O crítico esforça-se por mostrar que desde a ascensão do gênero melodramático, caro ao teatro francês, em vista de seus famosos *coups de théâtre,* de sua forte musicalidade e de sua representativa relação com os palcos e com o espectador, houve uma modificação em relação ao interesse pelo suspense e pela peripécia, de forma que passa a relacionar-se mais com o romance do que com qualquer outro gênero, já que este é o primeiro meio a realçar a importância da mulher perseguida e da luta pela preservação e imposição da visão moralizante do mundo. Tendo seu auge a partir do Romantismo, o que justifica um dos capítulos de seu estudo – "Melodrama e Dramatização Romântica" – o autor associa o aparecimento do melodrama ao universo dessacralizado em ascensão após a Revolução Francesa – isto é, à dissociação da ideia do Sagrado bem como de seus maiores representantes, a Igreja e a Monarquia; à desintegração e as ruínas do mito da Cristandade; e à dissolução de uma sociedade orgânica e hierarquicamente coesa (cf. Books, 1995, p. 15). Dessa forma, a imaginação melodramática – e seus temas comuns (penitência, punição, culpa, remorso etc.) – surgiriam como resposta e reação românticas à dessacralização do universo e como uma necessidade de restauração de uma moralidade perdida ou abalada: "O estilo melodramático existe, em ampla medida, para localizar e articular a moral oculta" (1995, p. 5). Mais adiante, Brooks complementa: "O melodrama representa tanto a urgência da 'ressacralização' como a impossiblilidade de conceber a 'sacralização' se não em termos pessoais" (1995, p. 16), o que explicaria o uso exagerado de arquétipos como o vilão, o herói e as heroínas de coração e alma nobres, mas que carregam máculas do passado, entre outros. Por fim, assim conclui o tema em síntese fundamental para o nosso estudo:

"Deus" – não mais a fonte e a garantia da ética – tornou-se uma interdição, uma força primitiva da natureza que provoca o medo no coração dos homens, mas não os atrai em termos de lealdade e veneração. A *culpa*, em amplo sentido, pode derivar de uma ansiedade produzida pela incapacidade do homem de manter a relação com o Sagrado; deve ser agora redefinida em termos de *autopunição*, o que implica *terror, interdição da transgressão, retribuição* (1995, p. 18, sublinhados meus).

Do excerto supracitado, atente-se aos termos sublinhados, que caracterizam em ampla medida a estruturação temática e do enredo dos mistérios, seja no romance francês ou no português. Assim mesmo, outras conotações e aspectos do gênero melodramático coincidem de forma exemplar com, sobretudo, o romance de Sue: "prazer pelo forte apelo emocional; maniqueísmo e esquematização morais; estados de espírito, situações e ações extremos; vilania declarada, perseguição do bem, e recompensa final da virtude; expressão inflada e extravagante; enredo obscuro, suspense, peripécias de tirar o fôlego" (1995, pp. 11-12). Ainda a respeito dos temas frequentes nos romances do século XIX, tratando, muito embora, do romance realista e naturalista, afirmam Hamon e Viboud, autores do *Dicionário Temático do "Romance de Costumes" e da Novela Realista e Naturalista*:

O tema, um pouco como o *leitmotiv* musical, pode ser definido como uma unidade de sentido que, segundo um procedimento geralmente aceito, possui uma certa estabilidade, que se repete, que está sujeito a variações normatizadas, que tem uma funcionalidade narrativa (um motivo que serve a modificar, reorientar ou construir a ação), e que caracteriza (justamente por essa repetição e funcionalidade) a própria obra particular de um autor, ou mesmo toda a obra de um autor, ou ainda todo um gênero literário. É, dessa forma, com algumas variantes, um elemento de coerência da obra, de sua legibilidade pelo leitor e, eventualmente, um elemento de investimento existencial e biográfico – experienciado ou assumido pelo escritor que o coloca na obra [...] (2003, pp. 9-10).

Parece-nos importante ressaltar algumas considerações dos autores do dicionário, tais como a estabilidade, a funcionalidade narrativa e a legibilidade características do tema, e, como já assinalamos, a presença do *leitmotiv*. Nas obras estudadas, como observamos, a presença do tema é fundamental para que se possam causar determinados efeitos: em Portugal, por exemplo, a repetição dos temas serve a oferecer ao público leitor a matéria literária com a qual já estavam habituados, pela presença massiva de traduções francesas, garantindo a legibilidade da obra portuguesa e sua aceitação pelo público. Assim mesmo, a funcionalidade narrativa é assegurada pela cadeia de desenlaces que contém grande parte dos temas do romance-folhetim do século XIX: "fatalidade", "redenção", "punição", "vingança", "remorso", "arrependimento", entre outros. Como também afirmam os autores, é possível analisar todo um gênero literário e a obra de determinados autores pela presença dos temas que a constroem. Ainda que a análise nos pareça um pouco reducionista, não há como deixar de verificar que os temas presentes e comuns entre as duas obras, de fato, servem a construir e orientar a narrativa, gerando todos os seus pontos de tensão e a busca pela sua resolução.

A esse propósito, Anne-Marie Thiesse fala-nos de uma "norma convencional", seguida e observada por diversos escritores da época, fazendo com que os textos contivessem, ainda, a aparência de estereótipos, já que a repetição era em grande medida a estratégia dos escritores, que recorriam a receitas provadas e aprovadas pelas tendências de leitura do público leitor. A propósito dos leitores populares, público certeiro dos mistérios, comenta a autora: "Eles têm como natural uma norma convencional, aquela que rege as obras conhecidas. Eles preferirão, portanto, uma obra que se aproxime mais da perfeição convencional, do modelo implícito. A produção segue as tendências do consumo" (1986, p. 469).

Contudo, a despeito do modelo no qual Camilo se inspira, seguindo as tendências de leitura da época e as "normas" dos romances publicados e vendidos, na esteira, portanto, do melodrama advindo com o Romantismo, é preciso reafirmar, em consonância com os objetivos deste estudo, as diferenças que se interpõem no diálogo estabelecido por Camilo com o romance de Sue, já que as semelhanças resultam bastante evidentes e não configuram, portanto, uma dificuldade ao leitor de folhetins do século XIX. Estamos de acordo com Maria de Fátima Marinho, que procede em uma breve comparação entre os *Mistérios de Paris*, e os *Mistérios de Lisboa* de Camilo e de Alfredo Hogan, ressaltando os elementos efetivamente originais do primeiro com relação à matriz, e o "aproveitamento" e a repetição do modelo realizada por Hogan:

> O êxito estrondoso dos *Mistérios de Paris*, [...], teve uma influência decisiva na literatura nacional da época. As características inerentes ao romance-folhetim terão um relevo especial em textos dos nossos melhores escritores e não é difícil encontrar estreitos pontos de contato, quer ao nível da estrutura do romance, quer ao das personagens ou das cenas descritas (1995, p. 218)

Em vista disso, desejamos levantar mais algumas questões que justamente nos ajudem a analisar as dissonâncias que estabelece a narrativa camiliana, quando comparada à estrutura do romance-folhetim francês, especialmente a dos *Mistérios de Paris*. Para tanto, lançaremos mão de duas breves análises do romance-folhetim, a partir da contribuição de dois críticos diversos: Antonio Candido, em seu estudo "Elementos da Ficção de Teixeira e Sousa", presente na *Formação da Literatura Brasileira*; e, mais uma vez, Olivier-Martin, a partir da introdução de sua obra *História do Romance Popular na França,* em que discute o espinhoso tema: "O romance popular: literatura ou subliteratura?" Comecemos, pois, com o crítico brasileiro.

Teixeira de Sousa, escritor literalmente esquecido, é, no entanto, de considerável importância histórica em razão de dois fatores: até nova ordem, cabe-lhe a prioridade na cronologia do nosso romance; e representa no Brasil a importação dos aspectos verdadeiramente folhetinescos do Romantismo francês, tendo lançado mão de todos os seus mais significativos paradigmas. Sendo-lhe geralmente atribuída uma crítica muito negativa, em razão de sua má e descosida ficção e da "apropriação" maciça que realizou do folhetim estrangeiro, tem em Antonio Candido um dos poucos críticos a tentar elaborar mais detidamente as características de sua "obra". Assim, já que nesse estudo se encontram elementos importantes para a análise da estrutura do folhetim, considerá-lo-emos não somente como um estudo a respeito do ficcionista brasileiro, mas também sobre o próprio gênero no qual nos detemos.

O primeiro aspecto abordado por Candido é o chamado "culto da peripécia", sobre o qual afirma:

A peripécia não é um acontecimento qualquer, mas aquele cuja ocorrência pesa, impondo-se aos personagens, influindo decisivamente no seu destino e no curso da narrativa. Ela é, pois, em literatura, um acontecimento privilegiado, na medida em que [...] é a verdadeira mola do entrecho, governando tiranicamente o personagem. [...].

Na esfera folhetinesca, por uma inversão de perspectiva, o personagem é que serve ao acontecimento. Este adquire consistência própria, impõe-se em bloco, incorpora o personagem (1981, p. 127).

Se considerarmos primeiramente o romance de Eugène Sue, de fato a afirmação de Candido se observa: como expusemos anteriormente, as peripécias baseadas nos temas e na cadeia "arrependimento – punição – redenção" configuram a linha estrutural da narrativa, de onde surgirão as diversas outras catálises, isto é, inúmeras outras funções que servem a preencher o espaço narrativo, acelerando, retardando ou desorientando a narrativa (cf. Barthes, 2008, pp. 34-35). O personagem principal só existe enquanto máquina de premiar e punir, mas os traços de sua personalidade – a não ser os arquetípicos do herói – são fracamente delineados, e mesmo os motivos para suas ações não ficam sempre claros.

Rodolphe, "anjo de caridade e da providência divina" é, também, a encarnação do egocentrismo e do narcisismo, já que todas as ações da narrativa decorrem em função dele. Egocentricamente, afirma: "mas se a senhora se divertir como eu, fingindo vez ou outra ser a Providência, reconhecerá que certas boas ações têm, por vezes, o sabor picante de um romance" (Sue, 1989, p. 414)[7]. Mais adiante, ao tentar convencer Clemence, outra importante heroína da narrativa, a juntar-se a ele no exercício da caridade e da boa ação, revelando à moça a atração que tem pelo mistério e pela aventura, acrescenta:

> Esta é uma descoberta que devo ao horror que tenho por tudo aquilo que é entediante [...]. E realmente, madame, se quiser tornar-se minha cúmplice em algumas tenebrosas intrigas deste gênero, a senhora verá, que além da nobreza da ação, nada é mais curioso, mais atraente, mais tentador... às vezes, mais divertido que estas aventuras da caridade... E depois, quantos ocultos mistérios!... quantas precauções a tomar para não ser reconhecido!... quantas emoções divertidas e poderosas, ao ver pobres e boas pessoas que choram de alegria ao ver-nos! (1989, p. 414)[8].

Se observarmos o comportamento de Rodolphe em razão de suas palavras, confirmaremos que, na realidade, não é só a nar-

---

7. "[...] mais si vous vous amusiez comme moi à jouer de temps à autre à la Providence, vous avoueriez que certaines bonnes oeuvres ont quelquefois tout le piquant d'un roman."

8. "C'est une découverte que j'ai due à mon horreur de tout ce qui est ennuyeux [...]. Et vraiment, madame, si vous vouliez devenir ma complice dans quelques ténébreuses intrigues de ce genre, vous verriez, qu'à part même la noblesse de l'action, rien n'est souvent plus curieux, plus attachant, plus attrayant... quelquefois même plus divertissant que ces aventures charitables... Et puis, que de mystères pour cacher son bienfait!... que de précautions à prendre pour n'être pás connu!... que d'émotions diverses et puissantes, à la vue de pauvres et bonnes gens qui pleurent de joie en vous voyant!"

UMA VIAGEM PELOS MISTÉRIOS... 85

rativa de Sue que se rende ao "culto da peripécia": o próprio personagem é tiranicamente governado pelo "mistério" e pelas "aventuras caridosas", de maneira a confirmar sua natureza dada ao "picante de um romance". É interessante, assim, observar que a macroestrutura do romance – a peripécia tomando o lugar dos personagens e dos caracteres – também se irradia para a microestrutura, em que os próprios personagens interessam-se mais pelos fatos que pelas pessoas. É notável o comentário de Marx em intenso libelo dirigido ao romance:

> Os disfarces de Rodolfo, príncipe de Geroldstein, conduzem-no às camadas mais baixas da sociedade assim como sua posição lhe dá acesso a seus círculos mais altos. A caminho do baile aristocrático, não são, de maneira nenhuma, os contrastes da situação atual do mundo que o põem a refletir; mas são seus próprios mascaramentos contrastantes que lhe parecem picantes. Ele comunica a seus dóceis acompanhantes quão interessante se acha a si mesmo nas diferentes situações (2003, p. 77).

Dessa forma, estamos diante de um romance em que os elementos indispensáveis para a sua realização estão única e exclusivamente no nível dos fatos e dos acontecimentos: as múltiplas identidades possuídas pelos personagens, os reconhecimentos inesperados, o acaso, a fatalidade, a coincidência. De maneira zombeteira, mas clara, Candido revela "os comparsas adequados à tarefa romanesca: mistério e fatalidade. Aquele, englobando o imprevisto, a surpresa, o quiproquó, o desconhecido, as trevas; esta, as coincidências, encontros, maquinações, relações imprevisíveis, peso do passado sobre o presente" (1981, p. 128).

Se pensarmos, agora, a respeito dos *Mistérios de Lisboa*, podemos constatar algumas diferenças no que diz respeito à predominância do acontecimento e da peripécia. É inegável que, como reiterado anteriormente, Camilo recupera muitos dos temas utilizados por Sue e também os coloca como temáticas centrais de seu romance, a partir das quais se originarão os diversos núcleos do enredo. No entanto, no que concerne aos personagens, parece-nos que ocorre uma complexificação de seus caracteres. Vejamos alguns exemplos.

Padre Dinis, quando se impõe a penitência e peregrinação por conta de seus erros do passado, passa a orientar os pecadores no sentido de fazê-los arrependerem-se e salvaguardar a moral dos sofredores. Assim, atribui-se ao longo de toda a narrativa o papel de peregrino, salvador e mantenedor da moral. No entanto, diversas vezes questiona-se a respeito de seu percurso e do resultado de suas escolhas, revelando-se personagem dialético e complexo, ao empreender uma verdadeira batalha moral fazendo rebelarem-se a religião e o ceticismo:

O que tenho eu sido na face da Terra? O espectador sinistro que contempla todos os infortúnios, e leva consigo a morte ao desenlace de todos os dramas.

Se há generosos sacrifícios da minha vida, quais são as consolações com que a justiça eterna me indeniza? A solidão, a orfandade, a queda de cada ente que levanto, [...] (Castelo Branco, 1981, p. 197, vol. II).

– Pois que quereis, cegos? Não vedes em mim uma auréola de fogo sinistro? Tudo, que se aproxima de mim, cai. Respiro a morte... Quem viver do ar que me rodeia morrerá. [...]

Ângela de Lima encontrou-me para me dizer na linguagem muda do último suspiro... "Deus não te fez a vontade... Aqui estou morta debaixo dos teus olhos..." Ora, vede que vida a minha, bons amigos!... Dizei-me se não há aqui alguma cousa que excede as medidas do sofrimento humano! E, depois, olhai que é escusado chamar Ângela. Está morta, não tem ouvidos, nem olhos, nem coração. Acabou-se tudo aqui...

– Mas o céu... a eternidade... – disse Eugênia.

– Pois eu digo-vos que o vosso coração está cheio de sentimentos bons, de esperanças nobres, e de fé nos milagres, que Deus pode operar em galardão de virtude, que lhos pede... Olhai, filha, pedi ao senhor que vos deixe contemplar Ângela de Lima... poderei vê-la num sonho, no céu, na elevação das vossas orações... Se a virdes, dizei-lhe que vistes padre Dinis, chorando sobre esta cova... (1981, pp. 211-212, vol. II).

Cabe ainda a exemplaridade de um terceiro passo do romance, extraído das páginas do diário do próprio padre Dinis, intitulado *Livro Negro de Padre Dinis*, do qual Camilo se aproveitará e fará um novo romance, continuação aos *Mistérios de Lisboa*:

> Se não existisse o altar, se não existisse o templo, se não existisse o padre, se o ateísmo fosse a suprema razão da humanidade, aquela infeliz não seria agora escrava. Porque o altar é uma irrisão à fé, o templo foi constituído um escritório de venda da alma e corpo; [...].
>
> E, levantando os olhos para o céu, tremi horrorizado dos meus juízos. Pareceu-me que a minha blasfêmia fora insculpida no astro da noite, como uma nódoa negra, através da qual me velava o olho da justiça de Deus. E senti curvarem-se-me os joelhos, quando a palavra "perdão!" se me desprendeu dos lábios como um grito atribulado do remorso... (1981, p. 128, vol. I).

Nestas cenas, como se pode ver, padre Dinis aparece como um profundo questionador da moral religiosa, em que o reconhecimento das virtudes se fará pela recompensa aos bons. Não observando qualquer resposta da "justiça eterna", padre Dinis interroga-se a respeito de suas escolhas, revelando-se, diversas vezes, cético e descrente. No segundo trecho, podemos observar a predominância da matéria sobre o espírito, a partir do qual o padre afirma que tudo se acaba com a morte, negando e questionando a moral religiosa. Por fim, no último e emblemático trecho, padre Dinis reforça o conflito vivido a partir da moralidade religiosa, e em novos momentos a descrença surge imperiosa, acentuando os contrastes psicológicos da personagem. Se nos *Mistérios de Paris* "os heróis nunca se voltam sobre eles mesmos, nunca hesitam, nunca se enganam" (Lanoux, 1989, p. 9), permanecendo esquemáticos, não é o que observamos a respeito do personagem principal do romance português, que alterna entre a religião e o ceticismo, entra a crença e o profundo questionamento dos valores cristãos. Dessa forma, se o seguinte trecho pode ser aplicar ao romance de Sue, não podemos aceitá-lo quando se trata de um romance camiliano, ainda que de estreia: "Não há nenhuma 'psicologia' no melodrama neste sentido; os personagens não têm profundidade interior, não há conflito psicológico. É ilusório buscar conflito interior" (Brooks, 1995, p. 35).

No que diz respeito à complexificação do personagem camiliano com relação ao herói da narrativa de Sue, Maria de Fátima Marinho também observa dessemelhanças que revelam a "autonomia da escrita camiliana", a despeito das "evidentes relações entre o seu romance e o de Sue" (1995, p. 221). Afirma a autora que "de índole muito superior ao seu homônimo [*Mistérios de Lisboa*, de Alfredo Hogan], o texto de Camilo não foge aos parâmetros do folhetinesco, sem, todavia, se deixar inteiramente seduzir por essa moda tão em voga nos meios literários de então" (1995, p. 221). O argumento levantado pela autora é justamente a complexidade do caráter de algumas personagens, sobretudo de padre Dinis, que se (des)velando em duplas ou diversas identidades, procuram, na realidade, "obsessivamente a sua identidade perdida, jogando-se numa série de peripécias que ajudam a desvendar o ego na eterna dialéctica com o seu duplo" (1995, p. 226). A respeito do próprio padre Dinis, afirma a autora que, ao sabermos que o anjo antes cometera um crime por ciúmes injustificados, observamos que "a sua figura torna-se simultaneamente satânica e sublime", constituindo "personagem dúplice" (1995, p. 227).

Após este breve olhar sobre o personagem principal da narrativa camiliana, mostrando como não haveria somente um "culto à peripécia" no romance português, em que os personagens adquirem, por vezes, caráter mais elaborado e problemático, vejamos alguns aspectos constituintes do romance popular francês de acordo com Olivier-Martin, buscando encontrar suas ressonâncias ou dissonâncias no romance português, que já evidenciamos basear-se nos moldes da literatura folhetinesca provinda da França. Entre elas, o autor coloca "a existência e os problemas das classes populares e dos grupos sociais que não haviam sido retratados até o início do século XIX, sob uma forma divertida, dramática e colorida" (1980, p. 12).

Nos *Mistérios de Paris,* esta ênfase sobre as classes populares e seus problemas é acentuada, pelo que podemos observar uma grande mudança estrutural no romance: primeiramente, o autor dá ênfase às descrições lúgubres e soturnas das camadas da população e regiões parisienses mais pobres, bem como ao grotesco e bizarro das situações e personagens. Mais uma vez, Brooks acentua a importância do melodrama como gênero que entrelaça o romance e o teatro, e mostra que esta tendência a explorar o "submundo" parisiense nasce com a ascensão do gênero, sendo Eugène Sue um dos grandes nomes que se relacionam com a sua popularização: "Há uma espetacular exploração do submundo parisiense, sua geografia e os anais de seus crimes. A causa imediata dessas peças parisienses foi a enorme influência do romance *Os Mistérios de Paris,* provavelmente o mais frequentemente adaptado para o palco entre todos, e um correspondente direto do melodrama no campo do romance" (1995, p. 88). Com uma interessante pretensão realista de descrição e observação de outras realidades, o autor se insere como um autêntico seguidor da tradição de Cooper, só que agora descrevendo outros grupos de "selvagens":

Todo mundo leu as admiráveis páginas nas quais Cooper, o Walter Scott americano, retratou os modos ferozes dos selvagens, sua língua pitoresca, poética, os muitos artifícios através dos quais eles fugiram ou perseguiram seus inimigos.

[...].

Nós tentaremos mostrar ao leitor alguns episódios da vida de outros bárbaros que também estão fora da civilização, assim como as selvagens tribos tão bem retratadas por Cooper (Sue, 1989, p. 31)[9].

---

9. "Tout le monde a lu les admirables pages dans lesquelles Cooper, le Walter Scott américain, a tracé les moeurs féroces des sauvages, leur langue pittoresque, poétique, les mille ruses à l'aide desquelles ils fuient ou poursuivent leurs ennemis. Nous allons essayer de mettre sous les yeux du lecteur quelques épisodes de la vie d'autres barbares aussi en dehors de la civilisation que les sauvages peuplades si bien peintes par Cooper."

Posteriormente, abandonando a posição de observador e narrador da realidade obscura de Paris, introduz-se como defensor de reformas para a sociedade e os discursos moralizantes e panfletários começam a abundar na narrativa, demonstrando uma nova inclinação do autor, que busca com seu leitor uma total identificação a partir do intento de representá-lo perante a sociedade. O estilo de narrar também se modifica bastante, e ganha contornos de manifesto, em que a presença do narrador fica explicitamente marcada e saliente na narrativa. Se no princípio esforça-se para ser imparcial e objetivo, dando absoluta precedência ao relato, a partir de determinado momento passa a posicionar-se de forma cada vez mais intrusa e exaltada, e as "histórias" relatadas passam apenas a servir a outros propósitos "reformistas". Como afirma Jean-Louis Bory:

> O romance de Sue, inicialmente epopeia à la Cooper dos bandidos parisienses, torna-se epopeia do proletariado sofredor. E eis que surge o belo Eugène, consagrado defensor das classes trabalhadoras. E porque o mal e o crime não são castigos mais ou menos divinos, ou desgraça mais ou menos metafísica, mas sim uma doença social que o homem pode desejar curar, eis que surge o belo Eugène socialista (1963, p. 245).

Em vista desta mudança de concepção do autor, que troca as interessantes descrições dos criminosos, dos operários e dos desvalidos parisienses pelas intenções social-democratas, também teremos uma mudança imperativa na forma: o narrador também se faz mais presente na narrativa, de forma a atrair ainda mais a atenção dos leitores:

> É certo que se interpõe, nesse momento da evolução de Sue, a ambição de explorar um novo domínio do romance: o popular. Ao explorá-lo, Sue está respondendo à expectativa determinada pelo progresso da imprensa democrática e pelo seu novo público – isto é, as questões sociais que encantavam os leitores. O romance popular (quanto ao seu objeto), tornando-se popular (quanto ao seu sucesso), não demorará

a tornar-se popular no que diz respeito as suas ideias e a sua forma (1963, p. 248).

É importante observar, ainda, que embora o romance tenha sido um sucesso estrondoso até o fim da década de 1850, permanecendo editado e vendido por aproximadamente dez anos, lembra Martyn Lyons que após os primeiros anos de 1850 algumas poucas edições haviam saído, tornando-se em seguida cada vez mais espaçadas. É então que, no período do Segundo Império,

> O romance popular entrou em uma fase de "despolitização". [...]. Os romances de Dumas parecem representativos dessa "despolitização". [...]. Era, sem dúvida, possível que houvesse um certo desencantamento pelo liberalismo após 1848. Mas é também provável que o governo imperial tenha se oposto às reformas sociais e a toda literatura popular heterodoxa (1986, pp. 382-383).

Ora, se lembrarmos que os *Mistérios de Lisboa* foram publicados justamente nessa época, em que as edições do romance francês começam a espaçar-se, teremos duas conjecturas: o romance português viria justamente como resposta a esta "queda" das edições do romance francês, que então não poderia mais fazer-lhe tanta concorrência, mas ainda seguiria as tendências de leitura do público leitor, apostando na publicação e na "vendagem" certa do romance; assim mesmo, seguindo esta nova tendência "despolitizada" da literatura, Camilo também aproveitaria a deixa para não trabalhar este tema em seu romance, já que a sociedade portuguesa era muito diferente da francesa naquela época, uma vez que não possuía uma classe proletária e nem tampouco contornos tão nítidos que separavam as classes sociais nobres das burguesas.

Nos *Mistérios de Lisboa,* com efeito, observamos que não há nenhum conflito de classes populares ilustrado no romance. Todos os personagens são ricos, nobres, de nobre nascimento ou enriquecem, ou ainda têm alguma relação nobre de parentesco. Dessa forma, mais uma vez, o romance de Camilo apresenta diferenças constitutivas no que diz respeito ao romance francês, já que, importa lembrar, os contextos de recepção da obra eram totalmente diferentes, considerando-se um público português, não tão sensível às questões sociais ou às obras que pudessem "representá-lo" perante a sociedade, como faz a obra de Sue, mas ainda interessado em ávidas emoções e novas peripécias que respondessem às demandas de leitura popularizada na época.

Arriscaremos ainda outra hipótese, que ainda que pareça um pouco distante e sem comprovações empíricas, não pode ser completamente descartada quando se trata de um autor como Camilo Castelo Branco. Os objetivos dos mistérios portugueses, considerando os romances analisados no presente estudo, não nos parecem, em sua inteireza, coincidir com os dos romances franceses: evidentemente, os autores pretendem aproveitar-se da voga dos mistérios em grande concorrência na Europa atualizando suas características e introduzindo-se na cena literária por meio do diálogo direto e explícito com a literatura francesa; no entanto, outros fatores estão em questão, especialmente relacionados à forma narrativa, que representa importante papel no romance português. A presença do narrador e do narratário, como desenvolveremos mais adiante, representa papel importantíssimo na construção dos romances de Camilo, de modo que outros elementos não entrariam em cena, ou não teriam tanta importância ao autor português.

Outro elemento que nos parece poder aprofundar as relações propostas entre os romances diz respeito ao fato de que se Sue apresenta explicitamente o combate entre as diversas classes sociais e as iniquidades das populações carentes, apresentando os sofrimentos de personagens como a família Morel e a jovem Rigolette, parece fazê-lo não somente com o intuito de expor as mazelas da sociedade parisiense e, assim, afirmar uma crítica social; cremos que a exemplaridade de tais personagens possibilita, mais ainda, as bondades do poderoso Rodolphe, de modo a realçar, por sua vez, a existência e a coerência desse personagem

– certamente o grande sucesso do romance –, sustentado pelas constantes consolações que oferece ao longo da narrativa. Assim, a hipótese que levantamos relaciona-se com o fato de que expor as injustiças sociais e, dessa forma, as classes populares e seus conflitos, são elementos necessários ao romance francês, já que pretende ganhar a adesão do leitor pela sua forma direta de "consolá-lo".

Umberto Eco, na análise do romance, deslinda esse processo e afirma que um romance popular "jamais encara problemas de criação em termos puramente estruturais, mas em termos de psicologia social" (1979, p. 192) e, dessa forma, propõe a seguinte questão: "Que problemas é preciso resolver para construir uma obra narrativa destinada a um vasto público e visando a despertar o interesse das massas populares e a curiosidade das classes abastadas?" (1979, p. 192). E o crítico mesmo nos oferece uma hipótese:

> Esta seria uma resposta possível: tomar uma realidade cotidiana existente, onde se voltam a encontrar os elementos de uma tensão não resolvida (Paris e suas misérias); acrescentar um elemento resolutório em luta com a realidade inicial, e que se opõe a esta como solução imediata e consolatória das contradições iniciais. Se a realidade inicial for efetiva e não contiver, em si mesma, as condições que permitam resolver as oposições, o elemento resolutório deverá ser fantástico [...]. Rodolphe de Gerolstein será esse elemento (1979, p. 192).

Dessa forma, se as intenções de Sue foram exclusivamente "mercadológicas" ao expor pela primeira vez um conflito tão intensificado entre o proletariado, a burguesia e a nobreza, bem como ao denunciar tão indignadamente as mazelas vividas pela sociedade parisiense em um dos períodos centrais da história da França, como quer Umberto Eco, com vistas a conseguir mais adeptos em diferentes classes, em que a "estrutura da consolação" se faz vigente como modo de reorganizar o caos e recuperar a moralidade perdida da sociedade, teríamos a seguinte hipótese: uma vez que o romance português não apresenta esta feição, revelando antes uma sociedade em que reina o infortúnio, para a qual a redenção já não é possível, apresentando uma feição mais realista, menos melodramática, ou ainda mais trágica da realidade, a presença das classes populares e de seus dramas e conflitos não se fazem "necessários", já que a estrutura da consolação não se faz presente nos romances portugueses. São, no entanto, apenas hipóteses que nos fazem atentar, sobretudo, para as grandes diferenças que se colocam quando da comparação dos romances, objetivo primordial de nosso estudo.

Voltando-nos ao estudo de Olivier-Martin a respeito das principais características da ascensão do romance popular na França, e prosseguindo na comparação entre Sue e Camilo, temos o seguinte aspecto: o romance popular francês "descreve a luta entre o Bem e o Mal no presente e a sociedade contemporânea dos autores e dos leitores. O leitor de romances populares se identifica com os personagens contemporâneos, e não com os personagens históricos" (1980, p. 11).

No romance francês, observa-se que a luta entre o Bem e o Mal é tão evidente e importante para a estrutura narrativa que adquire contornos arquetípicos: a luta entre Rodolphe, herói romântico, e Jacques Ferrand, notário perverso e criminoso, encarnando a típica figura do avarento, também muito explorada nos *Mistérios de Marselha* de Zola; e a luta entre Fleur-de-Marie, a virgem romântica prostituída à força, e Chourineur, o bandido de alma nobre. Rodolphe, por sua vez, encarnando o herói romântico, tem a função de restabelecer a ordem e colocar tudo em seu devido lugar, reencontrando uma "normalidade" perdida e desviada pelo Mal, baseando-se numa justiça cega, maior e onipotente e trazendo o reconforto aos que não têm meios para lutarem sozinhos.

Se observarmos os personagens dos *Mistérios de Lisboa*, perceberemos que não são fundados apenas pelas categorias dos arquétipos que, *a priori*, não comportam transformações e permanecem esquemáticos. Assim, os personagens que encarnam a categoria do Mal, necessária à estruturação dos romances que estamos analisando, não são em nada semelhantes aos maus personagens dos *Mistérios de Paris*. Chouette e a viúva Martial, por exemplo, vilãs por excelência do romance francês, são esquemáticas e não comportam qualquer tipo de mudança, permanecem más e, obviamente, serão punidas pela sociedade. Já Anacleta e Azarias, os maus do romance português, são duramente punidos por si próprios e comportam diversas modulações ao longo da narrativa que fazem entrever a reflexão e o desejo de mudança, desestabilizando qualquer atribuição de maniqueísmo.

Ademais, pensar na existência de uma luta arquetípica entre o Bem e o Mal supõe a consequente vitória da categoria do Bem e a derrota da categoria do Mal, ou pelo menos a existência de vencidos e vencedores. No romance francês, o esquema é bem claro: há vencedores (os Bons); há derrotados (os Maus); e há mártires, que morrem em nome do Bem ou dos Bons (Fleur-de-Marie e Chourineur). No romance português, é interessante observar a presença massiva e exclusiva dos vencidos, configurando um espaço em que não há ventura ou redenção possível. Todos os personagens acabam derrotados: mortos, doentes, solitários, sofredores, penitentes, desamparados.

Por fim, pensemos na categoria do herói que tem lugar no romance, essencial para o desenlace das narrativas, seja pela presença do arquétipo, inerente ao romance popular, seja pela presença dos desvios desse arquétipo que se tece na narrativa portuguesa. A esse respeito, comenta Olivier-Martin:

O herói detém a admiração, a inveja, o medo, ele luta no lugar do leitor, é nele que se identifica e se idealiza a figura do homem: o herói é um marginal, acima da lei comum, um solitário [...]. Sobre-humano, semideus [...]. Ele é dotado de todos os atributos do poder absoluto: onipresença, invisibilidade, posse de identidades múltiplas [...].

A entrada do herói na cena final permite o restabelecimento da ordem alterada pela invasão do Mal, a Justiça é restabelecida, justiça que se manifesta essencialmente pelo reconhecimento e pela vingança (1980, p. 14).

Ora, o herói dos *Mistérios de Lisboa,* o anjo Dinis Ramalho e Sousa e o criminoso duque de Cliton, a história do primeiro contada nos *Mistérios de Lisboa* e do segundo contada no *Livro Negro de Padre Dinis,* é bastante mais complexo que a definição do herói posta acima e que o herói Rodolphe de Gerolstein. Padre Dinis é o herói em dúvida, herói flagelado e que se flagela, longe do narcísico e egocêntrico príncipe Rodolphe, que assiste às desgraças da sociedade parisiense em busca de diversões e entretenimentos. Nos *Mistérios de Lisboa* assistimos à dissolução moral e psicológica do padre, ao mesmo tempo em que acompanhamos a sua decrepitude física: como pode, então, ser um super-homem, um *demi-dieu*? O herói que se desfaz com as imperativas leis da natureza é a cabal prova de sua humanidade, não de sua super-humanidade:

Conheço pela minha fraqueza que cheguei ao fim desta longa caminhada... Era já tempo, meu Deus! Consumou-se o sacrifício... (Castelo Branco, 1981, p. 211, vol. III).

Quis valer a todos, e não vali a ninguém! Quando eu queria dar vida às almas, morriam os corpos... Consumou-se!... Agora... venham as misericórdias de Deus... Pesem-se na balança divina as minhas iniquidades com as minhas lágrimas... (1981, p. 227, vol. III).

Ninguém até ao momento em que estes lábios, emudecidos pela algema da morte, não possam já responder aos louvores ou aos vitupérios do mundo... Perguntais-me com o vosso silêncio se eu fui um grande homem? Fui, amigos... desde o momento que vesti a batina, que logo me dareis como mortalha... Antes disso fui miserável... o mais pequeno de todos os que se arrastavam a meus pés... Ao pé deste leito... não sois só vós que assistis condoídos aos meus paroxismos... tão serenos... tão suaves... Eu vejo muitas imagens, que vós não vedes... Baronesa, aqui está vossa mãe... Vejo-a com a face purpureada pelos delírios da felicidade que o seu ouro lhe dava... Eis que se desfigura... Ela está ali macerada, coberta de farrapos, ajoelhada no alpendre da capela... Não vedes ali uma sepultura rasa? Levantei-a, e desci-a eu sobre o cadáver de vossa mãe! (1981, pp. 235-236, vol. III).

Assim, finalizaremos esta exposição a respeito das diferenças entre os romances de Sue e Camilo ressaltando que, a despeito das semelhanças temáticas, bem como da estreita relação dos romances com o gênero do melodrama, o romance de Camilo apresenta, em sua essência, uma visão mais realista da sociedade e dos homens, para os quais não há, muitas vezes, redenção ou expiação possíveis. Ultrapassando o esquema maniqueísta da imaginação melodramática, o romance certamente apresenta, diferentemente do romance de Sue, conflitos psicológicos que complexificam os caracteres das personagens e conflitos existenciais que fazem superar a possível superficialidade deste gênero da literatura. Dessa forma, ressaltamos as diversas modulações e modificações existentes no romance português, fazendo-nos observar sua inovação em relação ao romance-folhetim francês, especialmente quando comparado à sua grande matriz: Os Mistérios de Paris.

A INSTÂNCIA NARRATIVA: OS PAPÉIS DO NARRADOR E DO NARRATÁRIO

Para darmos prosseguimento ao estudo comparativo entre os romances-folhetins de Eugène Sue e Camilo Castelo Branco com vistas a revelar os desvios operados pelo escritor português, apontando, assim, possíveis superações desta "hegemonia simbólica" da literatura francesa sobre a portuguesa, passaremos à análise de alguns elementos próprios à organização da instância narrativa, tais como a presença e a função do narrador e do narratário, observando de que maneira se estabelecem nos romances analisados.

Até o presente momento, em que nos dedicamos a ressaltar as modulações e diferenças do romance português em relação ao romance francês no que diz respeito aos aspectos do enredo, já nos foi possível revelar, como afirmam Jacinto do Prado Coelho e Maria de Fátima Marinho, a originalidade com que Camilo se afirma ao trazer a referência dos romances franceses, especialmente dos *Mistérios de Paris*[10]. Problematizando diversas características presentes no folhetim francês tradicional, tais como a configuração dos personagens, a construção do herói e a presença única e exclusiva de elementos ligados às peripécias, a versão portuguesa do romance-folhetim de mistérios aponta para uma possível superação da gasta imagem de "cópia" dos folhetins franceses.

No entanto, para além dos elementos ligados ao enredo e à construção das personagens, ainda outros elementos configuram diferenças fundamentais com relação à matriz do romance de mistérios. Assim, após a análise dos elementos que concernem estritamente ao âmbito do conteúdo do romance, passaremos a uma análise mais detida da forma.

Para iniciar a comparação no âmbito da forma dos romances analisados, basta que observemos a sua macroestrutura e a quebra instalada por ambos os autores, de modo que dois diferentes momentos podem ser observados nas narrativas.

10. Avançando um passo na crítica do romance, que, como vimos, fora tratado pela crítica sempre em tom depreciativo e como cópia dos modelos franceses, influenciado pela voga do romance de "terror grosso", Jacinto do Prado Coelho nota, no entanto, que "Camilo afirma-se amplamente original" (1982, p. 297). Através da análise da configuração de alguns personagens e da atualização das descrições de paisagens, características, retratos e tipos sociais tipicamente portugueses, o crítico deixa de acentuar apenas o influxo da literatura francesa e o domínio da matriz sobre seus "afilhados", para também ressaltar a busca de uma originalidade pautada em diferenças, e não somente influências. Assim, num balanço dos prós e contras do romance, estabelece determinados aspectos presididos exclusivamente pelo gosto do público e pelos romances franceses e outros que apontam para uma originalidade que já começa a dar o tom, ainda que muito sutilmente, da novelística camiliana. Maria de Fátima Marinho, por sua vez, afirma: "Se são evidentes certas relações entre o seu romance e o de Sue, tal como já notaram vários críticos, não podemos também desprezar a autonomia da escrita camiliana, que faz desenganar toda a trama textual, com a sua acumulação de intrigas [...], numa série de reconhecimentos que levantam a problemática da identidade que fundamentalmente se desconhece" (1995, p. 221).

Vejamos a síntese que realiza Umberto Eco desta transformação ocorrida nos *Mistérios de Paris*, que revela, por sua vez, a mudança radical na figura do narrador:

> [...] quando começa a escrever *Os Mistérios de Paris*, sua narrativa está totalmente impregnada de um gosto "satânico" pelas situações mórbidas, pelo horrível e pelo grotesco. Sue compraz-se em descrever as sórdidas tabernas da cidade velha e reproduzir as gírias dos ladrões dos *bas-fonds* [...]. Todavia, à medida que o romance prossegue, e que os episódios se sucedem no *Le Journal des Débats*, Sue obtém grande êxito junto ao público. De repente, vê-se guindado à situação de bardo do proletariado, desse mesmo proletariado que se reconhece nos acontecimentos que ele narra. [...].
>
> Na sua terceira parte, a obra já propõe reformas sociais; na quinta, a ação faz-se mais lenta para dar lugar a intermináveis discursos moralizadores e a proposições "revolucionárias" [...]. À medida que o livro vai chegando ao fim, os discursos moralizadores multiplicam-se e atingem os limites do suportável (1979, pp. 186-187).

Observa-se, como exposto pelo crítico italiano, que o narrador, bastante presente e cujas intromissões surgem frequentemente na narrativa, apresenta diversas funções, ordenadas entre provocar o suspense, oferecer um relato objetivo, mas minucioso, dos soturnos ambientes e peripécias que têm lugar na narrativa, promover a atenção de seu leitor ajudando-lhe a organizar o relato e os acontecimentos, entre outras. Essas funções revelam-se mais salientes e dominam o espaço designado ao narrador ao longo de uma boa parte do romance, até que uma nova função surge: a de proferir longos e prolixos discursos moralizantes, em que são propostas reformas sociais em favor das populações mais carentes. Após o relato indignado de algumas condições iníquas em que vivem os cidadãos parisienses, o narrador propõe uma perspectiva aparentemente "revolucionária", em que mostra e representa a voz do proletariado. Assim, as cenas descritas passam apenas a ilustrar as teorias do narrador, pretenso "autor" do romance, isto é: as ações e os desenlaces da narrativa começam a ocorrer de forma gratuita, apenas para que, em seguida, se justifiquem novos discursos moralizantes, indignados e de caráter fortemente panfletário que demonstram, claramente, o intento de ganhar cada vez mais a adesão do público. Vejamos um exemplo da exímia "atuação" do narrador, que introduz Clemence d'Harville na prisão de Saint-Lazare com o intuito de, mais uma vez, fazer o bem ao próximo, "aproveitando", contudo, o ensejo para discorrer longamente a respeito do sistema penal corruptor e do objetivo moralizante e salutar de sua obra, afirmando até mesmo que já conseguira adeptos para as benfeitorias caridosas. Não poderia haver uso mais persuasivo da figura do narrador, tanto para a promoção da obra, quanto para a adesão de novos leitores. Da introdução ao capítulo, longa e exaltada, apresentaremos apenas alguns excertos à guisa de exemplificação:

> Nós pensamos que devemos prevenir os mais temerosos de nossos leitores de que a prisão de Saint-Lazare, especialmente destinada aos ladrões e às prostitutas, é diariamente visitada por muitas senhoras cuja caridade, nome e posição social detêm o respeito de todos.
>
> [...].
>
> Sem ousar estabelecer um ambicioso paralelo entre a missão delas e a nossa, poderemos dizer que o que nos mantém assim nesta obra longa, trabalhosa, difícil, é a convicção de ter atraído algumas nobres simpatias para os desafortunados, para os honestos, corajosos, imerecidos, para os arrependimentos sinceros, para a honestidade simples, ingênua? E de ter inspirado o desgosto, a aversão, o horror, o medo salutar a tudo que é absolutamente impuro e criminoso?
>
> Nós não recuamos diante dos quadros mais horrendamente verdadeiros, pensando que, como o fogo, a verdade moral purifica tudo.
>
> [...].
>
> O egoísta devorador de ouro e bem satisfeito quer, antes de tudo, fazer a digestão tranquilamente. O aspecto dos pobres morrendo de fome e de frio é-lhe particularmente importuno, ele prefere repousar de tanta riqueza e de alimento, estando os olhos semiabertos às visões voluptuosas de um *ballet* de ópera.

Grande parte, ao contrário, dos ricos e dos afortunados generosamente compadeceu-se de certas desgraças que eles ignoravam: algumas pessoas mesmo nos fizeram saber que lhes indicamos o bondoso desejo de dar novas esmolas.

Nós ficamos poderosamente convencidos, encorajados por semelhantes adesões.

[...].

Ao dizer tudo isso a propósito da nova peregrinação na qual mergulhamos o leitor, após ter, assim o esperamos, acalmado seus escrúpulos, introduzimo-lo em Saint-Lazare, imenso edifício de aspecto imponente e lúgubre, situado na rua du Fauburg-Saint-Denis (Sue, 1989, pp. 606-607)[11].

Voltando-nos aos *Mistérios de Lisboa,* por sua vez, também podemos observar nesse romance uma mudança e uma quebra na instância narrativa, de modo que a narrativa comporta, a par

---

11. "Nous croyons devoir prevenir les plus timorés de nos lecteurs que la prison de Saint-Lazare, spécialement destinée aux voleuses et aux prostituées, est journellement visitée par plusieurs femmes dont la charité, dont le nom, dont la position sociale, commandent le respect de tous. [...]. Sans oser établir un ambitieux parallèle entre leur mission et la nôtre, pourrons-nous dire que ce qui nous soutient aussi dans cette oeuvre longue, pénible, difficile, c'est la conviction d'avoir éveillé quelques nobles sympathies pour les infortunes, probes, courageuses, imméritées, pour les repentirs sincères, pour l'honnêteté simple, naïve; et d'avoir inspiré le dégoût, l'aversion, l'horreur, la crainte salutaire et tout ce qui était absolument impur et criminel?

Nous n'avons pas reculé devant les tableaux les plus hideusement vrais, pensant que, comme le feu, la vérité morale purifie tout. [...]. L'égoïste gorgé d'or ou bien repu veut avant tout digérer tranquille. L'aspect des pauvres frissonnant de faim et de froid lui est particulièrement importun, il préfère cuver sa richesse ou sa bonne chère, les yeux à demi ouverts aux visions voluptueueses d'un ballet d'opéra.

Le plus grand nombre, au contraire, des riches et des heureux ont généreusement compati à certains malheurs qu'ils ignoraient: quelques personnes même nous ont su gré de leur avoir indiqué le bienfaisant emploi d'aumônes nouvelles.

Nous avons été puissamment soutenu, encouragé par de pareilles adhésions. [...].

Cela dit à propós de la nouvelle pérégrination ou nous engageons le lecteur, aprés avoir, nous l'espérons, apaisé ses scrupules, nous l'introduirons à Saint-Lazare, immense édifice d'un aspect imposant et lugubre, situé rue du Fauburg-Saint-Denis."

dos diversos núcleos do enredo, dois momentos fundamentais organizados pela presença de dois distintos narradores.

O romance é organizado em quatro livros, sendo que a narração do primeiro e de alguns capítulos do segundo cabe inteiramente a D. Pedro da Silva, personagem da história, que se configura, portanto, ora como narrador autodiegético, herói ou protagonista de sua própria narração, ora como narrador homodiegético, comportando-se como testemunha ou observador das cenas que relata[12]. A partir dos capítulos iniciais do segundo livro, monopolizando, portanto, a narração dos eventos ocorridos, teremos a presença de um novo narrador, desta vez heterodiegético, comportando-se, assim, somente como um observador de cenas das quais não participa, mas delas tem conhecimento por haver recebido de um amigo os manuscritos de punho do próprio D. Pedro da Silva, primeiro narrador, que terminam o relato de sua e das demais histórias que compõem os núcleos do enredo presentes no romance.

Nota-se, dessa forma, que a mudança do narrador objetivo ao narrador indignado e moralista nos *Mistérios de Paris,* apesar de não haver uma mudança no narrador, que permanece único em todo o romance, corresponde à mudança da figura do narrador nos *Mistérios de Lisboa*, que passa de homodiegético a heterodiegético. Dessa forma, se o narrador de Sue começa a envolver--se cada vez mais com a narrativa, ressaltando a função emotiva do relato, através da qual o leitor contrista-se, horroriza-se e indigna-se juntamente com o narrador, o narrador camiliano que assume a narrativa, especialmente no quarto e último livro, afasta-se daquele primeiro narrador dramático, que vive de modo pungente os dramas de sua existência mesquinha. Cabe--nos, portanto, analisar as funções de tais mudanças, já que a simples identificação não nos auxilia propriamente na análise dos romances.

---

12. Para a presente seção deste estudo, concernente à instância narrativa, teremos como base as contribuições da teoria narrativa de Gérard Genette, presentes no capítulo "Voix" e na seção "Discours du récit" (*Figures*, 1972).

Gérard Genette, importante estudioso dos aspectos que abordaremos, insiste em diversos momentos ao longo de seus textos, reunidos em diversos volumes da obra *Figures*, na importância da instância narrativa e da figura do narrador. Ressaltando a distinção entre a "instância narrativa" e a "instância de escritura", entre "narrador" e "autor", e entre o "destinatário do relato" e o "leitor da obra", Genette afirma que o narrador representa um papel fictício e que, portanto, "a situação narrativa de um relato de ficção jamais conduz à situação de escritura" (Genette, 1972, p. 226). É, portanto, segundo o autor, sobre a instância narrativa que nos devemos deter, considerando seus três aspectos: o tempo da narração, o nível narrativo e as relações entre as "pessoas", isto é, entre narrador e narratário.

Considerando a presença massiva do narrador nos romances analisados, ressaltamos a impossibilidade de analisar os romances de Sue e Camilo sem levar em conta a função que exercem seus narradores, influenciando os leitores, ironizando o relato, criando expectativas ou (des)orientando o narratário. Assim mesmo, sublinhamos que as posições ocupadas por esses narradores nem sempre nos parece estar em consonância com a *persona* representada por seus autores, de modo que é de suma importância atentar ao papel do narrador enquanto construção da narrativa, interessada também em provocar efeitos.

Nos *Mistérios de Paris*, observamos a existência de um narrador bastante presente na narrativa, dirigindo-se constantemente ao seu leitor e tecendo alguns comentários sobre os fatos narrados. Considerando o conjunto de ocorrências da presença do narrador no romance, para além da simples narração dos fatos, podemos observar que estas "interferências" detêm diversas funções: explicitar, ordenar, enumerar e ressaltar as peripécias da narrativa, a partir de comentários acerca da criação de personagens e seus papéis; criar e atender as expectativas do leitor; lembrá-lo de fatos antigos e importantes à narrativa; ressaltar a dificuldade de relatar determinadas cenas e, por outro lado, afirmar que determinados momentos são desnecessários ao leitor; e, por fim, revelar um parcial envolvimento com a narrativa, por meio da estupefação, da tristeza, da indignação ao relatar determinados aspectos da vida parisiense.

Essas numerosas interferências do narrador entendem-se a partir da natureza folhetinesca da obra, cujas peripécias e reviravoltas resultam de difícil memorização e acompanhamento para o leitor. Assim, "os lembretes", "os anúncios", "as antecipações", "as coincidências enfatizadas" e "as explicações adiadas" (Olivier-Martin, 1980, p. 60) podem ser entendidos como estratégias cujo objetivo seria "atenuar o carácter casual de sua obra (1980, p. 60)", assegurando a legibilidade e a compreensão do público leitor, estratégias muito comuns, portanto, ao âmbito do folhetim.

Ernesto Rodrigues, por sua vez, estudioso do folhetim em Portugal, observa atentamente a importância do narrador para o romance-folhetim, em que o domínio sutil do discurso configura a base de apoio do leitor: "Como entender-se o visado leitor nesta vastidão, e não desistir? É o domínio subtil do discurso, a sua base de apoio: rememorativo, anunciador, antecipador, apelativo, explicativo" (1998, p. 211).

Dessa forma, podemos constatar a presença de um narrador bastante presente e cujas "intromissões" detêm importantes e significativas funções, sempre buscando agir sobre seus leitores, seja para "auxiliá-los" na árdua tarefa de acompanhar múltiplas reviravoltas e numerosos personagens, seja para convencê-lo do "objetivo moral" de sua obra, seja para provocar uma identificação total e partidária com as camadas mais baixas da sociedade, para quem supostamente escreve, alegando que embora seu livro possa ser considerado "ruim do ponto de vista da arte", certamente não é "ruim do ponto de vista moral" (Sue, 1989, p. 607).

Se recorrermos, para fins didáticos, à tipologia das funções do narrador estabelecida por Genette, teremos a seguinte síntese: a *função narrativa*, cujo aspecto principal é a história, garante que o narrador não perca de vista sua qualidade primeira de narrador dos fatos; *a função de supervisionar, gerir ou reger* o romance (*fonction de régie*), cujo aspecto principal é o texto narrativo, relaciona-se com os discursos metalinguísticos (metanarrativos) que têm lugar na narrativa, a partir dos quais o narrador marca suas articulações, conexões, inter-relações, organização interna etc.; a *função fática ou conativa*, cujo aspecto principal é a situação narrativa, estabelece-se a partir dos comentários em direção ao narratário, com vistas a verificar o contato com o destinatário ou agir sobre o mesmo; a *função emotiva* explica as relações do narrador com o relato, relações estas que podem ser afetivas, morais, intelectuais, ou mesmo consistir em testemunhos, indicação de fontes, grau de precisão das lembranças narradas e sentimentos que lhe evocam determinados episódios; e, por fim, a *função ideológica*, que quando presente exerce um monopólio e explicita seu caráter deliberado, explicaria as intervenções diretas ou indiretas que tomam uma forma mais didática de comentários que autorizam determinadas ações do narrador.

A partir das funções estabelecidas, podemos observar que quase todas estão presentes nos romances de Sue e Camilo, revelando o papel fundamental do narrador. Nos *Mistérios de Paris*, no entanto, a função ideológica começa a ganhar tamanha presença que acaba por solapar as demais funções do narrador, determinando claramente a direção que toma o autor do romance: identificar-se com o público leitor que deseja mudanças na sociedade, das quais Sue passa a ser um representante idealizado, não obstante o caráter "pequeno burguês e reformista" (Eco, 1979, p. 186) da obra.

Dessa forma, podemos observar perfeitamente a função da mudança da dicção do narrador no romance, que passa a representar os ideais socialistas de parte de seus leitores, ao mesmo tempo em que continua representando a posição senhorial de Rodolphe e as "bondades" da aristocracia dirigidas à população carente, por parte de Rodolphe ou de Clemence d'Harville. Assim, apresenta uma visão romântica da aristocracia e da burguesia, condena e submete os delinquentes a castigos e vinganças desmedidas e ainda representa os ideais "socialistas", exigindo à base de brados revoltados reformas sociais. Aproxima-se, portanto, cada vez mais de seu leitor, com quem reafirma vínculos e para quem exige mudanças e melhorias. Estratégia muito inteligente, já antes ressaltada por Umberto Eco, que afirma que Sue visa a "despertar o interesse das classes populares e a curiosidade das classes abastadas", mas também reveladora de uma mudança na função social da literatura, como explica Cristophe Charle: "É muito significativo da mudança da função social da literatura que o mesmo molde literário possa responder às exigências das mais diferentes categorias sociais: da porteira à duquesa, para resumir" (1986, p. 128).

Cabe-nos, agora, buscar analisar a função da mudança da figura do narrador no romance camiliano que, como dizíamos, comporta a presença de dois tipos de narrador.

Aníbal Pinto de Castro, autor de importante estudo a respeito da instância narrativa na obra camiliana, intitulado *Narrador, Tempo e Leitor na Novela Camiliana,* assim explica a alteração do narrador homodiegético pelo heterodiegético:

> Com o início da história de Fr. Baltasar da Encarnação, pai de padre Dinis, o autor, esquecido de que encarregara D. Pedro da Silva da narrativa, chama a si, inadvertidamente, esse encargo. Tal inadvertência obriga-lo-á, aliás, a acrescentar no fim do volume II (na 1ª edição) uma nota justificativa, sem que o lapso, certamente motivado pela irregular publicação da obra em folhetim, no Nacional, tenha sido corrigido em edições posteriores. [...].
>
> Motivada pela inexperiência do autor, pelo conteúdo folhetinesco da matéria diegética, muito dentro do gosto do público, que exigia uma estruturação narrativa suscetível de criar *suspense* e capaz de manter acesa a curiosidade do leitor, ao longo de toda a publicação, esta variação estonteante do narrador não surpreende (1976, pp. 27-28).

De acordo com o crítico, a mudança de narradores existente nos *Mistérios de Lisboa,* apesar de configurar um aspecto comum e próprio da originalidade da obra de Camilo, bastante variada no que diz respeito aos usos do narrador, ao qual Aníbal atribui um estatuto múltiplo e um caráter híbrido, dever-se-ia, exclusivamente, a um lapso de Camilo, ainda inexperiente e não habituado às publicações vertiginosas e inconstantes dos folhetins. Assim, tendo-se esquecido de que D. Pedro da Silva iniciara a narração e colocando-a, posteriormente, nas mãos de um novo narrador heterodiegético, Camilo teria corrigido o "lapso" acrescentando uma nota que esclareceria a possível confusão.

A nosso ver, a troca de narradores não nos parece um elemento fortuito e acidental, que revelaria a inexperiência da pena jovem de Camilo. No entanto, ainda que o seja, já que não há diretas evidências de que o fato tenha ou não acontecido, é importante analisar o uso que se faz de dois distintos narradores, e a novidade que se coloca a partir do confronto com o romance francês.

Se no primeiro momento a narração é delegada a D. Pedro da Silva, narrador auto e homodiegético, teremos, nas palavras do próprio narrador camiliano, o "autor que fala de si, que avulta no quadro que descreve, assombrando-o das cores melancólicas de que sua alma devia estar escurecida" (Castelo Branco, 1981, p. 202, vol. II). Assim, tomamos conhecimento da narrativa através do ponto de vista do próprio personagem, que sofrendo os abalos de sua identidade desconhecida e obscura, pode conferir-nos um verdadeiro discurso romântico, com forte apelo dramático e passional, não deixando também de elaborar os elementos característicos ao subgênero dos mistérios: os indivíduos desconhecidos e misteriosos (D. Pedro da Silva e o próprio padre Dinis), a crise de identidade (sofrida por D. Pedro da Silva e também por Fleur-de-Marie, nos *Mistérios de Paris*), as revelações e reconhecimentos que se prestam a esclarecer lances obscuros do passado, entre outros. Dessa forma, D. Pedro nos viabiliza uma narrativa dramática e intensa, carregada de impressões fortemente subjetivas, cuja tônica passional é, sem dúvida, a mais evidente. Estando no limiar de suas comoventes vivências da juventude, complicadas pela "angustiosa busca do *eu*" (Marinho, 1995, p. 223), a focalização interna da personagem nos proporciona passos daqueles que configurarão, segundo Maria Alzira Seixo, aspectos que ressaltam a importância histórico-literária da narrativa camiliana: a "organização textual-

-narrativa de fortíssimo envolvimento passional, pelo que [...] não pode deixar de ser considerado como o grande romance romântico da literatura portuguesa"; e o "universo ficcional de carga exacerbadamente romântica" (2004, p. 15).

Esta questão concerne, entre outros, ao problema da perspectiva narrativa ou do ponto de vista narrativo, significativos nos romances camilianos, também observado e analisado por Aníbal Pinto de Castro, que afirma que as posições adotadas pelo narrador ao considerar a matéria diegética podem ser muito variáveis, revelando uma "absoluta e impassível objetividade", ou "a mais ousada intromissão" (1976, p. 42), exercendo deliberada influência sobre o narratário.

O segundo momento da narrativa é assumido por um novo narrador, desta vez heterodiegético, que recebe os apontamentos pertencentes a D. Pedro da Silva e que nos parece estar bastante consciente de suas potencialidades como narrador. A tal nota esclarecedora, que segundo Aníbal Pinto teria a função de apenas retificar o erro cometido por Camilo, ao supostamente "esquecer-se" da existência do primeiro narrador, carrega evidentes traços da metaficção camiliana, com a qual o autor deu vida a diversas obras, revelando sempre sua consciência e preocupação como escritor, preocupação que parece dominante a Carlos Reis: "a necessidade de refletir sobre os modos de ser da criação romanesca" (1995, p. 64). E afirma o narrador camiliano, esclarecendo-se ao público:

> Sem ofender a arte, nem a verdade, continuamos o romance, e abstivemo-nos de atribuir ao cavalheiro o que era nosso na forma, conquanto dele na substância. Estas duas entidades (substância e forma) que deram muito que entender à filosofia escolástica da Idade Média, esperamos que não perturbarão a ordem em que se acha a literatura moderna (Castelo Branco, 1981, p. 202, vol. II).

Dessa forma, assume abertamente a autoria da segunda parte do romance, abstendo-se de atribuí-la a D. Pedro da Silva, apesar de manter-lhe o conteúdo. Revela-se, portanto, preocupado com a forma, entidade ironicamente enaltecida na (descontraída) nota. O novo narrador, modificando a forma e mantendo o conteúdo do romance, pode agora contar as desventuras de D. Pedro da Silva e de outros personagens a partir de seu próprio ponto de vista, focalizando-as externamente. Não é lícito afirmar que, desta vez, por estar ausente da história que conta, o narrador não se envolva com a narrativa; apresenta, no entanto, um ponto de vista bastante crítico com relação ao Romantismo, suas tópicas e as expectativas do leitor, revelando, novamente, sua preocupação com os caminhos da criação romanesca, e erigindo, desde seu primeiro romance, um diálogo criativo em torno da forma em ascensão.

Há diversas estratégias que desinstalam e desconstroem os idílios românticos apresentados nos capítulos e núcleos precedentes do enredo, a partir das quais o narrador provoca subversões no texto literário, que faz transparecer evidentes modificações com relação à primeira parte do romance. O novo narrador, que se apresenta confessamente crítico, desestabiliza a narrativa de entrecho romântico, misterioso e folhetinesco em dois níveis: dialogando com os destinos da personagem romântica, isto é, no nível do conteúdo (enredo); e com as expectativas do público leitor e a tessitura da própria narrativa, apontando agora para o âmbito da forma. Quanto ao primeiro aspecto, vejamos um exemplo da atuação do narrador camiliano, tão marcante e sobressalente no conjunto de sua obra:

> O mancebo, ainda poeta do coração, almejava as flores, o matiz verde dos campos, a linfa cristalina dos regatos, a borboleta namorada do botão esquivo do lírio, e os horizontes, e o céu, e as brisas eternamente azuis de Lamartine.
>
> Não foi, portanto, forçado para a província. O idílio, com o seu cortejo de faunos e dríades, acenava-lhe de lá com uma grinalda de rosmaninho e madressilva. Não se riam, leitores, da languidez do estilo: na mocidade sente-se isto; e se não se lembram de o terem sentido, nem saudades lhe vêm de lá, podem ser excelentes pessoas, podem ter provado tudo que é bom para o corpo, mas o que não tiveram, nem

agora já terão, é o paladar dos gozos da inteligência. Isto é por falar, melindrosos leitores. Eu creio piamente que todos sois, além de boas pessoas, mais ou menos poetas. Se me engano, não perdemos nada de parte a parte (Castelo Branco, 1981, p. 66, vol. III).

No que respeita ainda ao primeiro aspecto, o narrador deixa evidente sua posição crítica com relação aos desvarios românticos de D. Pedro da Silva, mostrando o efeito pernicioso da ideologia romântica, bastante banalizada e estereotipada na figura de D. Pedro. Atente-se, a este propósito, ao seguinte passo, em que o narrador ironicamente constrói a visão "romantizada" de D. Pedro da Silva, que antigo voraz leitor de Radcliffe, ainda pensa viver mistérios e aventuras em longínquas terras francesas:

Em frente, no alto duma colina, a um quarto de légua, viu Pedro da Silva um magnífico palácio, menos romântico que o castelo esboroado, que parecia ter sido a primeira habitação do senhor feudal das imensas várzeas [...]. Quem viverá ali?, perguntava-se o anelante sonhador de romances, povoando o castelo de damas esquivas, rodeando a barbacã de trovadores suspirosos, e fazendo erguer a ponte levadiça que deixara sair o nobre senhor para alguma caçada [...].

Nestes êxtases, que são a vida aos dezenove anos, veio encontrá-lo o hóspede (1981, p. 68, vol. III).

Após a ironia, virá sua eterna companheira: a crítica. Exposta em termos ora divertidos e encobertos pelos comentários irônicos do narrador, ora em momentos explícitos que revelam seu julgamento e censura com relação às ilusões românticas, a crítica é tecido subjacente à novelística camiliana:

A sociedade, vista de perto, parecera-lhe cousa muito diferente do que os romances lhe pintaram. Não vira heroínas nem heróis. Em toda a parte se comia, conversava, passeava e dormia da maneira mais prosaica e trivial que é possível. Os episódios estrondosos, poetizados por paixões devassadoras, não os presenciou, nem lhe constou que se des-

UMA VIAGEM PELOS MISTÉRIOS... 111

sem. Nos salões as damas frívolas falavam de vestidos, as preciosas questionavam o mérito literário das *Meditações* e das *Orientais*, com grande enfatuamento e prodigalidade de sandices ditas com muito espírito, que é o que as francesas têm de mais nobres todas, as hermafroditas do mundo moral (1981, p. 67, vol. III).

É interessante observar também que o visconde de Armagnac, único personagem de todo o romance isento de um destino trágico ou infeliz, ou privado de castigos ou vinganças da Providência, isto é – aquele ao qual não se atribui uma carga evidentemente melodramática, típica do enredo do folhetim – é o único, no entanto, a enxergar os perigos da devoção romântica e da própria literatura romântica e folhetinesca, através de diversas ironias e sarcasmos bem ao gosto do narrador camiliano, revelando também sua postura crítica com relação à geração e à literatura da época. Divertindo-se com a estupefação do jovem diante do misterioso castelo da duquesa de Cliton, onde D. Pedro da Silva pretende viver férteis emoções, afirma:

Ali há mistérios horríveis entre aquelas paredes. Se perguntares ao povo dessas aldeias o que lá se passa, ouvireis dizer que os mortos dão ali os seus bailes, e que saltam por esses prados, com as suas mortalhas, como ursos brancos. Dá-vos o riso? É o que vos digo. A vossa predileta Radcliffe, se conhecesse aquele castelo, dava-vos mais vinte romances, e morria atormentada por mais vinte mil fantasmas da sua lavra, como Madalena Scudery (1981, p. 69, vol. III).

As zombarias e sarcasmos do Visconde de Armagnac, que faz as vezes do narrador camiliano durante boa parte da narrativa, com o qual alterna papéis, não são as únicas do romance. Alberto de Magalhães, outro importante personagem da narrativa, também não pode deixar de observar o comportamento exagerado e melodramático de D. Pedro da Silva, e a ironia, mais uma vez, aparece de modo irreverente e, ao mesmo tempo, crítico:

112 CAMINHOS DO ROMANCE EM PORTUGAL

– É efectivamente o emissário de Artur de Montfort? Artur de Montfort morreu há perto de nove anos. Vem por consequência do outro mundo... Como se vive por lá?

Este sarcasmo desarmou momentaneamente o pobre moço, que se supunha funcionando em pleno mundo de Anna Radcliffe. Subira-lhe a cor ao rosto; [...].

– Por lá... vive-se mais tranquilo que por cá. Lá, os assassinos repousam. Aqui, os assassinos esperam a sua hora.

– Pela declamação, vejo que o senhor é admirador da escola dramática de Victor Hugo... [...] (1981, p. 135, v. II).

Os gracejos e escarnecimentos dirigidos ao personagem romântico por excelência – D. Pedro da Silva – não terminam por aqui. Mais uma vez seu preceptor, Visconde de Armagnac, aferroa-lhe:

– Nada de pieguices, que são a missanga com que se adorna o amor das crianças. A duquesa não vos quererá assim melhor do que doutro modo. Não vos aconselho que sejais audacioso como manda o satânico autor da *Lágrima do Diabo*, mas quero que sejais homem. Recitai a vossa poesia, sede o Lamartine destas aldeias, e cantai todas as flores da minha terra, que eu vos prometo uma medalha honorífica da sociedade botânica de Paris.

O Visconde de Armagnac, sempre epigramático e fecundo em ironias salgadas ao sabor voltairiano, era, no fundo, uma excelente pessoa, e um raro amigo.

Prevendo uma fatalidade, no caso possível de se abrasarem os elementos da paixão inocente do seu jovem amigo, ensaiava-se nas armas do ridículo para, mais tarde, matar essa paixão, como se matam em França todas as cousas sérias (1981, p. 92, vol. III).

Há outros exemplos da atuação do narrador que revela, por detrás do enredo ainda carregado de reviravoltas e lances obscuros, a preocupação de Camilo com elementos extra ou metaliterários, em apontamentos e adendos que se fazem por meio de sarcasmos, ironias e provocações diretas ao leitor, absolutamente originais com relação ao romance de Sue. Neste último, os comentários metaliterários são sempre em tom demeritório ao próprio romance, que se sabe carregado de inverossimilhanças e arbitrariedades no que diz respeito ao enredo, saltando de um núcleo a outro ao gosto (e atendendo a pedidos) do público leitor. O narrador, que confessa sua inexperiência e pouca autoridade no âmbito da palavra, espera ganhar seus leitores através de numerosos apelos ao conteúdo (aparentemente) crítico e denunciador da obra, apresentando um objetivo, palavra sempre ressaltada na obra, moralizante. Vejamos alguns exemplos da maestria com que o narrador de Sue atua no interior do romance:

O leitor nos desculpará por abandonar uma de nossas heroínas numa situação tão crítica, cuja conclusão nós diremos mais tarde. As exigências deste relato múltiplo, infelizmente muito variado em sua unidade, forçam-nos a passar incessantemente de um personagem a outro, a fim de fazer [...] caminhar e progredir o interesse geral da obra (se ainda houver interesse pela obra, tão difícil quanto conscienciosa e imparcial) (Sue, 1989, p. 385)[13].

Nossa palavra tem muito pouco valor, nossa opinião, pouquíssima autoridade, para que nós tenhamos a pretensão de ensinar ou reformar.

Nossa única esperança é de chamar a atenção dos intelectuais e das pessoas de bem para as grandes misérias sociais, as quais podem julgar-se deploráveis, mas não contestar a realidade.

[...].

Esta obra, que nós reconhecemos sem dificuldade ser um livro de má qualidade do ponto de vista da arte, mas que afirmamos não ser um livro ruim do ponto de vista da moral, esta obra, dizemos nós, só poderia ter tido em sua carreira efêmera o último resultado de que falamos, e do qual nos orgulhamos e nos sentimos honrados.

13. "Le lecteur nos excusera d'abandonner une de nos heroines dans une situation si critique, situation dont nous dirons plus tard le dénouement. Les exigences de ce récit multiple, malheureusement trop varié dans son unité, nous forcent de passer incessamment d'un personnage à un autre, afin de faire, [...], marcher et progresser l'interêt général de l'ouevre (si toutefois il y a de l'intérêt dans cette ouevre, aussi difficile que consciencieuse et impartiale)."

Não há maior recompensa para nós que as bênçãos de algumas pobres famílias que terão um pouco de bem-estar graças às reflexões que nós provocamos! (1989, p. 607)[14].

O narrador camiliano, por sua vez, continua revelando uma importante preocupação que já abertamente demonstrara no *Anátema,* seu primeiro romance: a de inserção na cena literária romântica, a qual nomeia "literatura palpitante de atualidade" (Castelo Branco, 1982, p. 22), e a estreita relação tecida com o público leitor. Dessa forma, as inovações formais que percorrem as primeiras obras de Camilo devem-se, em grande parte, a esta necessidade de dialogar com a tradição do romance romântico europeu, evitando uma adoção acrítica de seus postulados. Daí as diversas funções do narrador híbrido, bastante variável ao longo do romance, e das várias inserções de comentários que revelam a postura crítica com relação aos preceitos da literatura romanesca, vistos também do ponto de vista de um personagem, Visconde de Armagnac, fervoroso adorador de Racine, ferrenho crítico de Lamartine e Radcliffe.

Carlos Reis, em interessante ensaio a respeito da preocupação metalinguística de Camilo ao longo de sua obra, intitulado "Camilo e a Poética do Romance", traça alguns comentários a respeito do *Anátema,* mas que podem ser perfeitamente compreendidos a respeito dos *Mistérios de Lisboa,* já que é a segunda

---

14. "Notre parole a trop peu de valeur, notre opinion trop peu d'autorité, pour que nous prétendions enseigner ou réformer.

Notre unique espoir est d'appeler l'attention des penseurs et des gens de bien sur de grandes misères sociales, dont on peut déplorer, mais non contester la réalité. [...].

Cet ouvrage, que nous reconnaissons sans difficulté pour un livre mauvais au point de vue de l'art, mais que nous maintenons n'être pas un mauvais livre au point de vue moral, cet ouvrage, disons-nous, n'aurait-il eu dans sa carrière éphémère que le dernier résultat dont nous avons parlé, que nous serions très fier, très honoré de notre ouvre.

Quelle plus glorieuse récompense pour nous que les bénédictions de quelques pauvres familles qui auront dû un peu de bien-être aux pensées que nous avons soulevées!"

obra do autor, ainda publicada em folhetins e poucos anos após o surgimento do *Anátema*:

> Estas são palavras [presentes no *Anátema*] de um escritor praticamente em princípio de carreira. Mas, ainda assim, elas revelam já aquela que será uma preocupação dominante em Camilo: a necessidade de refletir sobre os modos de ser da criação romanesca, sobre a relação dessa criação com o público, sobre o devir da Literatura e das suas "escolas", em estreita articulação com um cenário histórico, cultural e ideológico extremamente movediço e, como tal, capaz de projetar em filigrana, sobre o fenômeno literário, os movimentos e contradições que o afetavam (1995, p. 64).

Em consonância com Carlos Reis, Maria Alzira Seixo, por sua vez, tratando dos modelos da novela passional camiliana, em cujo *corpus* inclui *Anátema, Amor de Perdição* e *Brasileira de Prazins*, esclarece-nos os elementos histórico-literários que se entrecruzavam na elaboração dos supracitados textos. E a respeito do cenário no qual o *Anátema* fora escrito e da época de ascensão da novelística camiliana, afirma: "A grande preocupação do escritor, manifestada entre intuitos paródicos e diatribes críticas, é a do modo de escrever o romance novo, 'o romance chamado da época', nomeadamente no que respeita à ordenação dos eventos e à relação entre verosimilhança e verdade" (2004, p. 51).

Ainda que os comentários extra e metaliterários tecidos no *Anátema* sejam muito mais insistentes, confessamente irônicos e inúmeras vezes sardônicos, não podemos ignorar a reelaboração da figura deste narrador nos *Mistérios de Lisboa*, cuja tônica, apesar de seu esmorecimento no que diz respeito à crítica ferrenha por meio da paródia dos modelos franceses, ainda reside na constante alternância entre a adoção e a crítica do preceituário romântico, como em *Anátema*, e no diálogo com a tradição do romance romântico europeu. Em boa parte do livro há uma evidente elaboração dos aspectos do enredo folhetinesco, das peripécias e reviravoltas que configuram o gênero tão lido em terras portuguesas; no entanto, em todo o quarto e último livro, em que o narrador camiliano realmente avulta em meio aos fatos narrados, tem-se especial relevância para o diálogo com as expectativas do público leitor, constantemente provocado a refletir sobre a própria criação romanesca, aspecto também apontado por Carlos Reis: "Estamos aqui no limiar de um trajeto paralelo ao da atividade do ficcionista propriamente dito e que se traduz em múltiplas reflexões metaliterárias, deduzidas da experiência da escrita e de um 'diálogo' intenso com as expectativas e com as reações do público" (1995, p. 64).

Dessa forma, observamos que no cerne das primeiras narrativas camilianas desenvolve-se um embate entre a adoção de alguns postulados da narrativa folhetinesca e do romance romântico, mas não isentos de uma carga crítica e reflexiva, através de estratégias que revelam uma avaliação da literatura da época por parte do escritor. O estatuto híbrido e variado do narrador, a presença de elementos que questionam a literatura romântica e esmorecem suas potencialidades e a intensa presença do comentário metanarrativo apontam para um diálogo crítico estabelecido por Camilo no interior de seu romance e para uma preocupação do escritor com relação ao que produzia. Esta ambiguidade por meio da qual se apresenta o escritor, que alterna entre adesão e crítica, é bem observada por Maria de Fátima Marinho, que descarta a possibilidade da realização única e exclusiva de uma paródia do romance-folhetim romântico[15]:

Não iríamos talvez tão longe como José Édil de Lima Alves que considera ter o autor parodiado o gênero em questão. O que nos parece mais correto é o aproveitamento de alguns dos seus traços, dentro de uma tendência de época que seria difícil ignorar. As referências críticas

15. Maria de Fátima Marinho pretende apresentar argumentos que refutem a tese de José Édil de Lima Alves, para quem a primeira novelística camiliana teria apenas a função de parodiar o romance-folhetim francês, ressaltando sua crítica com relação a seus autores, utilizando-se da escarnecedora denominação de "sagrada trindade do romance-folhetim francês" (Alves, 1990, p. 95) referindo-se a Eugène Sue, Alexandre Dumas e Victor Hugo.

à própria concepção de romance e a atestação de veracidade [...] parecem, simultaneamente, mostrar e esconder o processo literário que executa criticando, sempre na mira de alienar e consciencializar os leitores – daí a possível interpretação parodística (1995, p. 222).

Interessante é a posição da autora, com a qual concordamos inteiramente: a constante dialética entre esconder o processo ficcional, atualizando em Portugal a narrativa de caráter popular e folhetinesco, e revelá-lo ao leitor, através de comentários que façam transparecer a reflexão e crítica que subjazem ao processo metaficcional. Dessa forma, alternando-se entre "alienar e conscientizar" o leitor, de fato, Camilo executa o processo, isto é, a apropriação de alguns traços da literatura romanesca – mas sempre o criticando e, sobretudo, refletindo sobre seus caminhos, processos que já se instauram definitivamente no *Anátema*, onde "Camilo já mora por inteiro" (Rodrigues, 1998, p. 323).

A este propósito, é interessante mencionar que o próprio escritor assumira ser "tributário da moda", revelando a necessidade de atender as demandas do público leitor, quando o "seduzia e subornava a glória de ser lido". No prefácio aos *Doze Casamentos Felizes*, novelas publicadas em 1861, alguns poucos anos, portanto, após a publicação dos *Mistérios de Lisboa*, Camilo divertidamente traça o panorama da época e acusa-se pelas publicações "inglórias":

> Cuidou o autor que este livro, à conta da sua muita simpleza e naturalidade, desagradaria ao máximo número de pessoas, que aferem, ou dantes aferiam, o quilate de uma obra de fantasia consoante os lances surpreendentes e extraordinários. Não foi assim. A época é outra, e melhor. O maravilhoso teve sua voga, seu tempo e sua catástrofe.
>
> Também o autor foi tributário da moda, quando, mais que a arte, o seduzia e subornava a glória de ser lido. Aí estão os *Mistérios de Lisboa* e o *Livro Negro*, e que tais volumes, cujas reimpressões são o proporcionado castigo de quem os fez (Castelo Branco, s.d., p. 15).

A presença do narratário, por sua vez, também é de suma importância para a novelística camiliana, como aponta Aníbal

Pinto de Castro. Também de estatuto muito variado e contendo múltiplas funções, o narratário – isto é, o leitor interpelado pelo narrador, aquele com o qual imagina dialogar e ao qual deseja clamar – é ora explicitamente provocado, questionado e instado a decodificar ironias e sarcasmos (im) pertinentes: "O barão, diga-se a verdade, não a entendia, e fazemos votos porque, neste momento, a capacidade intelectual das leitoras não seja mais ampla que a do barão" (Castelo Branco, 1981, p. 20, vol. III); ora é diretamente visado, cujas expectativas também estão em jogo, ressaltadas pelo atento narrador:

> Querem, portanto, saber se era amor o que sentia o pupilo de Alberto de Magalhães? É muito atendível a exigência, e todo o homem que faz romances está, *ipso facto*, constituído na obrigação de devassar a vida do seu semelhante, quando ele próprio a não diz (1981, p. 87, vol. III).

> No dia seguinte, deviam partir para Angoulême, e partiram. O filho da condessa de Santa Bárbara ia triste, taciturno e tétrico, se o querem assim. [...], finalmente, todos esses interessantes atributos de Angoulême enfastiaram D. Pedro da Silva, assim como me enfastiam a mim e aos leitores também (1981, p. 89, vol. III).

Dessa forma, a mudança de estatuto do narrador, que passa de homodiegético a heterodiegético, proporciona-lhe a possibilidade de narrar e observar a matéria romanesca de um ponto de vista mais crítico, pois que se encontra fora dos transes dramáticos e folhetinescos que acometem as personagens do romance. A focalização externa propicia, dessa forma, a crítica, o diálogo com o leitor, a reflexão sobre os caminhos do romance e da criação romanesca, e, mais explicitamente, um ponto de vista sobre D. Pedro da Silva que o próprio não poderia ter. A esse respeito, é interessante notar a evolução do personagem por meio de suas escolhas e leituras: de adorador de Radcliffe, passa a detestá-la, analisando as puerilidades de seus romances; em seguida, passa a admirar as venerandas odes de Lamartine, de quem se torna apaixonado admirador; por fim, avulta a crítica a Balzac (do ponto de vista do personagem, e não do narrador) que figura como demoníaco escritor, destruidor das ilusões românticas de D. Pedro da Silva. Assim, observa-se que da crítica explícita aos desabridos sarcasmos e ironias o narrador ganha uma liberdade de movimentos, já que pode circular pela galeria de personagens que observa, alternando entre uma postura melancólica e isenta de intromissões, mantendo a dramaticidade das cenas pelas palavras e emoções das próprias personagens, cuja força passional é importante para a obra (e para toda a obra de Camilo), como ressaltamos, e uma postura abertamente debochada e subversiva, rompendo os idílios românticos e desconstruindo as expectativas do leitor.

Assim, retomamos algumas considerações de Jacinto do Prado Coelho, já expostas quando da introdução do presente estudo. O crítico ressalta justamente a "liberdade de movimentos" com a qual Camilo estreia na cena literária, que ao lançar mão das tópicas da literatura folhetinesca também lhes tolhe a seriedade, através do narrador que desestabiliza a narrativa e o próprio leitor.

[...] A atitude que Camilo adotou deu-lhe maior liberdade de movimentos, permitiu-lhe servir-se de *clichés* sem os quais não podia ainda passar, habilitou-o a escrever de vento em popa a sua novela sem grandes preocupações de verossimilhança, e ficar, depois, na posição de quem supera a própria obra (1982, p. 212).

O narrador camiliano atualiza um procedimento presente desde seu primeiro romance, o *Anátema*: ao observar o personagem "lamartiniano", a partir de uma evidente posição de superioridade, novamente desconstrói a expectativa do leitor que resulta perplexo e só poderá rir-se do personagem e da situação. É impossível que levemos D. Pedro da Silva a sério, não obstante seu caráter intenso e apaixonado, pois o narrador não o permite, colocando o leitor sempre no limiar da narrativa:

Este jogo que o narrador estabelece com o leitor, tornando visível a este a enunciação, não lhe permite mergulhar na estória narrada mas, ao contrário, fá-lo ficar à tona, entre os dramáticos lances do narrado, que dificilmente chegam a emocioná-lo, porque o narrador os fez preceder ou suceder de observações que lhes tiram toda a seriedade (Berardinelli, 1995, p. 239).

Assim, ao passo que o narrador dos *Mistérios de Paris* tem sempre em vista seu leitor, buscando facilitar-lhe o caminho da leitura, excitar-lhe a curiosidade, além de buscar sua constante aprovação e identificação, enaltecendo-o (a burguesia) e representando-o (o proletariado), o narrador camiliano nem sempre parece querer "rebaixar-se" ao leitor e à matéria romanesca, pelo que a diegese, e o próprio narrador, se apresentam de forma oscilante, ora ao encontro do corolário romanesco, ora crítico e escarnecedor de seus conteúdos e formas, processo do qual o leitor não resta isolado, mas no qual é sempre chamado a decodificar as ironias e críticas do autor.

Isso posto, ressaltamos a leitura que fazemos da obra inicial do romance camiliano com o intuito de revelar seus processos criativos e seus propósitos originais, com os quais apresenta um diálogo crítico com os moldes do romance-folhetim francês, pelo que a hipótese de uma adoção acrítica e irreflexiva fica doravante descartada. É só recorrermos ao cotejo mais direto entre as obras, tomando como referência apenas as funções do narrador nestas obras de cunho popular e folhetinesco, que demonstramos anteriormente: as funções do narrador, tal qual elaboradas por Sue, que preconiza o contato com o leitor e o envolvimento com a narrativa, são rigorosamente observadas pelo narrador camiliano, que se revela um exímio leitor da narrativa romanesca francesa; no entanto, essas mesmas funções são diversas vezes mediadas pelo riso, pela ironia e pela crítica, através dos quais o narrador desestabiliza o plano do narrado e põe em questão o estatuto do próprio narrador, que se revela híbrido, múltiplo, fazendo-nos olhar mais de perto para a matéria romanesca e os modos de ser de sua criação.

A variedade das formas e narradores explorados por Camilo tem, portanto, uma função clara e importante para o romance, a despeito de que haja ou não ocorrido uma falha em sua elaboração: apresenta diversos pontos de vista sobre os personagens, vistos de dentro da ótica romântica, ou de fora, de um ponto de vista mais crítico, de quem está observando a conjuntura literária da época e sua repercussão para os leitores, bem como suas reações e expectativas diante do material literário. Como afirma Aníbal Pinto de Castro:

> Do variado e flexível estatuto oferecido por Camilo aos narradores das suas novelas decorre naturalmente uma notável multiplicidade de perspectivas assumidas, tanto pelas personagens, enquanto narradores, como pelo próprio autor, direta ou indiretamente. E é essa mutabilidade de perspectiva um dos fatores que mais poderosamente contribuem para transformar a matéria diegética numa descoberta permanente para o leitor, mesmo o mais desatento, não deixando cair o seu interesse ou amortecer a sua curiosidade, antes mantendo-os despertos, sempre à espera de nova surpresa, do princípio ao fim do discurso narrativo (1976, p. 57).

É importante relembrar que, em consonância com o que viemos elaborando até o presente momento, apesar das semelhanças estruturais entre as narrativas no que diz respeito à manutenção dos temas principais do romance francês pelo romancista português, diferenças significativas têm lugar na obra de Camilo. Assim, não se trata apenas de uma "pilhagem", ou "usurpação do alheio", como elabora Marlyse Meyer na análise dos romances de Ponson du Terrail, mas sim de uma apropriação que incorpora características do romance francês, mas também traz à tona especificidades do romance português. Dessa forma, diferentemente de alguns "grandes" folhetinistas franceses, que ao observar a rápida ascensão do romance-folhetim simplesmente "emprestaram" suas características para prosseguir com a lucrativa fórmula, os romances portugueses trazem, incontestavelmente, a presença de novas características que formulam um diálogo com esse novo modo de ficção. A respeito das relações que se observam entre os romances franceses e portugueses, veja-se a seguinte observação de Marlise Meyer:

> Mas o que me parece o mais característico do modo de composição da série de Rocambole é um procedimento que, à primeira vista, poderia ser considerado paródia, mas como não são explícitas as *intenções críticas*, geralmente associadas ao termo, o mais adequado seria falar em *apropriação*. Não no sentido atual do refazer de um texto a partir de outro, uma *bricolagem* ou *montagem* com *finalidade lúdica*, mas no sentido próprio de usurpação de propriedade, de tirar do alheio. Melhor dizendo ainda, de pilhagem narrativa, com intenções meramente utilitárias: uma racionalização capitalista, por assim dizer, para melhor adequação à economia do mercado folhetinesco, à lei imperativa da produção cotidiana, em que a rapidez era a alma do negócio (1996, p. 165, sublinhados meus).

Com respeito aos termos sublinhados, enfatizamos algumas relações possíveis: como afirmamos anteriormente, cremos que os romances portugueses não realizam apenas uma apropriação no sentido pejorativo com que Meyer explicita o termo, o de pilhagem narrativa e de usurpação do alheio. Pelo contrário, desejamos mostrar, por meio dos autores estudados, que há, com efeito, uma relação que se estabelece no entrecruzamento da crítica, da ironia e da apropriação, sendo a última compreendida exatamente como a primeira definição de Meyer: "uma bricolagem ou montagem com finalidade lúdica", nas quais se dá um novo texto, refeito. Acrescentaríamos à finalidade lúdica, no entanto, uma finalidade crítica, que revela uma verdadeira *autonomia criativa* do escritor, que bem soube aproveitar-se dos macetes folhetinescos franceses e recriá-los em sua obra, contrariando a visão de Moretti que apresentamos anteriormente, para quem a presença avassaladora da hegemonia cultural francesa teria privado toda a Europa de "autonomia criativa".

Dessa forma, podemos concluir que os narradores, construídos enquanto personagens fictícios e coparticipantes das obras, já que podemos subentender determinados efeitos provocados em decorrência de sua presença, detêm duas funções principais e necessariamente contrastantes: enquanto o narrador de Sue conduz o leitor pela mão e identifica-se diretamente com o seu narratário, representando seus valores, facilitando-lhe o "trabalho narrativo" e cumprindo à risca com os deveres de narrador, o narrador camiliano procede em diversas subversões das funções da instância narrativa ao, volta e meia, mediá-las pelo riso e pela ironia, estimulando nos seus narratários o gesto criativo de decodificação de suas ironias, sarcasmos e zombarias, tão presentes na produção novelística de Camilo Castelo Branco. Pelo menos é o que parece querer, mas nos perguntamos se o leitor português, habituado aos efeitos fáceis e reiterados da literatura folhetinesca francesa, saberia ler as entrelinhas da irônica narrativa camiliana.

Ficam, por ora, abandonados os mistérios de Eugène Sue e Camilo Castelo Branco, dos quais traçamos uma estreita comparação com vistas a ressaltar a autonomia e a originalidade da escrita camiliana, em vias de desenvolvimento logo em seu segundo livro. Passaremos, agora, a Eça de Queirós e Ramalho Ortigão, em novas aventuras e mistérios que nos farão observar, mais uma vez, a proficuidade e o estrondoso êxito do folhetim francês, e o seu tão caro subgênero dos "mistérios".

3

O Mistério da Estrada de Sintra: A Estreia Folhetinesca de Eça de Queirós e Ramalho Ortigão

Após a análise dos elementos concernentes ao enredo e à instância narrativa dos romances de Eugène Sue e Camilo Castelo Branco, passaremos à análise do último romance que compõe a nossa tríade dos mistérios, que prolonga este exploradíssimo filão folhetinesco e o faz chegar até a década de 70: trataremos de *O Mistério da Estrada de Sintra*, primeiro romance de Eça de Queirós, escrito conjuntamente com Ramalho Ortigão e publicado em 1870 no *Diário de Notícias*.

Além da análise deste novo romance, bem como de sua contextualização histórico-literária, também trataremos brevemente a respeito de um derradeiro folhetim de "mistérios", com o qual proporemos um breve diálogo: trata-se do romance *Os Mistérios de Marselha*, de Émile Zola, publicado em 1867, somente três anos antes, portanto, de *O Mistério da Estrada de Sintra*, no jornal *Messager de Province*. Adiantamos o motivo deste acréscimo no já tão vasto campo dos mistérios europeus, ressaltando, no entanto, que não apresentaremos uma extensiva análise do romance em virtude da falta de material a respeito da obra e também devido aos limites de nossa pesquisa, que se restringe à análise mais aprofundada dos romances de Eugène Sue e dos escritores portugueses. Contudo, a menção ao romance e sua breve abordagem justificam-se pelos interessantes paratextos que circundam as obras, especialmente o romance de Zola, por conterem informações a respeito do contexto de criação e publicação do romance. Os prefácios dos romances *Os Mistérios de Marselha* e *O Mistério da Estrada de Sintra* são bastante semelhantes e apresentam importantes elementos para a análise do romance português no panorama literário da época; os prefácios às diferentes edições do romance de Zola, especificamente, constituem valiosos documentos das tendências literárias da época, bem como da relação entre o escritor e tais "exigências" do público e dos periódicos; ademais, nesses prefácios, o escritor apresenta interessantes características dos folhetins da época, explicando o modo de composição desse seu primeiro romance, de modo que se constituem importantes objetos de pesquisa para o período sobre o qual nos debruçamos; e, por fim, além do fato de Eça ser um grande admirador e leitor da obra de Zola, as datas de publicação dos folhetins são bastante próximas, o que nos pode sugerir aspectos interessantes de comparação entre o folhetim francês e o português, objeto central de nossa pesquisa.

Voltando-nos ao romance português, ressaltamos que apesar de inserir-se na voga dos mistérios popularizada por Eugène Sue com *Os Mistérios de Paris* e *Os Mistérios do Povo*, *O Mistério da Estrada de Sintra* deve ser analisado separadamente dos romances de Sue e Camilo contemplados nos capítulos precedentes, já que possui características muito diferenciadas e particularidades intrínsecas ao seu modo de composição, evidenciando uma nova etapa do romance-folhetim e da Imprensa francesa, bem como todas as modificações advindas desta evolução. No entanto, assim como Camilo Castelo Branco, Eça também inicia sua produção literária de maneira a observar o desenvolvimento da forma do romance e do jor-

O MISTÉRIO DA ESTRADA DE SINTRA... 127

nalismo franceses, com os quais dialoga explicitamente em seu primeiro romance.

À época em que Eça e Ramalho estreiam na cena literária com a publicação de seu primeiro folhetim "literário", mudanças significativas haviam ocorrido na Imprensa francesa, e, por conseguinte, na portuguesa: como esclarece Catherine Bertho, o divórcio entre escritura jornalística e escritura literária passa a ser mais acentuado, pelo que o jornalismo de reportagem passa a substituir a crônica. Segundo Bertho, lê-se no jornal dos irmãos Goncourt da data de 22 de julho de 1867 o seguinte trecho: "Essa época marca o início do esmagamento do livro pelo jornal, do homem de letras pelo jornalismo de letras" (1986 *apud* Bellet, 1972, t.v, p. 42)[1]. É então que se pode perceber um interesse mais avivado pela reportagem "dramatizada", que contava, muitas vezes, eventos eletrizantes e que faziam as vezes do suspense e das peripécias de numerosos folhetins. Como mostra a autora, ainda, Jules Vallès e Émile Zola são exemplos que ilustram que a carreira de jornalista, muitas vezes, servia de elevação e ponte à carreira de escritor: "De uma forma totalmente diferente, os grandes autores populares do fim do século são também jornalistas" (Bertho, 1986, p. 400).

Dessa forma, podemos compreender que há diferenças estruturais importantíssimas entre os folhetins de Camilo e Eça e Ramalho, já que o primeiro se "baseia" ainda no formato dos romances-folhetins tradicionais à maneira de Sue e Dumas, e os segundos, já em desenvolvimento na carreira de jornalistas, têm uma visada mais direta (e crítica) da Imprensa e do jornalismo franceses e da ascensão de um novo modo de publicação que relaciona estreitamente literatura e jornalismo: o *fait divers*.

Mas não somente no jornalismo francês Eça e Ramalho fixaram seus horizontes: certamente, a publicação do romance e o anúncio de um grande mistério, envolvendo assassinatos,

---

1. Citação de R. Bellet, do *Manual de História Literária da França*, sob a direção de Pierre Abraham e Roland Desné, Éditions Sociales, 1972, t. v, p. 42.

sequestros e a urdidura de complicados nós, visam estremecer o adormecido e pacato público leitor português, já que os limites entre ficção e realidade ganham contornos muito fluidos e duvidosos, de maneira que qualquer leitor atento e crítico hesitaria diante da matéria romanesca que ganhava forma nas páginas do *Diário de Notícias*. É que a vida em Lisboa parecera a Eça, como relata João Gaspar Simões, uma grande mistificação, onde não havia de fato os famosos "mistérios", além de revelar-se insípida em seu provincianismo e suas trivialidades: "Sim, Lisboa era como a província: mas em ponto grande. A trivialidade, porém, era a mesma. Não há nada mais pacato, mais sereno, mais límpido, mais chato que esta vida de Lisboa, escrevera ele, meses antes, quando falava da capital, sentado à sua mesa do redator do *Distrito de Évora*" (1945, p. 150).

Em diversas crônicas das *Prosas Bárbaras,* Eça mostra-se profundamente desolado com a atual situação da capital portuguesa e da península, que se revelavam em sua estreiteza e insignificância, envolvidas em um completo marasmo, bem como o notaram outros escritores da época, como Sampaio Bruno e Antero de Quental. Tal sentimento, provavelmente compartilhado por Ramalho Ortigão, motiva a elaboração escandalosa de *O Mistério da Estrada de Sintra* – de cuja trama Batalha Reis também tivera conhecimento, sendo inclusive convidado a participar do "jogo" com possíveis cartas que confirmassem a suposta veracidade dos fatos – e as ácidas provocações das *Farpas.* Na crônica *A Península,* confessa:

> Ainda ontem eu pensava que nós outros, os peninsulares, nem sempre tínhamos sido uma nação estreita, de pequenas tendências, sonolenta, chata, fria, burguesa, cheia de espantos e de servilidades: e que este velho canto da terra, cheio de árvores e de sol, tinha sido Pátria forte, sã, viva, fecunda, formosa, aventureira, épica! (Queirós, 1986, p. 604, v. II).

Em outra vergastada, crônica cujo alvo desta vez é a "serena, imperturbável e silenciosa" Lisboa, é lançado o axioma: "Lisboa nem cria, nem inicia; vai" (1986, p. 625). E continua a voz que reclama:

> Em Lisboa a vida é lenta. Tem as raras palpitações dum peito desmaiado. Não há ambições explosivas; não há ruas resplandecentes cheias de tropéis de cavalgadas, de tempestades de ouro, de veludos lascivos: não há amores melodramáticos; não há as luminosas eflorescências das almas namoradas da arte; não há as festas feéricas, e as convulsões dos cérebros industriais.
> Há escassez de vida; um frio senso prático; a preocupação exclusiva do útil; uma seriedade enfática [...] (1986, p. 627, v. II).

Tal opinião a respeito de Lisboa é compartilhada, inclusive, por Camilo Castelo Branco, desde a publicação dos nossos já conhecidos *Mistérios de Lisboa*. Os escritores parecem estar a par dos sucessos europeus – franceses, sobretudo – em que a honra de um novo mistério não viria mal à fortuna dos periódicos e à alegria dos leitores, mas sabem, contudo, que Lisboa não tem as mesmas emoções comoventes da sociedade parisiense, e que só resta apelar aos "recursos da imaginação". Ironicamente, como sempre, afirma o escritor:

> Se eu me visse assaltado pela tentação de escrever a vida oculta de Lisboa, não era capaz de alinhavar dois capítulos com jeito. O que eu conheço de Lisboa são os relevos, que se destacam nos quadros de todas as populações, com foros de cidades e de vilas. Isso não vale a honra do romance. Recursos de imaginação, se eu os tivera, não viria consumi-los aqui numa tarefa inglória. E, sem esses recursos, pareceu-me sempre impossível escrever os mistérios de uma terra que não tem nenhuns, e, inventados, ninguém os crê (1981, p. 9).

Dessa forma, a celeuma provocada na sociedade lisboeta, cuja mulher, como divertidamente descreve Eça, após o almoço indolente, "vai-se pentear e corre o *Diário de Notícias*" (1986, p. 1204, v. III), viera em grande parte como resposta a essa sonolência exacerbada. Além disso, a verificação do contexto literário é bastante aguda na percepção de Eça; sabia o escritor que "o que se pede é a comoção, a sensação, o sobressalto. [...]. Toda a literatura, teatro, romance e versos educam neste sentido: vibrar, sentir fortemente. [...]. É que a nós só nos excita, nos exalta, o drama! O *drama*, eis o nosso ideal! Fazer *drama*, eis a nossa perdição" (1986, pp. 1213-1214, v. III, sublinhados do autor). Nesta mesma crônica pertencente às *Farpas*, datada de 1872, escrita, portanto, dois anos após a aparição de O *Mistério da Estrada de Sintra*, o panorama literário e a crítica de Eça parecem ainda ser os mesmos: entre numerosas invectivas contra a literatura de Dumas e Ponson du Terrail, entre outros, o escritor mostra a tendência predominante de leitura do então público leitor e a decadência da literatura em meio a estas produções:

> Entre nós nenhuma senhora se dá às sérias leituras de ciência. Não da profunda ciência (o seu cérebro não a suportaria), mas mesmo dos lados pitorescos da ciência, curiosidades da botânica, história natural dos animais, maravilhas dos mares e dos céus. Isso lembra-lhes a mestra, o dever, a monotonia do colégio. Depois acham vulgar, insípido. Querem ser impressionadas, abaladas – preferem o drama e o romance. [...]. Entre nós leem Ponson du Terrail e Dumas Filho e o seu bando de analistas lascivos (1986, p. 1211, v. III).

Ao analisarmos este contexto, bem como a evolução da escrita e do pensamento de Eça pela leitura de suas crônicas e produções jornalísticas, atividade em muito auxiliada pela leitura da obra de João Gaspar Simões, inteiramente dedicada à vida e obra do escritor português, fica evidente que a concepção e a produção do primeiro romance de Eça e Ramalho teriam sido acompanhadas por intenções eminentemente críticas e satíricas, aspecto evidenciado pelo crítico português e por Ofélia Paiva Monteiro. A escritura de um romance-folhetim, composto de seus mais variados ingredientes – peripécias romanescas, lances sentimentais e passionais, mistérios e suas desencerrações – não significaria, portanto, uma mera adesão de Eça e Ramalho aos parâmetros da literatura francesa; para tanto, é necessário analisar a composição do romance, bem como suas estratégias paródicas, já que uma superficial leitura poderia indicar uma "imaturidade" da primeira fase dos escritores.

Ainda sem ter-se revelado grande escritor, contudo, Eça alternava a pena entre folhetins líricos, fruto das influências literárias de sua época, ainda sob forte influxo do Romantismo, e um princípio de estilo que começa a moldar-se pela observação da realidade e dos costumes portugueses, em que "o Eça de Queiroz das *Farpas* vai desabrochando do lírico" (Simões, 1945, p. 159). Nessa época, surgem os escritos de fundo irônico, satírico e chocarreiro, do futuro escritor das *Farpas* e de *O Conde de Abranhos*. A evolução literária do escritor, que começa a despontar em novos estilos, faz-nos observar que "tão grosseiramente trivial é a existência que o melhor, concluiu Eça de Queiroz, é a gargalhada" (1945, p. 161). É diante deste cenário apático do meio lisboeta, tão bem traçado pelo escritor, e de sua ainda iniciante produção literária, mas já principiando a afirmar-se em seu estilo característico, voltado à observação do real e lançando mão da ironia e da sátira, que surgirá a concepção de *O Mistério da Estrada de Sintra*, que apresenta diversos pontos de contato com as páginas do *Distrito de Évora*, com as *Prosas Bárbaras*, e com as crônicas posteriores d'*As Farpas*. No prefácio à edição em romance, escrito em 1884, os autores parecem revelar as intenções com as quais engendram os rocambolescos lances da narrativa:

Há catorze anos, numa noite de verão, no Passeio Público, em frente de duas chávenas de café, penetrados pela tristeza da grande cidade que em torno de nós cabeceava de sono ao som de um soluçante *pout-pourri* dos *Dois Foscaris*, deliberamos reagir sobre nós mesmos e acordar tudo aquilo a berros, num romance tremendo, buzinado à Baixa das alturas do *Diário de Notícias* (Queirós, Ortigão, 1963, p. 7).

Sabem os autores do romance, portanto, que o *fait divers*, modelo sobre o qual parece apoiar-se a concepção do romance, "é uma construção. É necessário, com efeito, saber 'construir e apimentar' um *fait divers*. [...]. O autor de *fait divers* deve ser capaz de compartilhar suas emoções, de fazer vibrar seu leitor" (Chauvaud, 2009, p. 9). É, pois, por estas razões que Ofélia Paiva Monteiro afirma que "disposições *provocadoras* tinham presidido à fabricação do romance" (1985, p. 16). E em comentário que constitui o cerne de sua análise e argumentação, assim traduz as intenções dos amigos e compreende a gênese do primeiro romance de Eça de Queirós:

> Nascido, pois, duma espirituosa revolta contra a pequice lisboeta e querendo-se por isso mesmo provocador, o romance montou-se sobre um jogo *humorístico* com o público, que consistiu fundamentalmente, como todos sabem, em fazer passar por relato de eventos *reais* uma narrativa forjada com ingredientes propositadamente rocambolescos, cujo cariz ficcional só *in extremis* se denunciava explicitamente aos leitores crédulos: era um superior modo de rir da infantilidade do público lisboeta alimentada pelo romance folhetinesco, um modo de rir bem próprio daquele Eça e daquele Ramalho que tão patente deixaram, em obras posteriores, a responsabilidade que atribuíam à literatura romântica "barata" na degenerescência da nossa sociedade (1985, p. 16, sublinhados da autora).

Antes de iniciar a escrita dos folhetins de *O Mistério da Estrada de Sintra,* como tratamos anteriormente, sob o pseudônimo de A. Z., Eça já dera prenúncios da faceta irônica e crítica de sua escrita, falando asperamente da capital portuguesa, do próprio país, da adormecida atividade intelectual e da pobreza de espírito a que tão frequentemente se dirige no *Distrito de Évora.* Veja-se um exemplo das vergastadas de A. Z.:

> Meus amigos. – Eu sou um correspondente literário que não falo dos livros, dos poemas, dos romances, dos dramas, de todo este longo movimento de espírito, que, como uma fina seda, ondeia e reluz ao nosso sol.
>
> Fizeram-se poemas, e cantatas, e livros humorísticos, romances, filosofias e algumas religiões; eu não ouvi, não senti, não percebi nada.

Isto é resultado do modo tímido com que se escreve em Portugal. Parece que os poetas fazem os livros como os rapazes fazem travessuras: vindo cautelosos, no bico do sapato, e fugindo com grandes tremuras e arrepios de carne. [...].

Por que fogem os escritores? Da crítica? Não a há. Fogem modestamente dos aplausos? Não os há. (Queirós, 1981, p. 571, v. I).

Por detrás das ácidas críticas de A. Z., Eça realiza, na realidade, uma denúncia da literatura da época, que julga adormecida, decaída e insípida, e sem a qual não é possível a formação de uma nação inteligente e criativa. Em outra emblemática crônica da seção intitulada "Comédia Moderna", em que A. Z. faz as vezes do crítico literário, lê-se:

E hoje quem conhece estas cousas em Portugal, quem fala nelas, quem as explica, quem as aplica? Eu não vejo. O que vejo é uma literatura decaída, uma pintura estéril; nem arquitetura, nem música.

Sem artes, sem literatura, como havemos nós de caminhar, ser nobres, elevados, apontados como nação inteligente, ativa, trabalhadora do bem e da justiça? [...]. Uma nação vale pelo seus sábios, pelas suas escolas, pelos grêmios, pela sua literatura, pelos seus exploradores científicos, pelos seus artistas. Hoje, a superioridade é de quem mais pensa; antigamente era de quem mais podia: [...] (1981, p. 558, v. I).

Eça, dessa forma, já se mostrava crítico do meio e da literatura portugueses e, naturalmente, do jornalismo que o reportava, revelando a necessidade de "acordar tudo aquilo a berros num romance tremendo", como afirma no prefácio a *O Mistério da Estrada de Sintra*. Dessa forma, a atividade literária e a atividade jornalística não estão isentas de uma carga crítica e analítica, por meio da qual Eça revela-se um escritor profundamente consciente de suas responsabilidades como escritor. A esse respeito ressalta Elza Miné:

Tenhamos também em conta que, tal como sucede relativamente à literatura, uma reflexão crítica sobre a imprensa e a prática jorna-

134   CAMINHOS DO ROMANCE EM PORTUGAL

lística acompanha toda a trajetória queirosiana, inscrevendo-se, pontualmente, em textos propriamente jornalísticos, na correspondência trocada com amigos, ou ancorando-se na ficção (2000, p. 91).

Por meio do pseudônimo utilizado no *Distrito de Évora*, A. Z., segundo Gaspar Simões, o "espírito de observação vencia o lirismo" (1945, p. 158). É interessante e salta aos olhos que a função crítica de sua escrita jornalística, portanto, comece a revelar-se alguns anos antes da publicação de seu primeiro romance, por meio de, entre outros aspectos, um pseudônimo idêntico – ou quase o mesmo, já que o "personagem" ou leitor das cartas que compõe o romance nomeia-se Z. – utilizado no romance para justamente instalar a crítica aos folhetins e à literatura romântica e folhetinesca da época e fazer duvidar aos leitores da suposta veracidade dos acontecimentos relatados nas páginas do *Diário de Notícias*. Para este fato atenta Gaspar Simões em seu capítulo exclusivo a respeito da "Gênese de *O Mistério da Estrada de Sintra*": "Eça de Queiroz, que continuava exclusivo autor de todo o romance, não só se serve de uma das iniciais que usara na "Correspondência do Reino", do *Distrito de Évora*, como utiliza esta personagem para fazer a crítica ao seu próprio trabalho" (1945, p. 242). Devido às críticas que o personagem Z., no interior da própria narrativa, tece às páginas publicadas periodicamente no espaço dos folhetins no *Diário de Notícias*, Gaspar Simões destaca a estreita correspondência entre Z. e Eça, acreditando que se tratem da mesma pessoa, e ressalta a "consciência literária" do escritor, que descrente de sua própria obra, passa a criticá-la lucidamente:

Mas a 11 de agosto nova carta de Z. – *Segunda Carta de Z.* – o Cardial Diabo da história. A consciência literária de Eça de Queirós não podia calar, de fato, as rocambolices do romance que estava escrevendo. [...]. E, lucidamente, põe-se a analisar, como crítico, o que ele próprio concebeu e realizou. [...]. Tendo lido as páginas que escrevera, ele, aprendiz de romancista, notara estas deficiências e inverosimilhanças absolutamente imperdoáveis. [...]. Era como se Z. fosse ao encontro das objeções que estariam fazendo àquele caso os leitores sensatos (1945, pp. 244-245).

Gaspar Simões acredita, dessa forma, que o fato de Eça ter-se utilizado do mesmo pseudônimo que utilizara no *Distrito de Évora*, além de ter-lhe atribuído a mesma função crítica, comprova que a concepção e a redação do romance são quase que exclusivamente suas. Cremos que a retomada do pseudônimo do *Distrito de Évora* e de sua função crítica nos revela mais que isto: parece ser possível afirmar que o processo utilizado para parodiar os romances-folhetins e o subgênero do *fait divers*, como analisaremos mais adiante, já estava em concepção desde o momento em que Eça produzia as páginas de jornalismo, por meio de um personagem que desinstala a suposta veracidade dos fatos relatados no romance e provoca a criticidade do leitor desatento e crédulo. Assim, o uso que Eça faz do pseudônimo A. Z. – o "crítico literário" da seção "Comédia Moderna" do *Distrito de Évora* – e do personagem camuflado sob o pseudônimo Z. no romance, parece ser bastante semelhante, já que ambos destinam-se a criticar a literatura circundante e o meio literário (apático) da época, instalando uma "semente" crítica no leitor crédulo, tanto da literatura da época quanto do romance em questão. Este aspecto parece revelar, por sua vez, uma possível continuidade entre o Eça jornalista e o Eça romancista, além de ressaltar a importância deste primeiro romance para a evolução literária do escritor, bem como de seus textos jornalísticos que antecedem e procedem ao romance. É ainda importante ressaltar, como afirma Elza Miné, que

tal como ocorre com um Balzac e um Zola, com um José de Alencar e um Machado de Assis, os textos queirosianos decorrentes do exercício do jornalismo não são meramente laterais ou subsidiários. Longe de se limitarem a mera "prosa de circunstância", como a frequente imediatez do estímulo e a efemeridade do veículo em que se inscrevem e para o qual se concebem nos levariam talvez a supor, constituem parte

136   CAMINHOS DO ROMANCE EM PORTUGAL

importante de um legado que, embora legítimo, tem sido menos disputado pela crítica (2000, p. 9).

Para não adiantar os passos ao entrar na análise do romance, no entanto, e para entender a base sobre a qual o romance se apoia ao mesclar eventos supostamente reais e ingredientes folhetinescos à Eugène Sue e Alexandre Dumas, vejamos em que fase do romance-folhetim se insere *O Mistério da Estrada de Sintra* e, dessa forma, em que difere dos romances anteriormente analisados. Para tanto, recorreremos mais uma vez à obra de Marlyse Meyer com vistas a propor um breve panorama da evolução do romance-folhetim francês e a constituição de suas fases.

O *FAIT DIVERS* E SEU DESENVOLVIMENTO NO SÉCULO XIX

Como desenvolvemos a respeito da inserção dos *Mistérios de Paris* e dos *Mistérios de Lisboa* no panorama literário da época, a primeira fase, que compreende as décadas de 1830, 1840 e 1850, coincide com o estouro do Romantismo, já então na fase chamada "romantismo social" (Meyer, 1996, p. 64). É a matriz do romance-folhetim, engenhada e desenvolvida, como explicitamos anteriormente, por Alexandre Dumas e Eugène Sue, que delinearam e aperfeiçoaram as técnicas folhetinescas e ganharam a massiva adesão do então público leitor.

Na segunda fase, após ser proibido por uns tempos, tendo sido atestado seu "caráter pernicioso" e corruptor da "moral", o folhetim "volta exuberante e renovado, mas logo sofrendo a concorrência de uma novidade, o avanço maciço de outro modo de ficção: o *fait divers*, ou seja, o relato romanceado do cotidiano real" (1996, p. 94). Assim, o folhetim, anteriormente oferecendo em fatias seriadas o "romance da vida", passa posteriormente a desenvolver "a vida romanceada", de modo que sua tônica recairá sobre a realidade e os extraordinários acontecimentos que a cercam. Surgido no *Le Petit Journal* em 1863, de acordo com a exposição organizada sobre o tema em 1982 no Musée National des Arts et Traditions Populaires de Paris[2], a origem do *fait divers* residiria nos *canards* ou *nouvelles,* notícias "curiosas", "singulares" ou "extraordinárias". Dessa forma, podemos entender o *fait divers* como uma "notícia extraordinária, transmitida em forma romanceada, num registro melodramático, que vai fazer concorrência ao folhetim e muitas vezes suplantá-lo nas tiragens" (1996, p. 98).

De natureza complexa e sujeita a diversas transformações ao longo de algumas décadas, o *fait divers* conhece variados momentos, funções e sofre modificadas recepções. Como esclarece Marc Ferro, "o *fait divers* é um sintoma, cuja significação pode variar no tempo e segundo as culturas. Além disso, a natureza do *fait divers* pode igualmente modificar-se, da mesma forma como pode evoluir a relação do *fait divers* com a sociedade, sua função e seu funcionamento" (1986, p. 822). Assim, vejamos uma breve introdução à história do *fait divers* e suas características preponderantes a partir da segunda metade do século XIX, momento que nos interessa para a análise do romance de Eça de Queirós e Ramalho Ortigão.

Segundo Michelle Perrot, historiadora que busca ao lado de outros estudiosos resgatar a historicidade intrínseca ao *fait divers* e reafirmar seu lugar nos estudos da História, "a trajetória do *fait divers* no seio das redes de informação é interessante por variados motivos" (1983, p. 912). Esclarece-nos a autora que, a princípio, trata-se de acontecimentos do cotidiano selecionados por seu caráter excepcional e surpreendente, em concordância com o que exprime Roland Barthes: "era uma informação *monstruosa*, análoga a todos os fatos excepcionais ou insignificantes, [...], que normalmente se classificava sob a rubrica de *Varia*" (1964, p. 188, sublinhados do autor). Essas excepcionalidades circulavam sobretudo de forma oral, alimentadas pelas conver-

---

2. *Apud* Marlyse Meyer, 1996, p. 98.

sações públicas e pelo "burburinho do diz que diz que formado pelos próximos" (Guimarães, 2006, s/p).

No entanto, ao longo do século XIX, século de ouro para a transformação da Imprensa, devido ao auge, entre outros fatores, do *fait divers*, as notícias extraordinárias e misteriosas ganham o estatuto e a credibilidade da palavra escrita, transformando-se em verdadeiro gênero jornalístico e literário. Nas palavras de Perrot, "as 'notícias' tinham a forma escrita, sendo primeiramente manuscritas, depois rapidamente impressas, e o impresso tornava-se, aliás, o sacramento do verídico [...]. Mas o triunfo dos *canards*, que se tornaram um verdadeiro gênero jornalístico e literário, culmina na primeira metade do século XIX" (1983, p. 912). Assim, observamos que as histórias do romance-folhetim e do *fait divers* se entrecruzam, ambos impulsionados pela revolução da Imprensa, pelo aumento do público leitor e pelo barateamento do jornal. O público leitor, já então acostumado às emoções e aos mistérios dos folhetins em fatias, conhece agora um novo e eficiente modo de entretenimento – aquele que traz o componente da realidade, uma vez que, como afirma Barthes, seu conteúdo "não é estranho ao mundo: desastres, mortes, sequestros, agressões, acidentes, roubos, bizarrices, tudo isto remete ao homem, a sua história, a sua alienação, aos seus fantasmas, aos seus sonhos, aos seus medos" (1964, p. 189).

Dessa forma, assim como podemos constatar que o romance-folhetim é etapa fundamental para a ascensão do romance europeu e para o desenvolvimento das literaturas populares nacionais, é também passível de constatação a afirmação de que o *fait divers* "é parte integrante da história da comunicação" (Perrot, 1983, p. 914). Ambos os fenômenos – folhetim e *fait divers* – que dividem as glórias e se afirmam como os grandes gêneros populares durante o auge da Imprensa francesa no século XIX, reafirmam seus laços quando o *fait divers* deixa de perseguir tão somente o miraculoso e o extraordinário, e passa a visar mais de perto a realidade e o cotidiano: "de uma forma ou outra, a reportagem se confunde com o relato similar ao romance-folhetim" (1983, p.913). É quando começamos a ver que "o milagre e o sobrenatural recuam no século XIX diante dos mistérios do crime. Encenação da vida privada, ele se alimenta dos conflitos de uma sociedade esquadrinhada pelos jornalistas, mediadores dos sentimentos coletivos" (1983, p. 914). O cenário é extraordinariamente traçado, mais uma vez, por Michelle Perrot:

> O *fait divers* do século XIX se organiza em torno de dois polos principais: a catástrofe e o crime [...].
>
> Mas o que invade o *fait divers* do século XIX é o crime, que também costura as intrigas dos romances-folhetins. Amplamente fantasmático, sem medida comum com a violência real [...], o *fait divers* criminal é o resultado de uma encenação onde se entrecruzam as angústias e os desejos do público e dos produtores; um fato cultural e político que acumula coisas bem diversas: o medo da cidade noturna e das agressões, da brutal multidão, a atração/repulsão pelo sangue, o orgânico, o erótico, a fascinação pelo criminoso [...]. Em uma sociedade onde impera a ordem, o crime é o equivalente do pecado, e o criminoso, aquele que ousa transgredir (1983, pp. 915-916).

Ainda a respeito das temáticas que mais circulavam nos *fait divers* do século XIX, Anne Durepaire, à época em que escrevera o artigo, doutoranda em História Contemporânea pela Université de Poitiers, mostra que alguns dos temas preponderantes eram os dramas conjugais, que redundavam em crimes não somente cometidos pelos maridos, mas também pelas mulheres, "justificados" por vingança, ciúmes, brigas conjugais, adultério, embriaguez, entre outros. Assim explica a autora:

> Associado ao ciúme e/ou ao álcool, o crime aparece como o momento paroxístico mais imprevisível, no qual a cólera de um indivíduo transborda e a violência se liberta, às vezes no limite da loucura. Os sentimentos intensamente vivos como o ciúme ou os momentos particulares nos quais se deixa embriagar pelo álcool favorecem a passagem ao ato (2009, p. 92).

Ainda outro gênero de *fait divers* que se impõe durante o período de crescimento e auge deste modo de ficção são os *fait divers* judiciários, como mostra a leitura de *La Gazette des Tribunaux* (1825), analisada amplamente por Anne Durepaire, autora da última citação. Segundo Frédéric Chauvaud, devemos, portanto, distinguir entre muitos gêneros literários ou categorias de escritura que se formam a partir do advento do *fait divers*. A chamada *littérature de cours d'assises*, ou "literatura de Tribunal" – os *fait divers* judiciários – compreende muitas vezes a transcrição integral do ato de acusação, do interrogatório, das audições das testemunhas, das questões colocadas à audiência, entre outros, colocando em cena os debates judiciários. Contudo, como afirma Chauvaud, o interesse consiste, muitas vezes, em utilizar-se do processo no Tribunal como pretexto para reativar a memória do crime, verdadeira mola propulsora da atração dos leitores: "Em geral, o *fait divers* situa-se antes do processo que, em certos jornais, serve mais como pretexto para retomar o caso em si ou para reativar a memória do crime, de sua descoberta, de suas circunstâncias, de seus protagonistas, de suas características singulares ou universais" (2009, pp. 9-10).

Ainda como lembra Crubellier, fato consabido era a fascinação do público leitor pelo crime, o que se pode constatar pelo aumento das tiragens do *Le Petit Journal*, jornal onde, como sabemos, ocorre a estreia do *fait divers*: "Mas é a crônica do crime que, alternando os prestigiosos bandidos dos folhetos, favoreceria a venda dos jornais de um 'sou' de Millaud e de Jean Dupuy e lhes renderia suas mais altas tiragens" (1983, p. 39).

Das trilhas dos *fait divers,* portanto, também se constitui outro novo gênero literário: "o romance 'judiciário', que nas pegadas de Poe prepara o romance policial" (Meyer, 1996, p. 95). Assim, novamente, vemos o estreito entrelaçamento entre *fait divers* e romance, reafirmando os laços entre Imprensa e literatura. Todos estes novos gêneros de *fait divers* e de romances surgidos no decorrer do século XIX serão importantes para a análise do romance *O Mistério da Estrada de Sintra,* bem como para a breve compreensão do cenário em que foi escrito e lan-

O MISTÉRIO DA ESTRADA DE SINTRA... 141

çado o romance *Os Mistérios de Marselha*, de Émile Zola, citado anteriormente.

Esta breve introdução às fases do romance-folhetim, bem como a sucinta apresentação dos *fait divers*, de sua trajetória no século XIX e de algumas de suas características, são já suficientes para traçar os primeiros contornos do panorama no qual se desenvolveu e diante do qual foi publicado o folhetim de Eça e Ramalho.

É, pois, a partir do imbricamento de diversas formas romanescas ou de diversos momentos do romance-folhetim que se dá a estrutura de *O Mistério da Estrada de Sintra*, em cuja tessitura se pode observar a presença de variados gêneros: o romance-folhetim clássico, cuja tônica na literatura romanesca é evidenciada pela presença de peripécias, vinganças, arrependimentos e reviravoltas; o romance epistolar, já que o próprio folhetim está organizado a partir de cartas trocadas entre os participantes dos eventos relatados e mesmo leitores alheios aos eventos ocorridos, que lendo o desenrolar da narrativa passam a enviar cartas ao jornal, complicando cada vez mais os nós da trama; e o romance policial, já que um dos núcleos do romance, além do triângulo amoroso formado pelo capitão Rytmel, pela Condessa e por Cármen Puebla (o elemento exótico típico do romance de mistérios, tal qual a ardente Cecily, dos *Mistérios de Paris*), é o núcleo que gira em torno do mistério do assassinato do capitão Rytmel e as desconhecidas circunstâncias de sua realização. Além do entrecruzamento de todas estas formas ascendentes do romance, cujos núcleos giram em torno de Eugène Sue, Alexandre Dumas, Samuel Richardson e Edgar Allan Poe, o romance também transita entre as diversas fases do romance-folhetim, apresentando um mundo aventuroso e inverossímil, de dramas passionais e misteriosos acontecimentos, e também elementos que comprovam a veracidade dos fatos, tomando como referência a publicação dos *fait divers*.

Dessa forma, pode-se observar que, através de uma tessitura múltipla e complexa, as intenções de Eça e Ramalho não residiam somente em repor em Portugal os moldes folhetinescos franceses, alternando-se entre a publicação de folhetins e *fait divers*. Já de antemão, a julgar pelo entrecruzamento das diversas formas romanescas que se entretecem no romance, bem como pela invenção literária engendrada pelos companheiros de pena, os escritores mostram estar a par das modas e sucessos franceses, mas também revelam estar atentos e interessados na criação de um romance especificamente português, com características próprias e moldes originais. Como Camilo, Eça e Ramalho evidenciaram uma visada crítica sobre as influências do romance francês, buscando novas formas de realização romanesca, que pudessem revelar, por sua vez, moldes originais e, ao mesmo tempo, críticos, através dos quais um diálogo com as expectativas do público leitor e com a ascensão da forma romanesca em Portugal pudesse ter lugar no seio do próprio romance, como veremos em seguida.

Relembrando as palavras de Sampaio Bruno a respeito do folhetim de Eça e Ramalho no que concerne à inserção do romance no panorama literário da época, transcritas na introdução do presente estudo, primeiramente o crítico ressalta a nefasta influência da literatura francesa sobre a portuguesa, aspecto evidenciado em toda a sua obra *A Geração Nova*, ressaltando a dependência do jornalismo português em relação ao francês, ocupando-se o primeiro da tradução de elementos típicos do último. No entanto, após verificar a originalidade do molde da narrativa, que procura fazer digladiarem-se diversos moldes franceses e "portugueses", tal como o engenhoso "romance-noticiário" da autoria de Ramalho, do qual falaremos mais adiante, Sampaio Bruno não pode deixar de notar a evolução que representa o romance na história do romance português, que finalmente começa a "independizar--se" do influxo da literatura francesa:

O romance vive do excepcional, no entrecho e principalmente na técnica. [...], urge conservar-lhe o arranque, o ímpeto da improvisação, o seu ar descabelado e maluco.

[...].

Tal como ele foi, esse livro d'*O Mistério da Estrada de* Sintra anunciou aos que vêem em letras no nosso país um temperamento de escritor a mais, eminentemente vibrátil e *portador de uma nova forma*. Ele tem de ficar como um marco miliário na evolução do estilo português, como o modelo vivo de uma *feição característica*.

Anunciadas nesse romance, pouco depois apareciam as *Farpas* (1984, pp. 142-143, sublinhados meus).

Dos trechos acima transcritos, destaque-se o fato de o romance ser o "portador de uma nova forma" e um modelo de "feição característica", elementos sobre os quais procuramos insistir. Novamente aproximando-se de Camilo Castelo Branco, que já se afirmara em sua originalidade ao importar o romance-folhetim francês em sua matriz, atualizando suas características e buscando, ao mesmo tempo, criar outras que lhes fizessem concorrência, numa constante alternância entre voz narrativa estrangeira, tal como o modelo de Sue, e voz narrativa local, por meio da qual faz irromper a ironia, o diálogo crítico e o ponto de vista do romancista sobre a literatura da época, Eça de Queirós também apresenta um novo molde, mais radical ainda que o de Camilo, que além de contemplar a evolução do folhetim e, desse modo, a do gosto do público francês e português, também propõe um diálogo com a literatura francesa na qual (superficialmente) se inspira, sempre com vistas a evitar "cair na repetição anódina de *clichés* estafados" (1984, p. 142).

Outro elemento que merece destaque é a possível continuidade que o estudioso aponta entre *O Mistério da Estrada de Sintra* e as *Farpas*, as últimas sendo anunciadas no primeiro, ressaltando que já naquele primeiro romance observamos o despontar de uma literatura portadora de uma nova forma e característica. É importante lembrar que, como mostramos anteriormente, também há uma possível continuidade entre as páginas jornalísticas do *Distrito de Évora* e *O Mistério da Estrada de Sintra*, pelas intenções críticas que se encontram em ambos os textos – crônicas e romances – e pelo uso crítico do pseudônimo A. Z., agora transformado em personagem Z. Assim, toda esta fase inicial da obra de Eça de Queirós aponta para a formação de uma mentalidade crítica e provocadora com relação ao meio sócio-histórico, elemento bem evidenciado a partir da escrita de *O Crime do Padre Amaro*, mas não somente: pela leitura de algumas crônicas do *Distrito de Évora* e por sua possível continuidade a partir da publicação de *O Mistério da Estrada de Sintra,* a visada do escritor também se revela crítica e pensante a respeito do meio cultural e literário, o que também pode ser afirmado a respeito da fase inicial da obra de Camilo Castelo Branco, como esperamos ter demonstrado anteriormente.

Por fim, antes de passar à análise propriamente dita do romance, destacamos as palavras de Ofélia Paiva Monteiro, que ressalta seu "caráter híbrido" e seu modelo construtivo "efetivamente original", baseado "na conjugação do mundo aventuroso e patético do romance-folhetim com moldes provindos da novela detetivesca à maneira de Poe" (1985, p. 22). Acrescentaríamos a este modelo híbrido – conceituação que nos parece bastante pertinente para a compreensão do romance, lembrando a tese de Aníbal Pinto de Castro, que tratara a respeito dos modelos híbridos do narrador camiliano, questões que trataremos mais adiante, quando da aproximação de Eça e Camilo – a referência dos *fait divers* franceses e da segunda fase do folhetim-francês, à qual Eça e Ramalho parecem estar consideravelmente atentos. Há, pois, nesse modelo híbrido de narrativa, uma conjugação de diversas formas romanescas que nos fazem ver um estilo verdadeiramente original e diferenciado, "um característico de personalidade" (Sampaio Bruno, 1984, p. 142), somados ainda à tessitura evidentemente paródica do romance, elementos que serão tratados nos próximos capítulos, onde "continuarão" nossas paragens pelas aventuras folhetinescas. Mas, antes, lembremo-nos de Zola e de sua aventura pelas veredas dos mistérios.

OS MISTÉRIOS DE MARSELHA E O MISTÉRIO DA ESTRADA DE SINTRA: PORQUE OS REALISTAS TAMBÉM ESCREVEM SOBRE OS MISTÉRIOS!

> *O trabalho literário é composto de duas coisas: o trabalho nos jornais, que ajuda a viver e que concede uma posição fixa a todos aqueles que o seguem assiduamente, mas que, infelizmente, não conduz o escritor para o*

alto, nem para longe. E depois o livro, o teatro, os estudos artísticos, coisas lentas, difíceis, que sempre exigem trabalhos preliminares longos e, em certas épocas, de recolhimento e de labor intenso, sem frutos; mas, no futuro, está o engrandecimento, a velhice feliz e honrada (Gérard de Nerval *apud* Charle, 1986, p. 129)[3].

A partir do momento em que a Imprensa barateia o preço dos jornais, etapa em que o *fait divers* começa a concorrer diretamente com o romance-folhetim, há uma incrível abertura para a publicação de diversos textos e gêneros literários, através da presença nos jornais de relatos de viagem, crônicas, histórias, economia doméstica etc. (cf. Meyer, 1996, p. 96). Ainda assim, como nos esclarece a autora,

O romance era a garantia do sucesso de venda, principalmente quando o assunto, "de uma dramaticidade escandalosa", era tirado dos "anais do crime e desse mundo escandaloso que felizmente é excepcional no meio da sociedade francesa", como reza um texto encontrado nos Archives Nationales por Darmon, *Rapport sur les publications populaires dites journaux illustrés*. Ou seja, agrada o romance cujo assunto se associa a outro gênero muito ao gosto popular, a antiga *chronique* ou *nouvelle*, que vai levar ao *fait divers* (1996, pp. 96-97).

São duas as formas, então, que favorecem o êxito do *fait divers:* ou as narrativas verdadeiras, que, ainda que muito apimentadas e salpicadas de elementos ficcionais, contam crimes e outros escândalos de fato ocorridos e mistificados pela Imprensa Francesa, operando uma verdadeira "dramatização da notícia" (1996, p. 225), como o caso Troppmann (1869-1870), em que Jean-Baptiste Troppmann fora acusado do assassinato

---

3. Carta citada em C. Borgal, *De quoi vivait Gérard de Nerval*, Paris, les Deux Rives, 1953, pp. 21-22: "Le travail littéraire se compose de deux choses: cette besogne des journaux, qui fait vivre fort bien et qui donne une position fixe à tous ceux qui le suivent assidûment, mais qui ne conduit malheureusement ni plus haut, ni plus loin. Puis le livre, le théâtre, les études artistiques, choses lentes, difficiles qui ont besoin toujours de travaux préliminaires fort longs et de certaines époques de recueillement et de labeur, sans fruit, mais aussi, là est l'avenir, l'agrandissement, la vieillesse heureuse et honorée".

146 CAMINHOS DO ROMANCE EM PORTUGAL

de uma família inteira, composta de oito pessoas; ou ocorre que os romancistas, utilizando-se das atualidades e dos escândalos dos *fait divers*, compõem seus romances a partir da mescla de elementos reais retirados da sociedade contemporânea fundindo-os às peripécias do folhetim, estratégia utilizada por Zola nos *Mistérios de Marselha* e explicitada por Marlyse no trecho acima. Michelle Perrot nos confirma o procedimento, citando *La Gazette des Tribunaux*: "fonte inesgotável onde romancistas e escritores de crônicas não cansaram de se alimentar; nele, o quadro dos costumes foi midiatizado por meio de uma encenação que criou um verdadeiro gênero literário [...]" (1983, p. 913). Dessa forma, os vínculos entre romance-folhetim e *fait divers* continuam a intensificar-se, até que ocorre uma verdadeira mistura de seus ingredientes.

Émile Zola, que trabalhara na redação do *Le Petit Journal*, jornal onde se inicia a circulação intensa dos *fait divers*, assim comenta a respeito da circulação dos impressos e da relação com o recentemente incrementado público leitor: "No *Le Petit Journal*, bajulava-se o povo, personificado pelos porteiros, os operários, a gente miúda [...] e nos cantos mais afastados da província podiam-se ver pastores tomarem conta do rebanho lendo *Le Petit Journal*" (*apud* Meyer, 1996, p. 97). Assim explica a autora o "empreendimento" em que consistiu o lançamento do jornal, veloz e voraz no acolhimento das "necessidades" de entretenimento do novo público leitor:

> *Le Petit Journal*, encontrado em todas as cidades da França, inaugura a fórmula da venda avulsa, abaixa o preço para um tostão e diminui o formato em relação aos outros jornais, o que o torna mais acessível. [...]. O sucesso o leva a publicar a partir de abril de 1866 um "irmãozinho": um suplemento dominical ilustrado, com capa chamativa, em cores: *Le Nouvel Illustré*. [...]. O suplemento vai principalmente privilegiar o *fait divers*, ilustrado na capa, o qual, juntamente com o folhetim, é o grande chamariz do jornal.
>
> Nisso residiu o gênio de Millaud: sua acuidade e sensibilidade à demanda do novo público específico que queria atingir. [...]. Ele sou-

be aliar uma novidade, o folhetim, cujo consumo fora amplamente confirmado pelo sucesso da fórmula do jornal-romance, o qual aliás acabou suplantado pelo novo jornalismo de massa, a uma tradicional modalidade de informação popular, reinterpretando-a e rebatizando--a. Trata-se da *nouvelle*, ou *canard*, ou *chronique*, a que deu novo nome: o *fait divers* (1996, p. 97).

Podemos supor, a partir dos trechos acima citados, que Zola, tendo trabalhado no *Le Petit Journal,* acompanhara a crescente demanda deste tipo de jornalismo, ou de uma produção literária ainda mais vinculada ao jornalismo que o romance-folhetim, afirmando até mesmo, de forma aparentemente desdenhosa, a relação do povo com esse tipo de produção. Assim, de acordo com o escritor, haveria uma bajulação desta camada da população, que se reconheceria nas linhas dos romances-notícias, ou das notícias romanceadas e habilidosamente ficcionalizadas. Em depoimento do próprio escritor, lemos: "Considero o jornalismo uma alavanca tão poderosa, que não me incomodei nem um pouco de escrever regularmente para um número considerável de leitores" (*apud* Luquet, 1986, p. 145). Sabemos, de fato, que Zola tivera uma forte relação com o jornalismo, fazendo dele sua maior fonte de rendimentos e espaço para, inclusive, divulgar seus romances. Sua produção, portanto, não se limita ao conjunto dos célebres romances organizados no ciclo dos *Rougon-Macquart*, mas abre-se incrivelmente a um conjunto de variadas publicações e textos de diferentes naturezas. Confirma--nos Isabelle Luquet, que traça o panorama num breve artigo intitulado "Émile Zola et le journalisme":

> Ao longo de sua carreira, Émile Zola colabora com mais de cinquenta jornais e revistas sob diversas formas: rubricas bibliográficas, críticas literárias, dramáticas e estéticas, crônicas parlamentares, pré--publicação de poemas e contos, romances-folhetins, cartas abertas. [...]. Zola, diferentemente de seus predecessores, não se isolará a partir de uma aproximação tradicional do jornalismo, mas dele fará algo essencial (1986, p. 145).

Com alguma probabilidade podemos supor, dessa forma, que Eça de Queirós, acompanhando os sucessos e modas franceses, também observara a tendência do jornalismo francês, e dessa forma, verificara na Imprensa portuguesa uma atuação similar, o que nos mostram algumas de suas crônicas escritas no *Distrito de Évora*. A crer-se verdadeira a afirmação de Sampaio Bruno, que ressalta a dependência do jornalismo português em relação ao francês, vivendo em função dos clichês da Imprensa francesa, podemos imaginar que em Portugal também obtivera êxito a nova forma de entretenimento. Assim, pretendemos mostrar uma breve relação entre os romances de Zola, e de Eça e Ramalho, na tentativa de, mais uma vez, ressaltar a originalidade com que os escritores portugueses apresentam-se na cena literária, revelando uma visada crítica com relação ao panorama literário da época. Comecemos pelo princípio: pelos prefácios às obras, que constituindo importantes paratextos, mostram-nos elementos essenciais à elaboração dos romances e ao seu contexto de produção, já que, como sabemos, o prefácio era um espaço fundamental para que os escritores elaborassem teorias a respeito do romance em geral e de seus romances, e para que dessem diversas indicações do caráter da obra e de suas intenções como autores.

De acordo com Genette, o prefácio indica, primeiramente, o modo como deve ser lido um romance. Com vistas a direcionar o leitor a determinado modo de ler e, sobretudo, evitar que se leia de algum modo indesejado, no prefácio se esclarecem, muitas vezes, as intenções do autor. É assim que se instala sua "localização preliminar e, portanto, monitória: eis *por que* e eis *como* você deve ler este livro" (2009, p. 176, sublinhados do autor). Dessa forma, podemos concluir que o prefácio "tem por função principal *garantir ao texto uma boa leitura*" (2009, p. 176, sublinhados do autor). Ao analisar os prefácios dos romances em questão, portanto, poderemos obter muitas pistas a respeito da maneira como os autores conceberam os seus textos e de que maneira esperavam que os leitores os lessem.

Se observarmos os dois prefácios presentes nas duas diferentes edições dos *Mistérios de Marselha*, a primeira de 1867, ano em que o romance também saiu em folhetins, e a segunda de 1884, ano em que Zola autoriza a reimpressão da segunda edição do romance e redige um novo prefácio, veremos que a fórmula do *por que* e do *como* o leitor deveria ler este livro está rigidamente observada. No primeiro prefácio, Zola esclarece diversas questões concernentes à obra, mostrando as diversas funções da instância prefacial: aponta, por um lado, para a veracidade dos documentos e fontes sobre os quais se apoiou para a escritura do romance e, não obstante, por outro lado, reafirma a ficcionalidade do conjunto do texto, identificando-se antes como romancista que como historiador; mas, mais do que isso, Zola nos oferece a descrição do método que utilizou para a composição de seu romance, buscando os traços típicos da sociedade e colocando em cena antes tipos que indivíduos específicos, além de utilizar-se de documentos e casos reais para a criação do conjunto ficcional. Assim, servindo-se de acontecimentos reais que haviam caído no domínio público, nas palavras do próprio escritor, percebemos que o método consiste em operar uma "folhetinização das notícias e da informação" (Meyer, 1996, p. 224), operação típica ao nosso já conhecido *fait divers*. Dessa forma, nota-se que Zola, em um de seus romances de estreia, acaba realizando aquilo que observa cotidianamente no *Le Petit Journal*, fórmula que sabe ter enorme êxito entre o recente público leitor. Vejamos um importante excerto do prefácio, a fim de observarmos algo que nos parece consistir numa quase "poética" do *fait divers*:

> *Os Mistérios de Marselha* são um romance histórico contemporâneo, já que *tomei da vida real todos os fatos que eles contêm*; escolhi cá e lá os *documentos necessários*, reuni em uma única história vinte histórias de fontes e de natureza diferentes, dei a um personagem os traços de muitos indivíduos que me foi permitido conhecer e estudar. *E assim pude escrever uma obra onde tudo é verdadeiro, onde tudo fora observado na natureza.*
>
> No entanto, jamais tive a intenção de perseguir a história passo a passo. Sou romancista antes de tudo, de forma que não aceito a grave

responsabilidade do historiador, que não pode alterar um fato nem modificar um caráter, sem incorrer no terrível risco de caluniador.

Disfarçadamente, servi-me de acontecimentos reais que caíram, por assim dizer, no domínio público. Os leitores estão livres para reunir os documentos que utilizei para a obra. Quanto a mim, declaro de antemão que meus personagens não são retratos de tal ou qual pessoa; esses personagens são tipos, e não indivíduos. O mesmo para os fatos: dei aos fatos reais consequências que não poderiam ter tido na vida real; de modo que a obra que se vai ler, escrita com a ajuda de muitas histórias verdadeiras, tornou-se uma obra de imaginação, histórica em seus episódios, inventada a bel-prazer em seu conjunto (Zola, 1867, pp. v-vii)[4].

As ideias destacadas nos ajudam a comprovar que, entre outros tipos de romance, tal como o modelo do romance histórico, também em voga na época, o modelo que se busca engendrar é aquele associado ao *fait divers*: servir-se de fatos reais para convertê-los de notícias, em folhetins, de informação, em entretenimento. Como destaca Michel Gillet, também estudioso do *fait divers*, "o romance-folhetim fala sempre segundo duas postulações simultâneas: em direção à representação do cotidiano, ao verismo, e em direção ao espetacular, ao excesso" (s.d.,

---

4. *"Les Mystères de Marseille* sont un roman historique contemporain, en ce sens, que *j'ai pris dans la vie réelle tous les faits qu'ils contiennent*; j'ai choisi ça et là les *documents nécessaires,* j'ai rassemblé en une seule histoire vingt histoires de source et de natures différentes, j'ai donné à un personnage les traits de plusieurs individus qu'il m'a été permis de connaître et d'étudier. *C'est ainsi que j'ai pu écrire un ouvrage où tout est vrai, où tout a été observé sur nature.*
Mais je n'ai jamais eu la pensée de suivre l'histoire pas à pas. Je suis romancier avant tout, je n'accepte pas la grave responsabilité de l'historien, qui ne peut déranger un fait ni changer un caractère, sans encourir le terrible reproche de calomniateur.
Je me suis servi à ma guise d'événements réels qui sont, pour ainsi dire, tombés dans le domaine public. Libre aux lecteurs de remonter aux documents que j'ai mis en œuvre. Quant à moi, je déclare à l'avance que mes personnages ne sont pas les portraits de telles ou telles personnes; ces personnages sont des types et non des individus. De même pour les faits: j'ai donné à des faits réels des conséquences qu'ils n' ont peut-être pas eues dans la réalité; de sorte que l'œuvre qu'on va lire, écrite à l'aide de plusieurs histoires vraies, est devenue une œuvre d'imagination, historique dans ses épisodes, inventée à plaisir dans son ensemble."

apud Meyer, 1996, p. 226). Assim, Zola serve-se do verismo da representação, característico de sua obra; das notícias em voga na época, elemento que caracteriza centralmente o *fait divers*; dos elementos históricos mais significativos ao período, como a ascensão da burguesia, dos ideais republicanos e da eclosão de 1848; e também do modo de composição folhetinesco, afinal o diretor do *Messager de Provence* lhe havia encomendado um romance-folhetim para lançar seu jornal. É importante relembrar, por sua vez, que *fait divers* e História estão intimamente entrelaçados, como aponta o sugestivo título do tão esclarecedor artigo de Marc Ferro, "*Fait divers*, feito de história", a despeito da ideia que dele se cristalizou, como "não acontecimento por excelência, órfão de história" (Ferro, 1983, p. 821). Como lembra Perrot, o *fait divers* é material rico para a micro-história, já que "ele fornece informações, ideias sobre ações obscuras, categorias marginais, um cotidiano escondido que normalmente escapa ao olhar" (1983, p. 917). Ressalte-se, no entanto, a inclinação do escritor como romancista, e não como jornalista ou historiador: assegura, dessa forma, que sua obra seja lida como uma ficção representativa da sociedade, a partir da qual extrai diversos "tipos", ou "personagens exemplares". O romance é, dessa forma, também um conjunto híbrido, já que apenas se serve dos *fait divers* como modo de composição e mesmo de divulgação e estímulo para o sucesso da obra; além disso, associa-os ao romance que nomeia de "histórico contemporâneo", mesclando-o à livre criação de situações, enredos e personagens.

Se neste primeiro prefácio temos parte da fórmula de Genette observada, ressaltando Zola a maneira *como* deve ser lida a obra – sabendo-se que se trata de romance fictício e "inventado a bel-prazer em seu conjunto", ainda que se servisse de acontecimentos e documentos reais – no segundo prefácio, mais ressentido e buscando um esclarecimento, o autor ressalta *por que* a obra deve ser lida, e dessa forma, esclarece os motivos de sua reimpressão.

Como sabemos, o romance-folhetim sempre sofrera de um enorme descrédito, e, dessa forma, muitos autores podem ter-se "envergonhado" ao enveredarem pelos caminhos das peripécias romanescas. Sobretudo Zola e Eça, o segundo inspirando-se no primeiro para a realização da literatura realista-naturalista. Verdade seja dita, os *Mistérios de Marselha* pareceram a Zola uma "baixeza repulsiva" praticada no jornalismo, "aos tempos difíceis" de seu começo, num desses "momentos de miséria negra", em que a encomenda de um folhetim lhe faria ganhar "o pão de todos os dias". Assim começando seu segundo prefácio, escrito dezessete anos após a publicação do romance, e depois da bem-sucedida publicação de vários romances do ciclo dos Rougon-Macquart, o escritor explica os motivos de sua reimpressão e a possível utilidade da leitura do romance, ainda que "vergonhoso" e podendo revelar uma "falta literária". A parte que nos cabe aqui, contudo, refere-se especialmente às circunstâncias da produção e da publicação dos *Mistérios de Marselha,* em que, após explicitar um pouco da poética dos *fait divers* no seu primeiro prefácio, Zola descreve a tendência jornalístico-literária da época, pelo que o seu prefácio pode ser considerado como verdadeiro documento do panorama literário do momento:

Este romance tem uma história que talvez não seja inútil contar.

Era 1867, tempos difíceis dos meus primeiros trabalhos. Na minha casa, não havia o pão de todos os dias. Em um desses momentos de miséria negra, o diretor de um pequeno jornal marselhês, *Le Messager de Provence*, tinha-me proposto um negócio, uma ideia, com a qual contava para lançar seu jornal. Tratava-se de escrever, sob o título *Mistérios de Marselha*, um romance que deveria fornecer os elementos históricos, ao investigar as operações dos tribunais de Marselha e d'Aix, a fim de retratar as peças dos grandes casos locais, que encantavam essas cidades há cinquenta anos. Esta ideia de jornalista era mais estúpida que qualquer outra, e ele, sem dúvida, teve a infelicidade de não se deparar com um fabricante de folhetins, com o dom de vastas máquinas romanescas.

[...]. Desde que obtive os documentos, um número considerável de enormes dossiês, pus-me a trabalhar, tomando como intriga central um dos processos que mais haviam repercutido, e esforçando-me em agrupar e relacionar os outros casos àquele central, em uma história única (Zola, 1884, pp. v-vi)[5].

É interessante observar que o diretor, pretendendo lançar seu jornal, escolhe deliberadamente o processo de composição da obra – aquele muitíssimo semelhante à factura dos *fait divers* –, buscando "reativar a memória" dos grandes casos locais, que haviam enlouquecido as cidades nos últimos cinquenta anos, fornecendo também alguns elementos históricos, além de impor previamente o título da encomenda que sairia na próxima fornada: mais uma vez, para a já tão vasta coleção, um novo título para a febre dos mistérios: *Os Mistérios de Marselha*. Se para Zola a ideia parecera repulsiva e estúpida, sabemos que para o público da época um novo título para a coleção seria muito bem-vindo, revelando, mais uma vez, a estreita ligação entre romance, Imprensa, público e recheados lucros. É que desde a aliança entre o *fait divers* e seu maior empresário, *Le Petit Journal,* se cela entre eles "um pacto cheio de promessas" (Perrot, 1983, p. 912).

Então, pergunta-se o leitor, por que "ressuscitar tal obra de seu esquecimento", sobretudo se carrega o estigma da torpeza? Zola, defendendo-se de seus detratores, ressalta que não tem motivos para esconder a má obra, e que a render ao público, portan-

---

5. "Ce roman a une histoire qu'il n'est peut-être pas inutile de conter. C'était en 1867, aux temps difficiles de mes débuts. Il n'y avait pas chez moi du pain tous les jours. Or, dans un de ces moments de misère noire, le directeur d'une petite feuille marseillaise, *Le Messager de Provence*, était venu me proposer une affaire, une idée à lui, sur laquelle il comptait pour lancer son journal. Il s'agissait d'écrire, sous ce tittre: *Les Mystères de Marseille*, un roman dont il devait fournir les éléments historiques, en fouillant lui-même les greffes des tribunaux de Marseille et d'Aix, afin d'y copier les pièces des grandes affaires locales, qui avaient passionné ces villes depuis cinquante ans. Cette idée de journaliste n' était pas plus sotte qu'une autre, et le malheur a été sans doute qu'il ne fût pas tombé sur un fabricant de feuilletons, ayant le don de vastes machines romanesques. [...]. Dès que j' eus les documents, un nombre considérable d'énormes dossiers, je me mis à la besogne, en me contentant de prendre, pour intrigue centrale, un des procès les plus retentissants, et en m' efforçant de grouper et de rattacher les autres autour de celui-là, dans une histoire unique."

to, seria a prova máxima de sua franqueza com relação a sua carreira literária. Não esconde, dessa forma, a necessidade de ganhar a vida através da literatura, experiência frequentemente vivenciada por alguns escritores a partir do século XIX, no qual ser escritor passa a ser de fato uma atividade profissional. É assim que, em tom marcadamente confessional, muito diferente de seu primeiro prefácio, o escritor afirma:

> Vejo *Os Mistérios de Marselha* como aquela ocupação comum e ordinária, à qual eu estava condenado. Por que me envergonharia? Eles me deram o pão num dos momentos mais desesperadores de minha existência. Apesar da sua mediocridade irreparável, tenho-lhes gratidão (1884, pp. VII-VIII)[6].

Há, no entanto, uma última razão aventada pelo escritor pela qual teria escrito o romance, "um cadáver a esconder" (1884, p. VII). Segundo ele, um escritor deverá doar-se por inteiro ao seu público, sem escolher as obras mais representativas de sua carreira literária, tarefa que caberia exclusivamente ao leitor, já que para a ótica de quem lê a obra como um todo, aquela mais fraca poderá ser a mais representativa de seu talento, considerando a evolução literária que se tem da primeira às mais elaboradas. Assim complementa e finaliza o autor:

> E, esperando que este romance dos *Mistérios de Marselha* seja um dos primeiros a ser esquecido entre os outros, não me desagrada o fato de que ele faça o leitor pensar, apesar da qualidade medíocre, na soma de trabalho e força de vontade que tive que empregar para elevar-me dessa baixa produção ao esforço literário dos *Rougon-Macquart* (1884, p. VIII)[7].

---

6. "*Les Mystères de Marseille* rentrent pour moi dans cette besogne courante, à laquelle je me trouvais condamné. Pourquoi en rougirais-je? Ils m'ont donné du pain à un des moments les plus désespérés de mon existence. Malgré leur médiocrité irréparable, je leur en ai gardé une gratitude."
7. "Et, en attendant que ce roman des *Mystères de Marseille* périsse un des premiers parmi les autres, il ne me déplaît pas, s'il est d'une qualité si médiocre, qu'il fasse

Segundo Marc Ferro e Frédéric Chauvaud, no entanto, a coisa não é tão baixa e inútil quanto Zola parece querer crer, ainda que afirme o caráter documental das primeiras produções (imaturas) de um escritor. Os estudiosos do *fait divers* mostram o caráter histórico e social deste tipo de "jornalismo-ficção", responsável por, muitas vezes, dar luz aos fenômenos de natureza social e esclarecer as relações entre os homens, além de funcionar como um revelador dos "sentimentos e pulsões coletivas", já que vida pública e *fait divers* formam um pacto indiscutível. De acordo com Ferro:

> Criar emoções não é a única função atribuída ao *fait divers*. [...]. Nos séculos xix e xx, para certos espíritos "esclarecidos", ele serve como revelador do mau funcionamento do sistema social ou político; longe de ser algo menor, ele exprime, ao contrário, um fenômeno essencial, que é a necessidade das sociedades de modificar seus modos de funcionamento e as relações entre os homens. Émile Zola, Camus e Sartre figuram entre os primeiros escritores que utilizaram o *fait divers* como um signo, transformando-se em analistas, em historiadores (1983, p. 824).

É importante observar o ponto de vista crítico e calcado na História veiculado pelo estudioso, que atribui um caráter fundamental àquela obra que se utiliza dos *fait divers* em sua composição romanesca, transformando-se seus escritores em analistas e historiadores da sociedade. Frédéric Chauvaud, por sua vez, confirma e amplia o breve panorama oferecido por Ferro:

> O *fait divers* monopolizou, no século xix, as colunas dos jornais e depois praticamente não os deixou. Relegado à margem, no início do século, ele progressivamente conquistou o direito de permanecer, abandonando as notícias exageradas e sangrentas para impor-se em um dos grandes jornais parisienses. O *Grande Dicionário Universal*

---

songer au lecteur quelle somme de volonté et de travail il m' a fallu dépenser, pour m'élever de cette basse production à l'effort littéraire des *Rougon-Macquart*."

de Pierre Larousse atesta o fato. A mais ampla obra lexicográfica do século XIX é também uma obra engajada que pretende promover o ideal republicano, ainda que os primeiros volumes sejam publicados no final do Segundo Império. Os autores do dicionário estão de acordo ao sublinhar o reencontro da opinião pública e do *fait divers*. A opinião pública é primeiramente definida como um "sentimento universal" [...]. O século XIX caracteriza-se assim pelo reencontro da opinião pública e do *fait divers* na imprensa de ampla difusão (2009, pp. 7-8).

Os estudiosos do *fait divers* acima referenciados atribuem, portanto, muito mais importância a esse modo de composição que o próprio Zola, que parece renegar a qualidade de seus "mistérios", conferindo significação apenas à evolução que se observa dessa obra em direção à produção dos *Rougon-Macquart*, onde se afirma enquanto grande escritor da escola realista-naturalista.

Não podemos deixar de ressaltar, no entanto, algumas importantes considerações a respeito da obra e de sua inserção no panorama literário da época, ainda que, repetimos, não tenhamos oferecido uma análise detida de seus componentes, bem como fizemos com os *Mistérios de Paris*. A breve análise dos principais paratextos vinculados à obra – seus dois prefácios –, do panorama histórico-literário oferecido por Marlyse à época da escritura do romance de Zola e das pesquisas realizadas por alguns estudiosos do *fait divers*, como precisamos acima, nos mostram uma importante tendência jornalístico-literária da época para situar o nascimento e a concepção de *O Mistério da Estrada de Sintra*, profundamente arraigado, portanto, no contexto de aparição, desenvolvimento e auge dos *fait divers*. Em suma, é possível observar que Eça, sendo grande admirador e leitor de Zola, como comprovam alguns fatos como a observação de Gaspar Simões de que Eça teria, após a experiência de seu primeiro romance, buscado dedicar-se à literatura de ficção de cunho realista segundo as características esboçadas por Zola no prefácio da segunda edição de *Thérèse Raquin* (cf. Simões, 1945, p. 263), também principiou na carreira literária observando de perto a evolução da Imprensa Francesa, mostrando-se um atento analista do panorama literário que se desenvolvera na França e em Portugal, como revelam suas crônicas e os depoimentos de seus contemporâneos. Assim, é inegável que Zola tenha sido um grande escritor e "objeto de pesquisa e análise" para Eça, já que o último propõe diversos diálogos com a obra e a experiência do escritor francês, buscando, no entanto, apoiar sua própria obra na observação do contexto e do desenvolvimento literário portugueses, como mostraremos com a análise de seu primeiro romance.

A breve referência aos *Mistérios de Marselha* e aos seus importantes prefácios nos confirma, dessa forma, a significação e a importância da ascensão e do desenvolvimento do *fait divers* na Imprensa Francesa, contexto do qual Zola também se mostra significativo observador. Sua obra revela, assim, diversos aspectos importantes para o estudo ao qual nos dedicamos: mostra-nos a evolução de uma tendência literária da época, ligada ao sucesso dos *fait divers* e dos romances que com ele dialogam; seus prefácios ajudam-nos a compreender o processo de composição dos romances que se associam com a febre dos *fait divers* e que dele fazem uso para a sua elaboração; também nos ajudam a observar a maneira como um escritor concebe os inícios de sua carreira literária, ao observar os movimentos histórico-literários preponderantes e a ascensão e as necessidades de um público leitor diferenciado; e a relação estreita, mais uma vez, entre a evolução literária de diferentes culturas, sobretudo no que diz respeito às constantes importações culturais francesas realizadas pelos escritores portugueses, que não poderiam fugir às tendências preponderantes.

A história do folhetim e de sua evolução na Imprensa Francesa tem nos mostrado, portanto, que o fenômeno de importação que se opera em Portugal é longo e bastante complexo, de modo que os autores aos quais nos dedicamos, Camilo e Eça, estão situados em momentos diferentes do desenvolvimento do folhetim, mas expressam movimentos semelhantes: observam as tendências literárias francesas e com elas dialogam de forma muito próxima, mas não isenta de uma carga crítica e analítica. Isso posto, gostaríamos agora de retornar ao romance de Eça e Ramalho, voltando-nos mais uma vez ao seu prefácio, ressaltando os pontos de contato com os inícios da carreira literária de Zola.

O prefácio de *O Mistério da Estrada de Sintra*, de dezembro de 1884, escrito, portanto, somente cinco meses após a publicação do romance de Zola em volumes, revela diversos pontos de contato com o prefácio redigido pelo escritor francês na ocasião de sua reimpressão, em julho de 1884. Se Eça teve acesso à reedição do romance, não o podemos saber: ainda que não o tenha lido, suas similaridades revelam, mais uma vez, uma proximidade nas propostas literárias dos escritores, bem como nos seus inícios de carreira literária. Evidências numerosas temos, contudo, para crer que o romance de Eça dialoga com os romances que se inspiravam no formato dos *fait divers*, como já começamos a demonstrar, assim como o romance de Zola, cujo método, bastante aparentado ao modelo de produção dos *fait divers*, fica explicado pelo próprio autor em seus prefácios.

No (divertido) prefácio a *O Mistério da Estrada de Sintra*, contudo, já temos alguns sinais da subversão praticada por Eça e Ramalho, em comparação com os "sérios" prefácios de Zola, explicadores e justificadores de sua cota na produção dos mistérios. Ambos os prefácios iniciam-se com uma contextualização das obras no cenário da época, apontando as datas, as circunstâncias em que se encontravam seus autores, o jornal em que publicariam seus folhetins etc. Assim, se as difíceis circunstâncias que presidiram à fabricação dos *Mistérios de Marselha* foram acompanhadas daqueles tempos de "miséria negra", em que o escritor dependia de sua escrita para obter o pão, e da produção, portanto, de um estrondoso folhetim, as circunstâncias que provocaram a aparição de *O Mistério da Estrada de Sintra* foram a observação de uma Lisboa que "cabeceava de sono" e a deliberação de "acordar tudo aquilo a berros, num romance tremendo". A sátira e o "mistificador jogo" que provocam a celeuma começam desde as primeiras linhas do prefácio: enquanto os propósitos de Zola parecem ser sérios, ainda que acompanhados de uma certa repulsa pela obra, assim como os de Eugène Sue na pintura dos "selvagens" parisienses, na esteira da literatura de Cooper, as intenções de Eça e Ramalho, só não se reduzem a uma brincadeira que busca desmistificar os parâmetros da "literatura industrial", tão temida por Saint-Beuve, porque suas disposições parecem ser, como quer Ofélia Monteiro, "provocadoras", e porque o romance promove, de fato, uma crítica aos padrões literários da época, leitura já de antemão confirmada pelas crônicas das *Prosas Bárbaras* e d'*As Farpas,* produções que antecedem e precedem o surgimento do romance.

Em seguida, após a introdução das principais circunstâncias que permeiam a aparição das primeiras obras dos escritores que, ainda que não tivessem a mínima intenção de fazerem--se folhetinistas, tinham perfeita ciência das preferências e es-colhas do público leitor ("Ponson du Terrail trovejava no Sinai dos pequenos jornais") (Queirós, Ortigão, 1963, p. 8), os autores apontam para uma falta de conhecimento prévio a respeito do método empregado. Zola, como pudemos ler em seu prefácio, afirma que não era um "fabricante de folhetins" e que não tinha o "dom de vastas máquinas romanescas", sempre deixando pa-tente seu rechaço por esse tipo de produção; Eça e Ramalho, por sua vez, divertidamente atestam: "Para esse fim, sem plano, sem método, sem escola, sem documentos, sem estilo, recolhidos à simples 'torre de cristal da Imaginação', desfechamos a impro-visar este livro, um em Leiria, outro em Lisboa, cada um de nós com uma resma de papel, a sua alegria e a sua audácia" (1963, p. 7). Se todos os escritores revelam não serem exímios con-dutores da máquina folhetinesca, isto é, revelam não conhecer intimamente seus modos de composição, Eça e Ramalho não deixam de dela apropriar-se por meio de uma aparente "tro-ça", do espírito sarcástico, que já deixam patente, desde o início, seus propósitos irônicos e paródicos. Nas *Farpas,* somente um ano depois, diria Eça: "Vamos rir, pois. O riso é uma filosofia. Muitos vezes o riso é uma salvação. E em política constitucional,

160   CAMINHOS DO ROMANCE EM PORTUGAL

pelo menos, o riso é uma opinião" (1986, p. 961, v. 3). Parece-nos
que o riso também é detentor de uma opinião, na conjuntura
deste primeiro romance.

O que pensam, portanto, os autores de seus romances? "Pensamos simplesmente – louvores a Deus! – que ele é execrável!
E nenhum de nós, quer como romancista, quer como crítico, deseja, nem ao seu pior inimigo, livro igual" (1963, p. 7).
Zola, por sua vez, confessa: "Vejo os *Mistérios de Marselha*
como aquela ocupação comum e ordinária, à qual eu estava
condenado" (1867, p. VII). Ao dar continuidade aos motivos
pelos quais os autores execram as suas obras, mais uma vez
temos uma pista para a ironia com a qual a matéria romanesca
é tratada: fazendo crítica e apontando deliberadamente para
todas as suas "deformidades", Eça e Ramalho revelam-nos as
razões pelas quais a obra deve ser ignorada, já que nela pretendem jogar "um véu discreto". Apontando, assim, para todos os
ingredientes exageradamente românticos, romanescos, folhetinescos ou melodramáticos, sejam quais forem seus nomes,
os autores, mais uma vez, deixam claras as intenções satíricas
e provocadoras com as quais engendram os inverossímeis lances narrados, ainda com a pretensão de fazê-los passarem por
eventos acontecidos. Vejamos o excerto, a fim de não esmore-
cer a ironia dos autores:

> Corramos um véu discreto sobre os seus mascarados de diversas al-
> turas, sobre os seus médicos misteriosos, sobre os seus louros capitães
> ingleses, sobre as suas condessas fatais, sobre os seus tigres, sobre os
> seus elefantes, sobre os seus iates em que se arvoram, [...], sobre os seus
> sinistros copos de ópio, sobre os seus cadáveres elegantes, sobre as suas
> toilletes românticas, [...] (1963, p. 8).

Os elementos, da maneira como são apresentados, revelam-
-se altamente (e ironicamente) padronizados, de modo que o
próprio prefácio desautoriza a leitura séria da obra, dando-nos
uma prévia de suas intenções e disposições. A tipicidade dos
aspectos que conferem o teor romanesco da obra faz com que

os autores os tratem como clichês, e largamente usados, de maneira que a crítica à literatura romanesca se coloca bem evidentemente na abertura do romance, que ainda contou com outras reimpressões, apesar das invectivas de seus autores. Por fim, vejamos, em novas coincidências entre os prefácios, alguns motivos pelos quais a obra deve ser republicada.

Como sabemos, Zola afirma que as obras mais fracas são "as mais documentais" do talento de um escritor, já que revelam a "soma de vontade e de trabalho" necessárias para que se possa haver uma elevação em direção ao esforço de produções de mais qualidade, como as do ciclo dos *Rougon-Macquart,* exemplo do próprio escritor. Dessa forma, o escritor aponta para a evolução de sua obra e para a necessidade de que o leitor conheça essa transformação, com vistas a promover sua própria crítica e, por que não, obter mais leitores. Mais uma vez, seu prefácio reveste-se de uma intenção séria e conjuga-se perfeitamente com seu primeiro prefácio, onde o autor explicitara os moldes nos quais se baseara e a ideia que concebera para a escritura do romance.

Eça e Ramalho, por sua vez, também propõem a questão a respeito dos motivos pelos quais a obra deve ser republicada – e a primeira razão, coincidentemente, ou propositalmente, é que "nenhum trabalhador deve parecer envergonhar-se do seu trabalho" (1963, p. 9), exatamente como dissera Zola: "Pretendo desmentir uma das lendas que se criaram sobre mim. Algumas pessoas inventaram que eu me envergonhava dos meus primeiros trabalhos" (1884, p. VII)[8]. Em seguida, se o escritor francês aponta motivos sérios e justificadores de sua primeira produção, "essas ocupações de jornalista sem grande valor", Eça e Ramalho reportam uma interessante lenda, que por sua analogia diz, novamente, o que Zola dissera: não se deve esconder o princípio de uma "carreira", quando através dele se pode observar o engrandecimento de um escritor. Em nada tocados pelo dom da modéstia, brincam os escritores:

---

8. "J'entends détruire une des legendes qui se sont formées sur mon compte. Des gens ont invente que j'avais à rougir de mes premiers travaux."

162 CAMINHOS DO ROMANCE EM PORTUGAL

Conta-se que Murat, sendo rei de Nápoles, mandara pendurar na sala do trono o seu antigo chicote de postilhão, e muitas vezes, apontando para o cetro, mostrava depois o açoite, gostando de repetir: Comecei por ali. Esta gloriosa história confirma o nosso parecer, sem com isto querermos dizer que ela se aplique às nossas pessoas. Como trono temos ainda a mesma velha cadeira em que escrevíamos há quinze anos; não temos dossel que nos cubra; e as nossas cabeças, que embranquecem, não se cingem por enquanto de coroa alguma, nem de louros, nem de Nápoles (1963, p. 9).

Assim, comparando-se, sem se compararem, ao rei de Nápoles, Eça e Ramalho promovem uma divertida brincadeira em que a produção atual seria aquela comparada ao cetro, e a produção inicial, ao velho chicote de postilhão, mostrando, também, a sua evolução em direção à "campanha pela arte de análise e de certeza objetiva" (1963, p. 9).

A segunda razão pela qual querem autorizar a publicação do livro parece ser o elemento mais "sério" e documental deste descontraído prefácio, momento em que os escritores confirmam uma opinião diversas vezes veiculada em sua produção jornalística, e que os preocupava verdadeiramente: a falta de originalidade e a profunda dependência da literatura portuguesa, sempre voltada às produções francesas e dela tentando alimentar-se. Jaime Batalha Reis, também conhecedor da verdade oculta pelos supostos mistérios ocorridos na estrada de Sintra, comenta na introdução às *Prosas Bárbaras:* "Todos estes escritores se continuavam uns aos outros, sem contrastes nem revoluções, apenas levemente desenvolvendo fórmulas aceites e classificadas pelos aplausos dum público hereditariamente satisfeito" (1986, p. 544, v. 1). Ora, o panorama é acidamente exposto: fórmulas aceites, ausência de revoluções, continuidades ininterruptas, e um público que não deixava dúvidas quanto a sua filiação. Eça dirá mais tarde na primeira crônica das *Farpas:*

Olhemos agora a literatura. A literatura – poesia e romance – sem ideia, sem originalidade, convencional, hipócrita, falsíssima, não ex-

prime nada: nem a tendência coletiva da sociedade, nem o temperamento individual do escritor. Tudo em torno dela se transformou, só
ela ficou imóvel. De modo que, pasmada e alheada, nem ela compreende o seu tempo, nem ninguém a compreende a ela. [...].

Fala do *ideal*, do *êxtase*, da *febre*, de *Laura*, de *rosas*, de *liras*, de
primaveras, de *virgens pálidas* – e em torno dela o mundo industrial,
fabril, positivo, prático, experimental, pergunta, meio espantado, meio
indignado: – Que quer esta tonta? Que faz aqui? Emprega-se na va-
diagem, levem-na à Polícia! (1986, p. 966, v. 3, sublinhados do autor).

O tom exaltado do comentário, conjugado a uma ironia e um
sarcasmo que configuram em grande parte a escrita queirosiana, se junta ao excerto de Batalha Reis, e ambos nos ajudam a
compreender o panorama ao qual Eça e Ramalho se referiam no
prefácio: aquela indignação pela cópia que se operava em Portugal, aquela revolta para com a mocidade que apenas se curvava
aos modelos estrangeiros, e a necessidade de renovação urgente
no espírito e na forma das letras portuguesas:

> [...] a publicação deste livro, fora de todos os moldes até o seu tempo
> consagrados, pode conter, para uma geração que precisa de a receber,
> uma útil lição de independência.
>
> A mocidade que nos sucedeu, em vez de ser inventiva, audaz, revo-
> lucionária, destruidora de ídolos, parece-nos servil, imitadora, copista,
> curvada de mais diante dos mestres. Os novos escritores não avançam
> um pé que não pousem na pegada que deixaram outros. Esta pusilani-
> midade torna as obras trôpegas, dá-lhes uma expressão estafada [...].
>
> [...].
>
> Na arte, a indisciplina dos novos, a sua rebelde força de resistência
> às correntes da tradição, é indispensável para a revivescência da inven-
> ção e do poder criativo, e para a originalidade artística. Ai das literatu-
> ras em que não há mocidade! (1963, p. 10).

Pela evolução que se observa entre as *Prosas Bárbaras, O Mistério da Estrada de Sintra* e *As Farpas,* podemos crer que os escritores estivessem imbuídos da vontade de provocar uma reação

164 CAMINHOS DO ROMANCE EM PORTUGAL

diversa no público leitor, ou pelo menos de abalar os moldes da literatura nacional, tão dependente dos modelos franceses. É, pois, por isso que Ofélia Paiva Monteiro acredita que a concepção do romance, ainda que "alheada de toda a preocupação com uma mimese 'realista'", preocupação preponderante para Eça de Queirós, sobretudo, "não deixara de responder, porém, a uma certa forma de empenhamento social" (1985, p. 15). Este empenhamento social estaria ligado justamente à preocupação dos escritores em observar o panorama da literatura portuguesa da época, pois que estavam "chocados com a inércia mental duma Lisboa adormecida pela rotina e pelo melodramatismo oco dum Ponson du Terrail ou dum Octave Feuillet" (Monteiro, 1985, p. 16), e provocar o público leitor a duvidar da concepção do próprio romance, estremecendo sua "leitura crédula" (1985, p. 16). Assim, a pista que Eça e Ramalho nos dão é a originalidade do "molde" deste romance que se publica, diferente de todos os modelos até o tempo consagrados. É, portanto, para este molde que pretendemos atentar, desvelando seus meandros e buscando entender o tal "romance-noticiário", peculiar subgênero engenhado pelos escritores.

ESTRATÉGIAS PARÓDICAS E SUBVERSÃO DOS MODELOS EMPREGADOS: *O FAIT DIVERS* E O FOLHETIM EM EVIDÊNCIA

Com a publicação da crítica de Ofélia Paiva Monteiro a respeito do romance *O Mistério da Estrada de Sintra* em três artigos na revista *Colóquio/Letras*, nos anos de 1985 a 1987, resta pouco a acrescentar à compreensão desta tão interessante estreia de Eça e Ramalho no terreno do romance, terreno por si só arenoso e carregado de transformações ao longo dos séculos XVIII, XIX e XX. Deslindando muitas das estratégias paródicas presentes no romance, associando-as às ideias e impressões que Eça e Ramalho tinham do contexto literário português, e esclarecendo as bases sobre as quais o texto se apoia, a autora

O MISTÉRIO DA ESTRADA DE SINTRA...   165

deixa, a nosso ver, apenas uma brecha que poderia ser discuti-
da quando da leitura do romance, brecha aberta por Sampaio
Bruno, contemporâneo dos escritores, na *Geração Nova*: a sua
relação com o *fait divers,* gênero ao qual fizemos preceder uma
breve contextualização, a fim de entender a sua pertinência para
a compreensão da obra.

A autora trabalha com as influências, sobretudo, do romance
policial e do romance sentimental-passional de molde folhetinesco, e suas subsequentes desconstruções, subversões e "paro-
dizações" que têm lugar na tessitura do romance. Não deixa de
tratar, contudo, a respeito da relação do romance com a mídia
impressa, já que menciona a sua forma de publicação, a ligação
com a via jornalística, a relação com a notícia e o "jogo mistificador desenvolvido no periódico entre *noticiário* e *folhetim*"
(1985, p. 17, sublinhados da autora).

Além das intromissões de Z. no romance, personagem ao
qual fizemos uma breve referência anteriormente, é Ramalho
Ortigão quem nos provoca a insistir neste (novo) veio para a
análise da paródia em que o romance consistiu, paródia que
nos parece eminentemente relacionada ao formato e modelo
dos *fait divers.*

Em uma carta de Ramalho Ortigão dirigida a Alfredo da
Cunha[9], um dos responsáveis pela direção do jornal o *Diário
de Notícias,* onde, como sabemos, os folhetins haviam sido publicados, o autor explica a concepção do romance, que seria o
"representante único de uma nova espécie ficcional – o *romance-
-noticiário* – cuja ideia se deveria a ele próprio" (Monteiro, 1985,
p. 17, sublinhados da autora). Em seguida, Ramalho chama atenção a um aspecto específico, que considerava a pedra de toque
do romance, e que nos interessa enormemente: "Na supracitada
carta a Alfredo da Cunha, dizia Ramalho que a 'combinação do
noticiário com o folhetim era o ponto capital da obra e a chave

---

9. Essa carta dirigida a Alfredo da Cunha em 1915 fora transcrita pela primeira vez,
segundo Ofélia Paiva Monteiro, por Julieta Ferrão no artigo "À Margem de Dois
Centenários. O *Bluff* Literário de O *Mistério da Estrada de Sintra*", O *Século Ilustrado,* Lisboa, 1945, Ano VIII, nº 407, ao qual, infelizmente, não tivemos acesso.

do seu interesse'" (1985, p. 23), uma vez que, "a peculiaridade do molde – explicava o escritor – estava na utilização do veículo jornalístico para a montagem, com nova eficácia, da ilusão de 'verdade' que sempre presidira às intenções da ficção epistolar" (1985, p. 17). Dessa forma, conclui a autora, utilizando-se, mais uma vez, das próprias palavras de Ramalho: "Assim nascia o tal *romance-noticiário*, verdadeiro 'romance-folhetim' – dizia Ramalho – como nem franceses nem americanos o tinham concebido ainda" (1985, p. 17, sublinhados da autora).

Este interessante e valiosíssimo depoimento de Ramalho nos confirma exatamente aquele aspecto para o qual buscamos atentar: a relação do folhetim com o *fait divers*, evidenciada pela concepção do tal romance-noticiário, que busca utilizar-se das páginas do jornal para produzir uma "ilusão de verdade", na tentativa de fazer com que a narrativa tomasse um "cariz *noticioso*" (1985, p. 17, sublinhados da autora). Assim, segundo o autor, o ponto capital da obra e o que produzia, portanto, o seu interesse, era a combinação do noticiário com o folhetim, através do relato de fatos extraordinários e, no entanto, supostamente reais, como queriam fazê-los passar seus autores. Ramalho e Eça, consciente ou inconscientemente, estavam, justamente, produzindo uma paródia do *fait divers*, subvertendo completamente o seu sentido. Se a paródia opera uma inversão dos significados, provocando uma *deformação* do original (Sant'anna, 2006, p. 40), na qual se observa um *desvio* com relação ao elemento que se quer "imitar", ou, melhor dizendo, com o elemento com o qual se dialoga, bem como uma subversão, e algumas vezes, uma perversão do texto ou do aspecto original (cf. 2006, p. 41), podemos entender o romance como uma resposta paródica ou um texto paródico em relação ao formato do *fait divers*, denominado, segundo seus autores, romance-noticiário.

Veja-se, dessa forma, a subversão que o romance opera, por exemplo, com relação aos *Mistérios de Marselha*, de Zola: se no romance francês o autor, ao investigar documentos e depoimentos reais, lança mão de notícias e *affaires* que mais repercussão haviam tido na Imprensa francesa para torná-los matéria de

O MISTÉRIO DA ESTRADA DE SINTRA... 167

romance, isto é, provocando uma "folhetinização do real", de acordo com Gillet, e uma "dramatização da notícia", como resume Marlyse Meyer, no romance português temos justamente o contrário: seus autores criam a bel-prazer os lances da narrativa, inventados e dramatizados, carregando-se as tintas nas cores melodramáticas e folhetinescas, fazendo-os passarem, no entanto, por notícias! Esta fórmula de novo romance, como nem franceses e nem americanos o haviam feito, é, ainda por cima, deliberadamente engenhada por seus autores e constitui o ponto central da obra, como o próprio Ramalho nos indica. Dessa forma, se Zola mostra-se um exímio condutor do meio jornalístico, fazendo dele grande fonte de rendimentos e de divulgação de suas obras, além de exercitar-se em variados gêneros jornalístico-literários, como é o caso do *fait divers*, Eça apropria-se desse meio para nele mesmo realizar uma paródia de uma das grandes tendências da época, revelando, no entanto, um "exercício de inteligência e de cultura e sensibilidade literárias", pois que "subverter um 'modelo' pressupõe o domínio das formas de conteúdo e de expressão que lhe são próprias" (Monteiro, 1987, p. 17).

No entanto, como bem nos lembra a autora, a original ideia que constitui o modelo do romance-noticiário pode bem ter sido colhida nas leituras de alguns contos de Edgar Allan Poe, que também havia "brincado" com a credibilidade do público, tentando fazer passar alguns relatos imaginados por casos verídicos. Dos diversos exemplos que a autora cita, transcreveremos apenas um, considerado o mais importante:

Ora nalguns contos de Poe inseridos nas coletâneas baudelairianas podiam ter Eça e Ramalho colhido a ideia de jogarem com a verossimilhança romanesca utilizando a credibilidade dum jornal e hábeis estratégias narrativas para iludirem o público, levando-o a aceitar por *verdadeira* uma ficção divulgada pela imprensa, mesmo se portadora dos mais estranhos eventos. Em *Histoires Extraordinaires* encontra-se, por exemplo, *Le canard au ballon*, onde se acham compilados os textos que tinham surgido no jornal *New York Sun* como relato verídico da

168   CAMINHOS DO ROMANCE EM PORTUGAL

travessia do Atlântico – efetivamente imaginária – realizada pelo balão *Victoria*; o periódico publicara a narrativa fazendo-a preceder por um enorme título em maiúsculas, a que multiplicados pontos de admiração emprestavam maior retumbância, e dando-a por baseada em apontamentos colhidos por um agente do jornal [...] que entrevistara alguns tripulantes da aeronave e transcrevera o diário de bordo mantido por dois deles (1985, p. 19).

É, de fato, interessante a relação que a autora propõe entre *O Mistério da Estrada de Sintra* e os contos de Poe, reforçando, mais uma vez, a relação deste primeiro romance de Eça e Ramalho com o romance policial. No entanto, ainda nos parece faltar a conexão com o *fait divers*, apontada, na época mesma em que o romance fora escrito, por Sampaio Bruno:

> O gênero estava lançado e no interesse produzido convergia o feitio dos noticiários das gazetas, crescentemente ocupado ou em traduzir *canards* fantasmagóricos ou em revestir de minúcias acirrantes a narração dos crimes célebres, [...].
>
> Nesta disposição dos espíritos, e lisonjeando a petisquice indígena a que não desagradaria a honra dum crime interessante, começou aparecer no *Diário de Notícias* a narrativa dum caso misterioso, ocorrido na estrada de Sintra.
>
> Não faltava nada; todos os requisitos: a bem conhecida carruagem amarela; o episódio sempre estimável dos estores corridos; a não menos apreciada circunstância dos personagens mascarados, [...]; finalmente, o nunca assaz elogiado pormenor do cadáver que uma manta retirada descobre, enquanto os olhos deste faíscam, outro se precipita para uma janela fechada e o comprador range os dentes de fúria porque, cuidadoso, o folhetim diz sarcasticamente *continua*, no momento em que o interesse se incendeia (1984, p. 135).

Consideramos que, em vista das explicações de Ramalho Ortigão a respeito do romance, bem como do depoimento de Sampaio Bruno a respeito de sua inserção no panorama literário da época, não há dúvidas no que respeita à relação entre o romance e o *fait divers*. Consideramos, ainda, que apresenta uma inovação com relação aos textos franceses e americanos, aspecto evidenciado pelo próprio Ramalho, ainda que zombeteiramente, exatamente pela paródia que se realiza de tal gênero jornalístico, ou, em muitos casos, subgênero do romance-folhetim, pelos seguintes aspectos: o romance faz-se passar por um relato autêntico de eventos reais e verídicos porque, em primeiro lugar, seus autores estão encobertos pelos personagens que enviam as cartas e que, no entanto, aparecem como leitores do jornal, fazendo com que, na realidade, não haja romance, uma vez que não há autor; em segundo lugar, porque não há uma fonte de onde se tenha colhido as informações, mas sim eventos narrados diretamente como notícias, de fato, "copiando" o formato do *fait divers*, apenas invertendo-lhe os sinais; e, em terceiro lugar, porque o romance apropria-se de outros elementos autenticadores, nas palavras de Ofélia Paiva Monteiro, tais como cartas enviadas ao jornal dando pistas da possível identidade dos mascarados, pedidos para que os diversos leitores auxiliem na resolução do mistério, dados que buscam situar o acontecimento de acordo com referências reais dos leitores, entre outros exemplos. Assim, se é possível que Eça e Ramalho tenham colhido ideias nos contos de Poe, no romance de Zola e em outras possíveis fontes, é também lícito afirmar que não apenas se basearam em seus predecessores, mas que, sobretudo, buscaram construir um novo romance português que dialogasse diretamente com as tais "influências francesas ou americanas", recriando suas bases e promovendo uma paródia de seus principais elementos, tais como o *fait divers*, o romance policial e o próprio romance-folhetim.

Há, ainda, um quarto elemento, e que com os outros se relaciona, que comprova a efetiva originalidade do molde, de que talvez não tenhamos precedentes: fazendo mesclarem-se romance e notícia, folhetim e *fait divers*, temos um intenso acoplamento de suas características, pois que as notícias, narradas por meio de cartas, formam em sua conjuntura a estrutura de um romance, e de um romance-folhetim, com os cortes adequados nos momentos certos e com a divisão dos diferentes núcleos que ora são deixados de lado, ora são retomados para que tenham seus fios desnovelados. É importante lembrarmos, a esse propósito, que o *fait divers* original – aquele que se inspirava, de fato, em eventos acontecidos – também era narrado, muitas vezes, com uma continuação que voltava em outros números do jornal, apresentando o esperado "final" de algumas tragédias populares. A estreita ligação, dessa forma, entre o *fait divers* e o folhetim é lembrada por Valéria Guimarães, quando analisa um dos célebres *fait divers* da época: "No segundo caso, da Maria Rodrigues, mocinha de família deflorada e abandonada pelo namorado, a continuação aparece, doze dias depois, como se fosse o próximo e último capítulo de um folhetim" (2006, s/p).

Assim, Eça e Ramalho nos mostram, na efetiva originalidade do molde de *O Mistério da Estrada de Sintra*, um fenômeno, na realidade, nascente no século XIX, em face da emergência da cultura midiática: "um duplo movimento migratório relativamente intenso e suficientemente importante para que não se trate de um simples fenômeno curioso, mas sim, acredito, de um princípio engatador de mutações. Dupla migração: em um sentido, uma invasão do livro; em outro, uma evasão do livro" (Pons, 2001, p. 450). Explica-nos Christian-Marie Pons que no que concerne à "invasão do livro", temos uma importação de procedimentos de outros meios para o interior do próprio livro; e, no que respeita ao segundo movimento migratório, a evasão do livro, temos a exportação de procedimentos literários que têm lugar no livro para colonizar outros suportes não livrescos (cf. 2001, p. 450). Esclarece o autor, ainda, que esse duplo movimento poderia caracterizar a literatura popular, em que observamos um processo de "desterritorialização" do livro, que perde seu caráter unicamente "literário" para ganhar características também provindas da cultura midiática, tal como o jornal.

Observamos que no romance de Eça e Ramalho, portanto, a originalidade do molde também é provinda da detida observação que os escritores têm do meio jornalístico e do meio literário, bem como de suas imbricações; o jornal, por sua vez, restaria como um excelente espaço para a emergência da cultura midiática, em que a troca corrente entre procedimentos do jornal e do livro (da literatura) ocupam as páginas dos folhetins, dos *fait divers* e outros. Observaríamos, desse modo, a "convocação de uma 'cultura midiática', [...], na qual nem o livro e nem a literatura seriam mais a instância hegemônica, nem mesmo dominante, mas sim a composição de um sistema mais amplo, incluindo um e outro, livro e literatura" (2001, p. 451). No que respeita a *O Mistério da Estrada de Sintra*, teríamos, portanto, o noticiário e o *fait divers*, elementos típicos do jornal, "invadindo" o espaço do romance, ao passo que as cartas, o formato do romance epistolar, e as características do romance policial, "evadindo" do livro, acabam por "invadir" o espaço do jornal, destinado, no entanto, à ficção.

Dessa forma, para que tenhamos uma ideia de como se imbricam as diversas e originais características do romance, bem como para que possamos acompanhar a sua análise, voltemo-nos, agora, ao seu conjunto de folhetins e ao ponto central de nossa argumentação: a paródia que buscou realizar do formato do *fait divers*, ou do romance que nele se inspira.

Comecemos com as primeiras passagens dos primeiros folhetins publicados, retiradas das cartas enviadas pelo médico, que decide levar ao público o mistério em que se vê envolvido publicando-o nas páginas do jornal: fora sequestrado juntamente com seu amigo F. por alguns mascarados na estrada de Sintra, que necessitavam saber se uma pessoa que se encontrava aparentemente "desfalecida" estava morta, e neste caso, se havia indícios de um possível assassinato. Como podemos ver, trata-se de elementos muito caros ao *fait divers*, e especialmente aos da época, como nos lembram Michelle Perrot e Barthes. Eça e Ramalho, dessa forma, aproveitam-se da fascinação do público pelo crime e pelo seu desvendamento, bem como pela reativação de sua memória, aspectos evidenciados por Maurice Crubellier e Frédéric Chauvaud, para atrair a atenção do público leitor e fazê-lo refém nesta misteriosa trama.

O leitor teria em mãos, assim, uma carta enviada por uma pessoa não identificada – o médico anônimo –, não tendo o menor conhecimento de seus autores; não poderia ter a menor ideia, na realidade, de que se tratava de um texto ficcional dos ainda pouco conhecidos Ramalho Ortigão e Eça de Queirós. Entretanto, a primeira carta é, curiosamente, publicada no espaço destinado aos folhetins! Sabemo-lo, contudo, somente com a leitura do segundo folhetim, publicado alguns dias depois da publicação do primeiro: "Acabo de ver a carta que lhe dirigi publicada integralmente por V. no lugar destinado ao folhetim do seu periódico. Em vista da colocação dada ao meu escrito procurarei nas cartas que houver de lhe dirigir não ultrapassar os limites demarcados a esta secção do jornal" (Queirós, Ortigão, 1963, p. 18). Temos, aqui, pistas irrefutáveis que levariam o leitor a duvidar da coerência da suposta trama e, mais ainda, de sua veracidade: por que um relato real seria publicado no espaço dedicado aos folhetins? Mais: por que seu autor não reclamaria o justo espaço da publicação, ressaltando a veracidade dos fatos ocorridos? Na realidade, o que faz o "médico" é atentar para a forma do folhetim, ressaltando os limites de tamanho dessa publicação, que deveria respeitar os tão importantes cortes inesperados, produtores do não menos importante "suspense" da narrativa. As tentativas de alertar o leitor começam muito antes, no entanto, com a abertura da primeira carta, que já nos dá uma ideia da mescla efetivamente traçada entre o folhetim tradicional, o romance policial e o *fait divers*:

Sr. Redator do *Diário de Notícias*:
Venho pôr nas suas mãos a narração de um *caso verdadeiramente extraordinário*, em que intervim como facultativo, pedindo-lhe que, pelo modo que entender mais adequado, publique na sua folha a substância, pelo menos, do que vou expor.

Os sucessos a que me refiro são tão graves, cerca-os um *tal mistério*, envolve-os uma tal *aparência de crime* que a *publicidade do que se passou por mim torna-se importantíssima* como chave única para a desencerração de um drama que suponho terrível conquanto não conheça dele senão um só ato e ignore inteiramente quais foram as cenas precedentes e quais tenham de ser as últimas (1963, p. 13, sublinhados meus).

Para que tenhamos uma breve ideia de como eram escritos os *fait divers* da época, Anne-Marie Thiesse nos apresenta um exemplo interessante, que revela alguns pontos de contato com o supracitado trecho da primeira carta de *O Mistério da Estrada de Sintra*. Na abertura do *fait divers*, que se intitula "Para a Prisão de Mont-Saint-Michel", o "autor" comenta: "Tudo isto que se relaciona à infeliz posição dos detentos do Mont-Saint-Michel, excita o interesse público" (*apud* Thiesse, 1986, p. 459)[10]. Assim, podemos observar que o mote do "interesse do público" é importante para a publicação e promoção do *fait divers*, o que pode ser observado tanto no *canard* francês quanto no "romance" de Eça e Ramalho. Mais adiante, ainda no *canard* francês, temos a presença de famoso subterfúgio do romance-folhetim – a transcrição integral de cartas e relatos dos envolvidos nos acontecimentos, o que também ocorre em *O Mistério da Estrada de Sintra*: "Nós reimprimimos uma carta dos detentos, escrita há algum tempo. Podemos ver o quanto os tratamentos que eles experimentam são rigorosos, e talvez o quanto os possa exasperar" (*apud* Thiesse, 1986, p. 459)[11].

No trecho da primeira carta de *O Mistério da Estrada de Sintra*, destacam-se a referência ao acontecimento como "caso verdadeiramente extraordinário", lembrando-nos as definições de vários estudiosos do *fait divers*, que rejeita a normalidade e a banalidade; a gravidade e o mistério que circundam os supostos crimes cometidos nas ruas de Sintra – primeiro, o sequestro do médico e de seu amigo sem motivos aparentemente lógicos e, em seguida, o assassinato cujas circunstâncias permanecem

---

10. "Tout ce qui se rattache à la malheureuse position des detenus du Mont-Saint--Michel, excite l'intérêt public."
11. "Nous réimprimons une lettre des détenus, écrite il y a quelque temps. On y verra combien les traitements qu'ils eprouvent sont rigoureux, et peut-être combien on veut les exaspérer."

misteriosas e encobertas, revelando ingredientes apimentados do romance policial; e, por fim, a mola propulsora do romance: o pedido de publicação que, além de comprovar a veracidade do caso, pode proporcionar a iluminação do mistério que se criou.

Aqui temos, além disso, uma estreita relação entre o romance policial e o *fait divers*, em que o último, no entanto, parece receber maior importância, relação que já era comum nas últimas décadas do século XIX. Em alguns repercussivos *fait divers* da época, que circundavam, como nos mostram seus vários estudiosos, os anais dos crimes celebrizados pela Imprensa, e, muitas vezes, crimes passionais e femininos, como é o caso de *O Mistério da Estrada de Sintra*, o importante era "ressaltar os aspectos, encontrar o culpado e dar aos leitores todos os nomes dos protagonistas e os elementos da intriga" (Chauvaud, 2009, p. 14). Assim, muito aparentado ao romance policial, em que a mola do interesse é a descoberta das circunstâncias do crime e dos protagonistas que o circundavam, alguns *fait divers*, no entanto, eram interessantes porque buscavam informações a respeito de crimes reais, ainda que dramatizados pela Imprensa. Desse modo, mais uma vez, parece-nos que o foco do romance recai mais sobre o *fait divers* que sobre o romance policial, uma vez que seu aspecto central reside na tentativa de autenticá-lo, e na tentativa de fazer com que nele acreditassem seus leitores, além de descobrir seus meandros, já que "o *fait divers* se apresenta sempre como uma história vivida, uma história assombrosa, curiosa, horrível ou extraordinária, mas verdadeira" (Dion, s/d, p. 131).

Mais adiante, o "jogo humorístico" (Monteiro, 1985, p. 16) proposto pelos autores do romance, que permanecem escondidos por detrás dos personagens aparentemente reais até a publicação do último folhetim, em que autorizam a revelação de seus nomes e afirmam que "não há um só nome que não seja suposto, nem um só lugar que não seja hipotético" (Queirós, Ortigão, 1963, p. 271), prossegue com uma divertida advertência do médico, que após relatar os primeiros passos do extraordinário caso ressalta a veracidade do acontecido caso haja uma desconfiança dos leitores ou do redator do jornal – mas não é o que parece ser: o mistério é real e o médico deseja apenas narrá-lo: "Puro Ponson du Terrail! dirá o Sr. Redator. Evidentemente. Parece que a vida, mesmo no caminho de Sintra, pode às vezes ter o capricho de ser mais romanesca do que pede a verosimilhança artística. Mas eu não faço arte, narro fatos unicamente..." (1963, p. 15).

Assim, podemos ver que já nos primeiros folhetins publicados, que consistem nas cartas do primeiro "personagem" a manifestar-se, são apresentadas diversas pistas para provocar a criticidade dos leitores, alertando-os da evidente ficcionalidade do texto, comprovada pelo espaço de sua publicação e por alguns estratégicos comentários de seu autor. No entanto, trata-se, de fato, de um jogo proposto com o leitor, pois que o "tira e põe" de pistas e informações que despistam é incessante: ao mesmo tempo em que se apresentam fatos possivelmente verídicos, ressalta-se a provável ficcionalidade do texto e a livre criação do "caso extraordinário", voltando-se, em seguida, a afirmar novamente com novos elementos autenticadores a fidelidade do relato. Veja-se, a propósito, o seguinte passo: "Passo de pronto a contar-lhe o que se passou no trem, especificando minuciosamente todos os pormenores e tentando reconstruir o diálogo que travamos, tanto quanto me seja possível, com as mesmas palavras que nele se empregaram" (1963, p. 19).

É desta forma que, mais uma vez, podemos com bastante probabilidade afirmar que o jogo consiste realmente numa paródia dos *fait divers,* reforçando, no entanto, suas principais características: "a contradição, o patético e a presença da ficção" (Guimarães, 2006, s/p). A contradição dos elementos que, simultaneamente, atestam a veracidade e sugerem a ficcionalidade é explícita e chega a desorientar o leitor atento, e a presença da ficção é, como já dissemos, anunciada periodicamente. Por fim, "a história contada com tantos e precisos detalhes só aumenta a incerteza e, por vezes, se tornam até cômicas as observações mais íntimas feitas por quem escreve" (2006, s/p). Ora, o seguinte passo dá-nos a ideia perfeita dessa comicidade, bem como do tom patético bem típico do *fait divers*:

Hoje, mais sossegado e sereno, posso contar-lhe com precisão e realidade, reconstruindo-o do modo mais nítido, nos diálogos e nos olhares, o que se seguiu à entrada imprevista daquela pessoa no quarto onde estava o morto.

O homem tinha ficado estendido, no chão, sem sentidos: molhámos-lhe a testa, demos-lhe a respirar vinagre de toilette. Voltou a si, e, ainda trêmulo e pálido, o seu primeiro movimento instintivo foi correr para a janela! (Queirós, Ortigão, 1963, p. 34).

As diversas estratégias formuladas que concorrem para ludibriar o público, e, ao mesmo tempo, chamar-lhe enormemente a atenção, não se limitam a provocar uma alternância entre realidade e ficcionalidade, nem tampouco a explorar com fortes tintas os elementos do *fait divers* conjugados aos do folhetim; os autores do romance, ainda escondidos detrás dos participantes dos eventos que enviam as cartas – o médico, F., o mascarado alto, a Condessa W., entre outros – passam a pôr na boca de seus personagens convites destinados a granjear a participação do público, fazendo com que se envolvesse ainda mais com a forjada autenticidade do misterioso caso de Sintra. Consistindo em novos elementos autenticadores, estes convites à participação do público comprovam, mais uma vez, a veracidade da narrativa e fazem com que o leitor se misture no imbróglio, acreditando-se dele um participante em potencial. Lembremos, a propósito, que com as estreias do folhetim, o público já costumava enviar cartas ao jornal pedindo a morte ou a "ressurreição" de determinados personagens, habituado a participar do "destino" das narrativas e de seus componentes; no caso dos *Mistérios de Paris*, por exemplo, sabe-se que o público influenciou e muito o destino de Rodolphe, personagem principal do romance. Vejamos alguns exemplos desta importante estratégia, que terá consequências ulteriores para o seguimento da narrativa:

P.S. – Uma circunstância que pode esclarecer sobre a rua e o sítio da casa: de noite senti passarem duas pessoas, uma tocando guitarra, outra cantando o fado. Devia ser meia-noite. O que cantava dizia esta quadra:

"Escrevi uma carta a Cupido/ A mandar-lhe perguntar/ Se um coração ofendido...".

Não me lembra o resto. Se as pessoas que passarem, tocando e cantando, lerem esta carta, prestarão um notável esclarecimento dizendo em que rua passavam, e defronte de que casa, quando cantaram aquelas rimas populares (1963, p. 34).

Por meio deste irônico P.S. – irônico para aqueles que houvessem atentado ao jogo que se tecia, evidentemente – o médico, novamente, consegue reafirmar laços entre ficção e realidade, tentando descobrir onde estivera sequestrado, e o provável local do assassinato. Veja-se um outro exemplo, convite ainda mais atraente ao público, instado, desta vez, a auxiliar na resolução do mistério:

Há decerto na minha hipótese ambiguidades, contradições e fraquezas, há nos indícios que colhi lacunas e incoerências [...]. [...] eu estava num estado mórbido de perturbação, inteiramente desorganizado por aquela aventura, que inesperadamente, com o seu cortejo de sustos e mistérios, se instalara na minha vida.

O senhor redator, que julga de ânimo frio, os leitores, que, sossegadamente, em sua casa, leem esta carta, poderão melhor combinar, estabelecer deduções mais certas, e melhor aproximar-se pela indução e pela lógica da verdade oculta (1963, p. 50).

Aqui, decerto, o público teria delirado! Correndo-se o mistério de boca em boca, poderiam agora os leitores fazer as vezes do grande personagem do romance policial: aquele que procura desenovelar os nós da trama e resolver o mistério, por meio das pistas estrategicamente (e, neste caso, parodicamente) deixadas: um vidro de ópio, um fio de cabelo loiro, um distinto lenço com iniciais gravadas, uma carteira com duas mil libras, uma carta anunciando um suicídio...

Com estas novas passagens que decerto aumentavam a excitação do público leitor, a hábil urdidura da trama buscava fazer valer, de fato, as estratégias com os quais o *fait divers* se montava: buscava-se o "burburinho do diz que diz que" (Guimarães, 2006, s/d), o comentário e a intervenção do público no desenlace dos eventos e fatos, para que a complicação, no entanto, somente aumentasse. Com estas novas investidas na credibilidade do público, talvez esperassem que as pistas que apontavam para a ficcionalidade do texto e suas marcas paródicas, bem como para sua evidente aparência de jogo, fossem esquecidas e infimamente relegadas à margem. Ana Maria Alencar esclarece o procedimento:

> E de fato, o *fait divers* é inseparável do seu comentário. A procissão de depoimentos emocionados, confissões, interrogatórios, conversas telefônicas, faz prevalecer o falatório sobre a realidade, o rumor sobre o fato. Tudo se passa como se a realidade fosse demasiadamente pobre, banal e não pudesse prescindir da tagarelice habitual. A mídia não suporta o silêncio do *fait divers* (2005, p. 118).

A propósito, basta que nos lembremos de alguns títulos das novas sequências dos folhetins: "Intervenção de Z.", "As Revelações de A. M. C.", "A Confissão Dela" etc. O estrondoso caso dado a conhecer pelo médico, portanto, seguido de confissões, intervenções, depoimentos, revelações é típico do *fait divers* – a maneira como estão organizadas as sequências narrativas do romance lembra-nos perfeitamente o desenlace de um *fait divers* na mídia. A escolha dos títulos também é, desta forma, essencial; não aceitam muitas variações, dado que os mais espetaculares e que tinham mais repercussão giravam sempre em torno de um grupo seleto, como lembra Michelle Perrot, ressaltando a estreita univocidade deste aspecto: "Fato extraordinário... Detalhes circunstanciais... Detalhes exatos... Novos detalhes... Um acontecimento extraordinário... Horrível assassinato..." (1983, p. 912).

Contudo, estes convites à participação do público dão margem a impertinentes intromissões, e abrem passo, por sua vez, a novas estratégias paródicas: a (in)conveniente intervenção de um personagem que pretende desmontar a assunção de veracidade sobre a qual o texto se apoia. Trata-se de Z., aquele que, como já indicamos, nos lembra o pseudônimo de Eça no *Distrito de Évora*, no qual o autor das crônicas identifica-se como A. Z. Em *O Mistério da Estrada de Sintra*, por sua vez, Z. aparece como um "leitor crítico dos folhetins" (Monteiro, 1987, p. 6), enviando "intervenções" ao *Diário de Notícias* com o intuito de desmascarar o médico e seu amigo, já que o "caso portentosamente romanesco" (Queirós, Ortigão, 1963, p. 58) lhe parecera, a princípio, uma "invenção literária" e, em seguida, uma "invenção criminosa" (1963, p. 92). As duas cartas de Z., estrategicamente posicionadas após os extraordinários e inverossímeis relatos do médico, primeiramente, e seguidamente ao de F., destinam-se ao público e ao jornal com vistas a aguçar-lhes o espírito crítico e fazê-los acordarem para as inverossimilhanças do texto, como bem aponta Ofélia Paiva Monteiro. João Gaspar Simões, por sua vez, identifica nestas passagens a presença do próprio autor do texto, Eça, o que, segundo ele, fica confirmado pelo uso do pseudônimo, com vistas a criticar a matéria romanesca que ele mesmo estava criando, já que sua "consciência literária não podia calar, de fato, as *rocambolices* do romance que estava escrevendo" (1945, p. 244, sublinhados do autor). Assim, "era como se Z. fosse ao encontro das objeções que estariam fazendo àquele caso os leitores sensatos" (1945, p. 245).

Cremos que todas estas possíveis interpretações se conjugam e, de fato, têm relevância para a análise do texto. No entanto, são nestas passagens que a paródia do *fait divers* se faz em toda sua significação, ganhando maior relevo: se o ponto capital do romance seria a combinação do noticiário com o folhetim, como nos adverte Ramalho, então as cartas de Z., que instauram a desconfiança e evidenciam a ficcionalidade do texto, só podem ser entendidas como uma paródia, pois que constituem a subversão completa da aparência noticiosa do texto e de sua possível veracidade. Assim, no interior do próprio romance, temos a sua desmistificação, e a negação de toda a montagem para a qual concorre a verossimilhança que se havia solidificado, por meio dos autores escondidos, dos personagens anônimos, dos pedidos de auxílio endereçados ao leitor etc. Vejamos, para tan-

180 CAMINHOS DO ROMANCE EM PORTUGAL

to, alguns trechos das cartas que, a nosso ver, encerram perfeitamente a paródia que se buscou criar:

> Senhor redator do *Diário de Notícias*. – Escrevo-lhe profundamente indignado. Principiei a ler, como quase toda a gente em Lisboa, as cartas publicadas na sua folha, em que o doutor anônimo conta o caso que essa redação intitulou *O Mistério da Estrada de Sintra*. Interessava-me essa narrativa e seguia-a com a curiosidade despreocupada que se liga a um *canard* fabricado com engenho, a um romance à semelhança dos *Thugs* e de alguns outros do mesmo gênero com que a veia imaginosa dos fantasistas franceses a americanos vem de quando em quando acordar a atenção da Europa para um sucesso estupendo. A narração do seu periódico tinha sobre as demais que tenho lido o mérito original de se passarem os sucessos ao tempo que se vão lendo, de serem anônimas as personagens e de estar tão secretamente encoberta a mola principal do enredo, que nenhum leitor poderia contestar com provas a veracidade do caso portentosamente romanesco, que o autor da narrativa se lembrara de lançar ao meio da sociedade prosaica, ramerraneira, simples e honesta em que vivemos. Ia-me parecendo ter diante de mim o ideal mais perfeito, o tipo mais acabado de *roman feuilleton* [...] (Queirós, Ortigão, 1963, p. 58).

O excerto supracitado ressalta, no interior do próprio romance, o estatuto ficcional do texto, e escancara, ainda por cima, as estratégias que concorrem para o seu encobrimento. Assim, ainda que as personagens fossem anônimas e os eventos tivessem extrema atualidade, fazendo com que o relato tivesse mais aparência de notícia do que romance, o texto confessa-se ficção, por meio de um astuto leitor, e revela-se uma apimentada mistura de ingredientes os mais variados: um engenhoso *canard* (primórdios do *fait divers*, é conveniente lembrar); um bem-acabado romance-folhetim; um produto da imaginosa fantasia de um romancista invejoso dos sucessos europeus.

Ora, é evidente a intenção dos autores: ao mesclar suposta veracidade e confessa ficcionalidade, confundindo o leitor e desestabilizando o caráter verídico desse tipo de composição folhetinesca, o romance revela seu caráter crítico e autocrítico, em que a sátira e a paródia, sendo a última entendida no sentido de "subversão e travestimento" (Bakhtin, 1993, p. 400) dos modos romanescos empregados, se fazem amplamente vigentes no texto. Ofélia assim conclui a primeira parte de seu ensaio:

> *O Mistério da Estrada de Sintra* tem um caráter híbrido, resultante da conjugação do mundo aventuroso e patético do romance-folhetim com moldes provindos da novela detetivesca [...]. Na obra de Eça e Ramalho, a simbiose é, porém, posta ao serviço dos fins humorísticos que os autores se tinham proposto: da intersecção de climas romanescos contrastantes nascem efeitos burlescos que, associados à paródia de elementos típicos dos "modelos" ficcionais utilizados, subvertem toda a seriedade do texto (1985, p. 22).

Assim, novas estratégias atualizam-se no romance, mas ainda com semelhantes "disposições provocadoras" às de Camilo, que também revela, ao longo de toda a sua produção literária, um diálogo crítico com a narrativa romanesca e com o Romantismo enquanto representação literária. A esses fins humorísticos, portanto, acrescentaríamos também uma finalidade evidentemente crítica, como sublinhada por João Gaspar Simões: "'Acordar tudo aquilo a berros' – ou seja, a pacata Lisboa, foi, pois, de certo modo, a primeira intenção dos dois amigos. Mas havia outras, como, por exemplo, a de pôr em pé uma tremenda sátira contra o romance nacional e os seus modelos estrangeiros" (1945, p. 233).

No entanto, sabendo os autores que o "show precisa continuar", afinal haviam sido publicados apenas alguns poucos folhetins, e o romance houvera despertado enormemente a atenção de Lisboa, Z. não pode desaparecer da trama apenas colocando em xeque seu estatuto verídico, abrindo uma brecha para sua possível ficcionalidade. A carta perderia seu sentido no conjunto do romance e este, por sua vez, perderia a linha mestra – o encobrimento do verdadeiro assassino do capitão Rytmel – já que os leitores poderiam apegar-se ao sentido crítico de Z. e desacreditar da narrativa em andamento. Qual a nova estratégia para continuar a narrativa, ainda revestindo-a, no entanto, de outros tantos elementos paródicos? Z. complicará ainda mais os nós da trama, pois aquele A. M. C. que havia aparecido repentinamente na cena do crime, enquanto o médico intentava revelar sua resolução, é um seu grande amigo! Dessa forma, dando mais fôlego à narrativa, fazendo-a duplamente interessante, já que podendo ser verdadeira ou não, deixando pairar a dúvida, Eça e Ramalho acicatam de forma magistral a curiosidade dos leitores, pois a partir da carta de Z. houvera o envolvimento de um Leitor na narrativa. Leitor com "L" maiúsculo – já que o senso crítico de Z. poderia bem representar a desconfiança de qualquer leitor atento; e leitor com um pequeno "l" minúsculo, pois Z. leitor acaba tornando-se Z. personagem. Mais uma vez, a síntese é bem elaborada por Ofélia:

> Assim, a personagem que alertava o público sobre a montagem rocambolesca do caso da estrada de Sintra tornava-se caucionante – e com crédito duplicado pela própria atitude de desconfiança – dum núcleo de "verdade" ali presente. Acabando, pois, por colaborar na mistificação, Z. contribui ainda para a construção do sortilégio meramente *romanesco* de *O Mistério da Estrada de Sintra,* ao avolumar as expectativas e embrulhar as incógnitas deixadas pelo relato do Doutor ***. [...]: com a intervenção de Z., não só se torna mais cerrado o mistério da morte do inglês, como outro mistério se instaura – o do próprio texto onde aqueloutro é relatado e que agora fica apodado de parcialmente *mentiroso* (1987, p. 9, sublinhados da autora).

Ora, devemos atentar para o fato de que, estando de acordo com a afirmação de que há a instauração de um novo mistério – o do texto, não podendo saber os leitores se acreditavam ou não no que estavam lendo – a montagem que concorria para a mistura de noticiário com romance, fazendo com que o exagerado "romance" vivido pelas personagens se transformasse em notícia, desconstrói-se completamente. Não há mais unicamente notícia – uma vez que se passa a duvidar de sua verdade – e não há mais unicamente romance – uma vez que não se pode comprovar totalmente sua ficcionalidade. E não há, obviamente, *fait divers*, já que a excepcionalidade do caso fica abalada pela possibilidade de tudo não passar de uma grande ilusão, fantasia, ou invenção literária. A noção de paródia não poderia ser mais bem observada: completo *desvio* do romance-folhetim – e daquele inspirado no *fait divers*, como o de Zola; total *subversão* dos modelos utilizados, quais sejam: o romance-folhetim, o policial ou o tal "romance-noticiário".

Apenas uma última estratégia paródica, para encerrar o imbróglio lançado por Z.: quando buscava inocentar A. M. C. do crime, afirmando que na noite em que ele ocorrera ambos haviam estado juntos, apresentando, portanto, seu álibi – ingrediente indispensável da narrativa detetivesca – Z. conta que encontrara A. M. C. dormindo em sua casa em um profundo sono, tão profundo que não pudera despertar nem enquanto o amigo procurava um livro – um volume de Taine! Z., o astuto leitor atento, busca também volumes a respeito de crítica literária, portanto. Se Z. é o próprio Eça, como quer Gaspar Simões, não o podemos saber; mas que tem poder para duvidar da ilusória narrativa, isso é verdade, pois que se apresenta como leitor crítico de folhetins, sensível às repetitivas tendências literárias da época, conhecedor dos engenhosos *fait divers* e leitor de crítica literária. O "show" encenado por Eça e Ramalho – e por Z. – (divertidamente) encerra-se.

Depois do "fermento da desconfiança" (Monteiro, 1987, p. 9) deixado por Z. a respeito da plausibilidade de várias circunstâncias narradas pelo médico, novos extraordinários acontecimentos vêm provocar, novamente, a instabilidade do leitor, já que o autor das novas cartas, F., confirma a existência do crime, dos mascarados e do mistério anteriormemente postos em causa. Outra inverossímil narrativa, recheada de lances absurdos e patéticos: a sugestão de que espíritos rondam os acontecimentos e a estranha casa, seguidos da menção ao nome de Allan Kardec (!), já então conhecido na época, cujo busto fora encontrado no local onde F. fica aprisionado; e a abstrusa introdução de novos misteriosos personagens, que nada têm a ver com a trama, e

184   CAMINHOS DO ROMANCE EM PORTUGAL

que, gratuitamente "convocados", apenas complicam os seus nós e comprovam tratar-se de um verdadeiro "romance-folhetim", no qual se multiplicam numerosos entrechos e personagens.

Após as revelações do excêntrico F., Z. volta a intrometer-se na narrativa, para, desta vez, levantar a polvorosa do mistério sobre o médico, acusando-o de encobrir seu próprio crime através da narrativa forjada no jornal. Dessa forma, Z. conclui que não há invenção literária, como de início supusera, mas sim uma invenção criminosa, em que o médico utiliza-se da ficção – a narrativa forjada nas diversas cartas – para encobrir um crime real, só que por ele mesmo cometido. Novamente, o imbróglio complica-se, e ficção e realidade entrelaçam-se ainda mais, restando quase indistinguíveis. A paródia ganha refinados contornos quando o absurdo paradoxo é lançado: a ficção, portanto, é utilizada para encobrir, e, ao mesmo tempo, reforçar a veracidade! Não haveria forma mais original para engenhar-se um romance calcado na paródia, que, lembremos, opera a partir da subversão, da deformação, da desconstrução. A esse propósito, a respeito da segunda carta de Z., lembra Ofélia:

> À voz de Z. competia de novo o objetivo humoristicamente duplo de *construir* e *desconstruir* a credibilidade do caso da estrada de Sintra. [...]. Sob uma luz drasticamente desmistificadora ficava, de qualquer modo, com esta nova intromissão de Z., o caráter folhetinesco dos textos publicados pelo *Diário de Notícias*. No seu progredir dialógico, em contraponto astuciosamente montado para manter o *suspense*, o romance ia oferecendo a sua própria autocrítica: nenhuma plausibilidade nas situações apresentadas, nenhuma lógica no atuar das personagens, retomada de consabidos ingredientes do aventuroso romântico de menor qualidade (1987, p. 11, sublinhados da autora).

Para que se tenha uma ideia da fusão que se opera entre os elementos da ficção e os dados da realidade, buscando ativar uma completa desorientação do leitor – e uma nova confissão da narrativa enquanto texto ardilosamente ficcional, "mentiroso" e habilmente manipulado por seus autores, ainda escondidos sob a máscara da paródia – vejam-se os seguintes passos, que ilustram perfeitamente o jogo ocupado em construir e desconstruir a veracidade da narrativa e seu estatuto de "notícia", agora já forçosamente desacreditado:

O *Mistério da Estrada de Sintra* é uma invenção: não uma invenção literária, como ao princípio supus, mas uma invenção criminosa, com um fim determinado. [...].

Há um crime; é indubitável; é claro. Um dos cúmplices deste crime é o doutor ***. [...].

[...]. Este crime, que existe, aparece-nos envolvido nas roupas literárias dum mistério de teatro. As cartas do doutor *** são um romance pueril.

[...]

Ah! Como toda esta história é artificial, postiça, pobremente inventada! Aquelas carruagens como galopam misteriosamente pelas ruas de Lisboa! Aqueles mascarados, [...], aquelas estradas de romance, onde as carruagens passam sem parar nas barreiras, e onde galopam, ao escurecer, cavaleiros com capas alvadias! Parece um romance do tempo do ministério Villele. Não falo nas cartas de F., que nada explicam, nada revelam, nada significam – a não ser a necessidade que tem um assassino e um ladrão de espalmar a sua prosa oca, nas colunas de um jornal honesto.

Dedução: o doutor *** foi cúmplice dum crime; sabe que há alguém que possui esse segredo, pressente que tudo se vai espalhar, receia a polícia, [...]; por isso quer fazer poeira, desviar as pesquisas, transviar as indagações, confundir, obscurecer, [...].

[...].

Senhor redator, peço-lhe, varra depressa do folhetim do seu jornal essas inverossímeis invenções. –Z. (Queirós, Ortigão, 1963, pp. 91-95).

Pouco nos resta a dizer desta engenhosa estratégia para intensificar a paródia que até então viera sendo construída: os nós da ficção e da realidade acabam restando tão emaranhados, que é impossível levar a sério tal "tentativa de romance-folhetim", bem como é improvável que qualquer leitor mais experiente acreditasse em tão absurda narrativa que, no entanto, confessa-se explicitamente romance, e "romance pueril". Ao mesmo tempo em que se apresentam novas pistas para a resolução do crime – ou novas hipóteses que só fazem emaranhá-lo – os personagens (e, por detrás dele, os autores do romance que comandam as entrelinhas por onde geram o riso) continuam denunciando o espaço bem demarcado do folhetim, a inverossimilhança da narrativa (e de muitas outras narrativas folhetinescas...), a tipicidade dos elementos utilizados, as tendências literárias e as preferências da época, entre outros muitos aspectos. Quando o próprio mascarado, ao finalmente revelar-se ao público e desemaranhar todos os nós da complicada trama, afirma, espantado, que a cena que acabara de presenciar lhe lembrara "uma segunda edição da Torre de Nesle" (1963, p. 149), referindo-se ao elemento central do romance de Alexandre Dumas, o leitor já deveria estar preparado para compreender a ironia – e, mais uma vez, a confirmação da paródia.

Na segunda parte do romance, em que se afrouxam os laços com a verossimilhança, com a "notícia" e com o *fait divers*, o elemento que certamente ganha destaque é o romance-folhetim: temos os capítulos intitulados "Narrativa do Mascarado Alto", "As Revelações de A. M. C.", "A Confissão Dela", e "Concluem as Revelações de A. M. C.", nos quais se desencerram todos os mistérios criados e se carregam as tintas na narrativa folhetinesca: surgem elementos exóticos, tais como a narrativa da viagem à Índia, amores ensandecidos, vinganças desmedidas, crimes passionais, reviravoltas inesperadas, fugas inconsequentes, e tantos outros elementos celebrizados por Alexandre Dumas e Eugène Sue, dos quais não fica excluída a importantíssima cadeia temática observada nos grandes "mistérios": o crime, o arrependimento, a culpa, a punição, a redenção, e o final moralizador. Neste novo mistério também restam infelizes e "destruídos" os partícipes da narrativa: o capitão Rytmel acaba involuntariamente assassinado pela Condessa de W., a exótica Cármen Puebla se suicida, a ingênua Condessa condena-se a um exílio num convento em que a morte logo chegaria, e o melodramático lance ressalta a grande moralização imposta pelo folhetim:

> – [...] A natureza do ato que estamos ponderando, as razões que o determinaram, as circunstâncias que o revestiram, a intenção que lhe deu origem, tudo isto nos convence de que a liberdade desta senhora não pode constituir um perigo. Encarcerada e entregue à ação dos tribunais, seria uma causa-crime, interessante, escandalosa, prejudicial. Restituída a si mesma, será um exemplo, uma lição.
> [...].
> Nós abrimos-lhe passagem para que saísse. A condessa, numa palidez cadavérica, vacilava; faltavam-lhe as forças; não podia sustentar-se em pé. O mascarado alto deu-lhe o braço. Ela fez um movimento como se tentasse falar; o seu rosto contraiu-se numa profunda expressão de dor; hesitou um momento; por fim comprimiu os beiços no lenço e saiu abafando uma palavra ou estrangulando um soluço.
> Momentos depois ouvimos a carruagem afastando-se com aquilo que fora no mundo a condessa de W... (1963, pp. 262-263).

A. M. C., o personagem que se ocupa do desenlace da história, detalhando todos os eventos que se seguem à entrada da Condessa no convento, não deixa, porém, de novamente salpicar a narrativa com o "fermento da desconfiança". Após relatar o destino que receberam a Condessa de W., o capitão Rytmel, o médico e o mascarado alto, resta falar de F., o escritor amigo do médico, e de Carlos Fradique Mendes, que aparecera breve e repentinamente na narrativa:

> F. e Carlos Fradique Mendes achavam-se há dias numa quinta dos subúrbios de Lisboa escrevendo, debaixo das árvores e de bruços na relva, um livro que estão fazendo de colaboração, e no qual – prometem-no eles à natureza mão que viceja a seus olhos – levarão a pontapés ao extermínio todos os trambolhos a que as escolas literárias dominantes em Portugal têm querido sujeitar as invioláveis liberdades do espírito (1963, p. 270).

É interessante que a narrativa termine ressaltando, mais uma vez, a questão literária com a qual F. estava envolvido, afinal era um dos tantos "narradores" de *O Mistério da Estrada de Sintra*, responsável também por complicar seus enigmas. A narrativa fecha-se buscando com que os leitores atentem ao seu lado ficcional, já que F., após envolver-se misteriosamente no lance, começara a engenhar um suposto romance, o que nos leva a crer que sua participação no mistério da estrada também pudesse ser apenas um jogo fictício criado nas páginas do *Diário de Notícias*. Este novo romance que F. escreve de colaboração – para lembrar a concepção do próprio *O Mistério da Estrada de Sintra* – tem como objetivo exterminar a pontapés as imposições com as quais as escolas literárias desejam sujeitar as liberdades do espírito – lembrando-nos, mais uma vez, as "disposições provocadoras" (Monteiro, 1985, p. 16) e o "modelo efetivamente original" (1987, p. 9) do tão envolvente *O Mistério da Estrada de Sintra*.

Após estes desmistificadores desenlaces, em que a "verdade" da narrativa já se confundira estreitamente com a evidente ficcionalidade do "caso portentosamente romanesco", para lembrar as palavras do crítico Z., revelam-se os autores do texto na última carta, publicada aproximadamente dois meses após a publicação da primeira carta que lançara o "romance":

Sr. Redator do *Diário de Notícias*. – Podendo causar reparo que em toda a narrativa que há dois meses se publica no folhetim do seu periódico não haja um só nome que não seja suposto, nem um só lugar que não seja hipotético, fica V. autorizado por via destas letras a datar o desfecho da aludida história – de Lisboa, aos vinte e sete dias do mês de setembro de 1870, e a subscrevê-la com os nomes dos dois signatários desta carta.

Temos a honra de ser,

Eça de Queiroz
Ramalho Ortigão.
(1963, p. 271).

E assim fica o leitor, finalmente, ciente do "jogo humorístico" criado nas páginas do *Diário de Notícias*, mantido e alimentado à custa de sua impaciente e crédula leitura, crédula, no entanto, devido ao estouro dos *fait divers* e às deveras conhecidas tendências da Imprensa francesa.

Aqui terminam, finalmente, nossas paragens pelas tão variadas aventuras dos mistérios, que têm a honra de "viajar" pela Europa, tendo ilustres destinos como Paris, Lisboa, Marselha, Sintra, entre outros. É, agora, necessário que aproximemos os escritores, Camilo Castelo Branco e Eça de Queirós – se ainda não estão suficientemente "unidos" na empreitada pela narrativa dos mistérios – para compreender de que modo teriam tido semelhantes concepções e disposições nos inícios de suas carreiras, voltadas ainda ao influxo da literatura francesa e de seus consumidíssimos romances, ainda que revelando uma visada crítica das tendências e da literatura da época e realizando novos e originais romances.

4

Os "Mistérios" Portugueses: Camilo Castelo Branco, Eça de Queirós e a Desvirtuação de Modelos Precedentes – um Ímpeto Original

Finda a análise dos aspectos formais e temáticos concernentes aos romances estudados, no que diz respeito à voz narrativa, ao enredo, ao uso da paródia e da ironia, às cadeias temáticas exploradas, entre outros aspectos, gostaríamos agora de aproximar a fase inicial dos escritores levando em conta o desenvolvimento e a evolução da forma do romance em solo periférico, particularmente, como é nosso caso, em Portugal.

Em se tratando de escritores como Camilo Castelo Branco e Eça de Queirós, importantes autores para a história da literatura portuguesa, bem como significativos criadores do romance moderno português, talvez não coubesse a seguinte pergunta: as produções advindas da periferia do sistema podem desestabilizar a hegemônica e consolidada produção literária do grande centro irradiador da cultura e da literatura? Talvez nem mesmo fosse necessária a resposta, já que, como demonstramos ao longo de todo nosso estudo, o comparatismo em história cultural leva em conta as diferenças, antes de ressaltar as semelhanças, e também sublinha que as importações culturais contam certamente com novos produtos culturais adaptados ao contexto de recepção, no qual importa o posicionamento dos sujeitos intérpretes. Assim, fica doravante descartada a alternativa de cópias meramente inspiradas na matriz, apenas reprodutoras das tendências popularizadas na França, levando-se em conta que todo o produto cultural importado terá naturalmente que adaptar-se ao público receptor e sua conformação socio-histórica. No entanto, devemos ressaltar ainda uma vez mais que a trajetória dos então iniciantes escritores na cena literária foi marcada por um longo processo de diferenciação e autonomia com relação ao romance francês, processo, por sua vez, que aproxima estreitamente Camilo de Eça, e vice-versa, e é composto de diferentes estratégias e elementos que permitiram a formação de um romance português original e crítico, e por isso mesmo, autônomo e perfeitamente legítimo.

Assim, constatamos a relevância do estudo comparativo em história cultural através da análise comparativa das primeiras obras do par Camilo/Eça: "As comparações permitem aos objetos investigados exprimir uma identidade" (Espagne, 1994, p. 117), uma vez que "quando realizamos comparações acentuamos as estruturas que são percebidas como específicas do espaço nacional considerado" (1994, p. 117). É, talvez, a esta sólida identidade e autonomia da produção camiliana e queirosiana que se deva a importância dos escritores para o sistema literário português, importância verificada até os dias de hoje, a despeito de também terem representado de forma profunda e crítica a sociedade portuguesa e seus meandros. Assim, como ressalta Espagne, "a pesquisa sobre as transferências culturais não é uma investigação sincrônica, mas uma tentativa de compreender os processos" (1999, p. 26), de forma que o estudo sincrônico de obras isoladas de Camilo ou de Eça não tem a mesma efetividade, para os objetivos de nossa pesquisa, que a análise da produção inicial dos escritores tomada em conjunto e relativamente comparada à produção literária francesa, tarefa a que nos propusemos ao longo de toda nossa trajetória de investigação.

Se lançarmos um olhar retrospectivo ao caminho de análise proposto neste estudo, lembraremos que, antes de levarmos em conta as perspectivas polivalentes, descentralizadoras e críticas de Carlo Ginzburg e Michel Espagne, a teoria de Moretti com a qual nos debatíamos tratava a respeito da difusão do romance europeu central. Encontrando bases em Fredric Jameson, Marlyse Meyer, Roberto Schwarz e diversos outros estudiosos das literaturas periféricas, afirmava o crítico que a adaptação do romance nas periferias ou semiperiferias se daria a partir da relação entre padrões formais estrangeiros e matérias-primas locais. Assim, como o próprio crítico salienta, é necessário observar "o lado *técnico* da questão", e dessa forma, o "que deveria ser conservado do modelo original e o que deveria ser alterado" (2003, p. 203). Isso porque como o próprio Moretti, preocupado com as questões de forma, afirma em outro lugar: "Um romance não é apenas uma história, um concatenar-se de ações pequenas e grandes. A história é posta em palavras; torna-se estilo. E então, o que acontece?" (2003b, p. 17). E propõe a seguinte conjectura, buscando delinear contornos que possam ser aplicados a todas as nações periféricas, com vistas a elaborar um panorama da literatura mundial:

> Os romances conformaram a história britânica ou a geografia de Paris: como podem os leitores italianos, russos, brasileiros, apreciá-los? Por que estão todos presos no mesmo redemoinho histórico-mundial? [...]. Mesmo assim, permanece uma outra questão: como *funciona* a difusão?
>
> [...]. Sintaxe cultivada e léxico popular; "molde europeu" e "matéria local", como Schwarz escreve no caso do Brasil. A forma vem do centro e permanece inalterada; enquanto os detalhes são deixados livres para variar de lugar para lugar. [...]: à medida que o romance histórico se difunde pela Europa e depois pelo mundo, seu *enredo* permanece constante enquanto suas personagens mudam. Por um lado, a *solidez* da hegemonia simbólica (uma forma inalterada que se difunde pelo globo); por outro, sua *flexibilidade* (detalhes, que mudam com cada lugar diferente, tornam a forma reconhecível e atraente para cada público nacional) (2003, p. 203, sublinhados do autor).

Com a análise comparativa que realizamos entre os "mistérios" franceses e portugueses, parece-nos que fica, se não refutada, ao menos relativizada essa teoria, através da investigação da inovação formal e da criação de novos modelos, mas que dialogam entre si, contrapondo-se, em parte, ao modelo europeu central. No entanto, um novo texto de Moretti, publicado em 2001, em que o próprio autor propõe uma relativização da primeira teorização desenvolvida no *Atlas do Romance Europeu*, publicado em 1997, vem perfeitamente ao encontro de nossas reflexões, e mesmo, em parte, das de Carlo Ginzburg e Michel Espagne. Trata-se do texto "Conjecturas sobre a literatura mundial", em que o autor retoma as questões iniciadas em sua primeira obra, mas para agora apresentar uma nova proposta de compreensão das literaturas periféricas, considerando também as dessemelhanças encontradas em sua matéria, e não somente a difusão de formas do romance europeu central. Antes da nova proposta, contudo, o crítico italiano refaz sua trajetória, agora a partir de um novo ponto de vista e de uma visada muito mais crítica sobre a própria teoria:

> Acabei começando por usar esses fragmentos de prova [Jameson, sobre a literatura japonesa; e Schwarz, sobre a brasileira] para refletir sobre a relação entre mercados e formas; e então, sem realmente saber o que eu estava fazendo, comecei a tratar o *insight* de Jameson como se fosse – todos devem tomar cuidado com essas afirmações, mas não há outra maneira de formulá-las – uma *lei da evolução literária*: em culturas pertencentes à periferia do sistema literário (o que significa quase todas as culturas dentro e fora da Europa), o romance moderno não surge como um desenvolvimento autônomo, mas como um compromisso entre a influência formal do Ocidente (geralmente francesa ou inglesa) e materiais locais (2001, p. 50, sublinhados do autor).

É notável a percepção do crítico para o fato de que sua primeira teorização tenha sido bastante redutora e generalista, imbuída da necessidade da crítica de formular afirmações gerais. Assim, Moretti ressalta que sua primeira teoria tivera a "pretensão" de tratar a respeito de algo que lhe parecera uma lei da evolução literária, a partir de alguns estudos, também hegemônicos, de Fredric Jameson e Roberto Schwarz, entre outros. No entanto, após estudar um sem-número de teóricos que trataram a respeito de diversas literaturas periféricas, o que como o próprio crítico afirma, são quase todas as nações, excluídas a França e a Inglaterra, ressalta a viabilidade da existência de formas periféricas diferentes, dissonantes, e por isso, autônomas e independentes. Assim reformula Moretti:

> [...] enquanto eu lia outros historiadores, tornou-se claro que o encontro das formas ocidentais e da realidade local, efetivamente, produziu em todos os lugares um compromisso estrutural – como a lei predisse –, mas também que o compromisso em si estava tomando *formas diferentes*. [...].
>
> [...], só mais tarde me dei conta de que esse era, provavelmente, o mais valioso achado de todos, porque mostrava que a literatura mundial era, de fato, um sistema – mas um sistema de *variações*. O sistema era um único, e não uniforme. A pressão proveniente do centro anglo--francês *tentava* torná-lo uniforme. Mas não seria nada fácil apagar a realidade da diferença (2001, p. 52, sublinhados do autor).

E assim conclui a sua teoria, agora levando em conta a realidade da diferença de cada sistema literário periférico e as contribuições originais que vieram a apresentar a partir da importação dos produtos culturais das nações hegemônicas:

> Para ele [Jameson] a relação é fundamentalmente binária: "os padrões de formas abstratas na construção do romance ocidental" e a matéria-prima da experiência social japonesa: forma e conteúdo, basicamente. Para mim, se parece mais com um triângulo: formas estrangeiras, material local – e *formas locais*. Ou, simplificando: *tramas estrangeiras, personagens locais* e, então, *vozes narrativas locais*. É precisamente nessa terceira dimensão que tais romances apresentam maior instabilidade [...]. Faz sentido: o narrador é o polo do comentário, de explicação, de avaliação, [...] (2001, p. 53, sublinhados do autor).

Na nova formulação, em que Moretti passa a considerar a presença de narradores diferenciados, a partir dos quais os romances periféricos podem apresentar uma relação complexa entre formas estrangeiras e formas locais, o próprio autor ressalta que a literatura mundial é sim um sistema, do qual irradiam diversos movimentos que podem originar ondas – ou continuidades – e árvores – ou descontinuidades, configurando, portanto, um rico "sistema de variações".

Assim, se antes propúnhamos refutar a tese de Moretti, agora nos parece que a nova teorização pode fornecer interessantes subsídios para a conclusão da análise da obra inicial de Camilo Castelo Branco e Eça de Queirós. Com efeito, as diferenças observadas na realidade local, na qual muito do ideário romântico europeu não se ajusta – daí a presença do narrador camiliano focalizando de um ponto de vista externo à diegese as desventuras do personagem romântico, cujas idealizações considera bastante perniciosa – concorrem com a necessidade da atualização das tópicas romanescas vigentes na literatura francesa, necessidades de um recente e imaturo público leitor, frustração constantemente exposta na novelística camiliana e nas crônicas queirosianas. Assim, moldes híbridos – que, de fato, importam muito do modelo europeu, mas que também criam formas paralelas e inovadoras, críticas, questionadoras – têm lugar na literatura portuguesa oitocentista, e originam também formas híbridas de romance e de narrador.

No romance de Camilo, de fato, como exposto anteriormente, uma das grandes inovações formais está na figura do narrador, ou na voz narrativa, como sublinha Moretti, que se posicionando externamente ao narrado, pode interferir na diegese para tecer comentários a respeito das personagens, dialogar com as expectativas do público leitor e perscrutar a sensibilidade literária da época. Pode-se, no entanto, afirmar que esse processo é parte do que se convencionou chamar de "ironia romântica"; no entanto, sem perder de vista o "molde europeu" – *Os Mistérios de Paris* – não se pode deixar de notar que as funções, os propósitos e as variações do narrador, no que diz respeito à conjuntura literária e cultural da época, ganham contornos muito mais críticos e reflexivos, desde seu primeiro romance.

No romance de Eça e Ramalho, por sua vez, as inovações formais, como vimos durante toda a análise, ocorrem para além da figura do narrador: se é por meio de um deles que se instala a desconfiança e se procura provocar e acordar a criticidade do leitor adormecida em meio às aventuras e reviravoltas do enredo, a paródia e subversão do molde folhetinesco é muito mais radical quando comparada à "simples" estrutura do folhetim francês, em que o narrador permanece único e fiel ao público leitor. A originalidade do molde, no qual se imbricam variadas formas do romance europeu, somada às intervenções de caráter paródico do personagem estrategicamente instalado no romance, fazem ver a radicalidade da inovação formal que Eça e Ramalho propuseram quando da escrita de *O Mistério da Estrada de Sintra*, superando qualquer juízo que o classifique – e o banalize – como cópia do romance-folhetim francês.

Eça e Camilo, em uma corrente que nos sugere um "movimento coletivo", em detrimento de alguns bem-sucedidos "percursos individuais", para lembrar as palavras de Maria Alzira Seixo, parecem estar situados em um cenário cultural análogo: diante da "invasão" do romance francês em terras portuguesas, os escritores procuram relativizar, questionar e desestabilizar, através de novas estratégias narrativas e formais, os moldes e temas acolhidos pelo público. A desestabilização das formas tradicionais do romance europeu, como o romance-folhetim, o romance epistolar, o *fait divers*, entre outros, bem como da figura do narrador, do próprio autor (com a sua total eliminação na publicação em folhetins de *O Mistério da Estrada de Sintra*) e da figura do leitor, ganha acentuado relevo, ao passo que os vínculos que o narrador de Sue procura estabelecer com seu leitor sugerem um percurso eminentemente interessando em entreter (para vender).

Antes de finalizar nossas "conjecturas" sobre a literatura portuguesa pela pena de Eça e Camilo, vale ressaltar o cenário cultural em que o romance deita raízes: um cenário de instabilidades e de caráter inacabado, que revela um gênero em constante evolução, como sugere Bakhtin em "Epos e Romance (Sobre a Metodologia do Estudo do Romance)".

A evolução do romance em Portugal, que, como vimos, se dava a partir do imbricamento de formas estrangeiras e formas locais, modificando os parâmetros e padrões do romance europeu central e propondo diálogos em torno da forma em ascensão, revela um momento de intensas experimentações literárias, especialmente quando se trata de escritores significativos para o desenvolvimento do "mais maleável dos gêneros" (Bakhtin, 1993, p. 403), como Camilo e Eça. Assim, as "paródias", "travestimentos" ou "subversões" originados pelos escritores explicam e ao mesmo tempo revelam o caráter evolutivo do romance moderno português, que então experimentava formas e criava novos modelos. Assim, como ressalta Bakhtin, o caráter autocrítico do romance é seu aspecto mais relevante como gênero em formação, aspecto que fica bastante evidente na obra inicial de Camilo e Eça:

As estilizações paródicas dos gêneros diretos e dos estilos ocupam lugar essencial no romance. Na época da escalada criativa do romance – e em particular, no período preparatório dessa ascensão – a literatura é inundada de paródias e travestimentos de todos os gêneros elevados (particularmente de gêneros, e não de determinados escritores ou determinadas correntes) – *são as paródias que se apresentam como precursoras, satélites e, num certo sentido, como esboços do romance.* Porém, é característico que o romance não dê estabilidade a nenhuma das suas variantes particulares. Em toda a história do romance desenrola-se uma parodização sistemática ou um travestimento das principais variantes do gênero, predominantes ou em voga naquela época, e que tendem a se banalizar [...]. *Este caráter autocrítico do romance é o seu traço notável como gênero em formação* (1993, pp. 399-400, sublinhados meus).

O teórico russo sublinha em seu ensaio, fundamental para as teorias sobre o romance, o período de instabilidades que determina a "escalada criativa do romance", em que os autores rea-

OS "MISTÉRIOS" PORTUGUESES... 199

lizavam constantes paródias e "travestimentos" dos gêneros em voga, mais até do que períodos ou escritores, como é o caso dos romances portugueses que estudamos. Assim, na mira do romance-folhetim e do *fait divers*, especialmente, mas não sem levar em conta o romance epistolar, o romance policial e o romance de entrecho amoroso e sentimental, gêneros ascendentes nos séculos XVIII e XIX, os escritores realizam diversas misturas que abrem passo a novas formas, que sofrem, por sua vez, constantes hibridizações e que revelam o caráter autocrítico de suas matérias. Essa instabilidade, provocada pela desestabilização das formas originárias, revela o cenário complexo em que o romance começa a desenvolver-se em Portugal, numa constante alternância entre forma estrangeira, forma local e voz narrativa local, que desvela, por sua vez, a profunda compreensão que os escritores tinham de seu meio literário, remetendo-nos à fundamental "posição do observador" (1994, p. 113), como sublinha Espagne, pelo que uma adoção acrítica do temário e das formas anglo-francesas seria, no mínimo, improvável.

Lembra ainda Bakhtin que esse processo, que denomina parodização e travestimento dos gêneros em voga, faz com que os novos e híbridos gêneros sejam "largamente penetrados pelo riso, pela ironia, pelo humor, pelos elementos de autoparodização" (1993, p. 400), de forma que "o romance introduz uma problemática, um inacabamento semântico específico e o contato vivo com o inacabado, com a sua época que está se fazendo (o presente ainda não acabado)" (1993, p. 400). Ressaltemos que todo esse processo pode ser observado quando da comparação entre as obras iniciais de Camilo e Eça: a invasão do riso, da ironia e da paródia, e o caráter formativo dessa fase de suas obras, que levarão a uma produção autônoma, consciente e fundamental para a literatura portuguesa.

Por fim, com o intuito de termos ampliado e contribuído para o estudo comparativo entre a obra inicial de Camilo Castelo Branco e Eça de Queirós relativamente à produção matricial francesa, sublinhamos a necessidade da afirmação do comparatismo em história cultural baseado em critérios críticos e descentralizadores, como vêm a propõem Carlo Ginzburg e Michel Espagne, de modo que o último afirma que o estudo entre dois campos culturais "não pode ser uma relação de influência literária entre dois autores pertencentes a duas áreas linguísticas diferentes" (1999, p. 32).

Conclusões

Este estudo buscou, em primeiro lugar, relativizar uma imagem cristalizada acerca da comparação entre dois grandes romancistas que mereceram incontáveis estudos de uma vasta fortuna crítica: aquela de que os escritores deveriam ser estudados separadamente, ou, ao menos, de que deveria ser reconhecida sua *diferença* fundamental no percurso de ascensão e formação do romance moderno português. Como demonstramos, os escritores compartilham determinadas visões e perspectivas a respeito do público leitor oitocentista, bem como de suas demandas e necessidades, a ponto de sugerirmos que o par Eça e Camilo poderia ser, doravante, analisado a partir da ótica de um percurso similar nos inícios de sua carreira, no qual a diferença que tanto se busca observar em suas obras pode ser mais radicalmente afirmada com relação à França que entre os próprios escritores.

Assim, é lícito afirmar que Eça e Camilo, ou Camilo e Eça, já que a despeito de sua incontornável separação buscamos aproximá-los num percurso relativamente semelhante, de modo que o par que houvemos de formar não tem precedência ou desigual importância, contribuíram igualmente para a formação e ascensão do romance moderno português, mas não somente: também foram ícones fundamentais para a solidificação de um romance original, autônomo e independente, que embora apresentando pontos de contato com o romance francês, aspecto dificilmente contornável, também trouxeram uma evidente faceta crítica. Assim, ressaltamos que os escritores deixaram, definitivamente, um importante legado que deve ser compreendido e valorizado em sua relevância histórico-cultural, pois que foram, ao lado de Júlio Dinis e Almeida Garrett, os grandes romancistas modernos portugueses.

Para tal análise, realizamos um percurso introdutório a respeito da literatura e cultura francesas e sua reiterada hegemonia no século XIX, buscando privilegiar, no entanto, novas perspectivas assentes num comparatismo cultural de base policêntrica e descentralizadora; em seguida, traçamos um estudo analítico do romance-folhetim no século XIX, suas variadas vertentes e seu percurso evolutivo, relacionado às modificações do leitorado francês, da imprensa francesa e da própria literatura como meio de entretenimento.

Após observar o contexto de surgimento do romance-folhetim francês e de sua evolução, passamos a uma estreita comparação entre os romances *Os Mistérios de Paris*, de Eugène Sue, e *Mistérios de Lisboa*, de Camilo Castelo Branco, buscando ressaltar as diferenças que se interpõem no caminho dos romances franceses em direção a Portugal, sublinhando, dessa forma, o posicionamento crítico do indivíduo interpretante.

Verificadas as importantes dessemelhanças entre os romances de Sue e Camilo, passamos ao não menos original romance de Eça de Queirós e Ramalho Ortigão, modelo híbrido e amplamente paródico, no qual buscamos demonstrar a desconstrução que se realizou de um modo de ficção bastante popularizado na época: o *fait divers*.

Por fim, ao aproximar os dois escritores nos inícios de suas carreiras, quando o influxo da literatura francesa era particularmente hegemônico e fazia-se amplamente vigente em Portugal, buscamos comprovar que seus percursos foram pontuados de inúmeras semelhanças e que podem ser lidos através de particularidades histórico-literárias que nos permitem, com efeito, afirmar que constituíram um movimento coletivo de afirmação do romance português e de sua índole crítica.

Finalizamos nossas investigações, portanto, do percurso que leva o romance francês a aventurar-se em terras portuguesas reafirmando a autonomia do sistema literário português frente ao francês, lembrando ainda que estivemos a tratar de grandes mestres (na periferia) do sistema, e que, por isso, certamente prescindem de outras considerações.

Referências Bibliográficas

ALENCAR, Ana Maria de. "O que É o *Fait Divers*? Considerações a Partir de Roland Barthes". In: CASA NOVA, Vera e GLENADEL, Paula (orgs.). *Viver com Barthes*. Rio de Janeiro, 7 Letras, 2005.

ALVES, José Édil de Lima. *A Paródia em Novelas-folhetins Camilianas*. Lisboa, Biblioteca Breve, 1990.

BAKHTIN, Mikhail. "Epos e Romance (Sobre a Metodologia do Romance)". In: *Questões de Literatura e de Estética – A Teoria do Romance*. São Paulo, Editora Unesp, 1993.

BARBIER, Frédéric. "Les marchés étrangers de la librairie française". In: CHARTIER, Roger; MARTIN, Henri Jean; VIVET, Jean-Pierre (orgs.). *Histoire de l' édition française: Le temps des éditeurs – du romantisme à la Belle Epoque*. Paris, Promodis, 1983-1986, 4 vols., t. III, pp. 269--281.

BARTHES, Roland. "Structure du *fait divers*". In: *Essais Critiques*. Paris, Éditions du Seuil, 1964.

_____. *et all. Análise Estrutural da Narrativa*. São Paulo, Vozes, 2008.

BERARDINELLI, Cleonice. "*Anátema*: um Romance Onde 'se Prova que o Autor Não Tem Jeito para Escrever Romances'". In: *Camilo Castelo Branco: No Centenário da Morte*. Santa Barbara, University of California, 1995, pp. 232-240.

_____. "Pela Mão do Narrador". In: *Abrindo Caminhos. Homenagem a Maria Aparecida Santilli*. São Paulo, Revista Via Atlântica, 2002, nº 2.

BERTHO, Catherine. "La concurrence de la presse". In: CHARTIER, Roger; MARTIN, Henri Jean; VIVET, Jean-Pierre (orgs.). *Histoire de l'édition française: Le temps des éditeurs – du romantisme à la Belle Epoque*. Paris, Promodis, 1983-1986, 4 vols., t. III, pp. 399-400.

BORY, Jean-Louis. *Eugène Sue, le roi du roman populaire*. Paris, Hachette, 1963.

BROOKS, Peter. *The melodramatic imagination. Balzac, Henry James, Melodrama and the mode of excess*. Connecticut, Yale University Press, 1995.

BRUNO, Sampaio. *A Geração Nova*. Porto, Lello & Irmão Editores, 1984.

CABRAL, Antonio. *Eça de Queiroz: a Sua Vida e a Sua Obra*. Lisboa, Imprensa Portugal/Brasil, 1944.

CANDIDO, Antonio. "Sob o Signo do Folhetim: Teixeira e Sousa". In: *Formação da Literatura Brasileira (Momentos Decisivos)*. Belo Horizonte, Itatiaia, 1981, 2 vols.

CASTELO BRANCO, Camilo. *Anátema*. In: Obras Completas. Porto, Lello & Irmão Editores, 1982, v. I.

_____. *Doze Casamentos Felizes*. Lisboa, Publicações Europa-América, s.d.

_____. *Mistérios de Lisboa*. Lisboa, Livros Horizonte, 1981, 3 vols.

CASTRO, Andréa Trench de. "De Amores Desmedidos e Narradores Irônicos: a (Anti)heroína Romântica e a Quebra do Lugar-comum". *Revista Criação & Crítica*. São Paulo, volume 7, pp. 1-14, 2011. Disponível em: <http://www.fflch.usp.br/dlm/criacaoecritica/dm-documents/CC_N7_ATCastro.pdf>.

CASTRO, Aníbal Pinto de. *Narrador, Tempo e Leitor na Novela Camiliana*. Vila Nova de Famalicão, Casa de Camilo, 1976.

CHARLE, Christophe. "Le champ de la production littéraire". In: CHARTIER, Roger; MARTIN, Henri Jean; VIVET, Jean-Pierre (orgs.).

Histoire de l' édition française: Le temps des éditeurs – du romantisme à la Belle Epoque. Paris, Promodis, 1983-1986, 4 vols., t. III, pp. 127-157.

CHAUVAUD, Frédéric. "Le *fait divers* en province – présentation". In: *Annales de Bretagne et des Pays de l'Ouest*, Rennes, Presses universitaires de Rennes, 116-1, pp. 7-12, 2009. Disponível em: <www.cairn.info/revue-annales-de-bretagne-et-des-pays-de-l-ouest-2009-1-page-7.htm>.

_____. "Le triple assassinat de la rue Montaigne: le sacre du *fait divers*". In: *Annales de Bretagne et des Pays de l'Ouest*. Rennes, Presses universitaires de Rennes, 116-1, pp. 13-28, 2009. Disponível em: <www.cairn.info/revue-annales-de-bretagne-et-des-pays-de-l--ouest-2009-1-page-13.htm>.

COELHO, Jacinto do Prado. *Introdução ao Estudo da Novela Camiliana*. Lisboa, Imprensa Nacional/Casa da Moeda, 1982-1983, 2 vols.

CRUBELLIER, Maurice. "L' élargissement du public". In: CHARTIER, Roger; MARTIN, Henri Jean; VIVET, Jean-Pierre (orgs.). *Histoire de l' édition française: Le temps des éditeurs – du romantisme à la Belle Epoque*. Paris, Promodis, 1983-1986, 4 vols., t. III, pp. 25-45.

DION, Sylvie. "O *Fait Divers* como Gênero Narrativo". *Literatura, Outras Artes & Cultura das Mídias*. Santa Maria, Revista do Programa de Pós-graduação em Letras da Universidade Federal de Santa Maria, volume 34, pp. 123-131, 2007. Disponível em: <http://w3.ufsm.br/revistaletras/artigos_r34/revista34_8.pdf>.

DUREPAIRE, Anne. "Les drames conjugaux à la fin du XIXe siècle dans la 'Chronique' de la Gazette des tribunaux". *Annales de Bretagne et des Pays de l'Ouest*. Rennes, Presses universitaires de Rennes, 116-1, pp. 89-98, 2009. Disponível em: <www.cairn.info/revue-annales--de-bretagne-et-des-pays-de-l-ouest-2009-1-page-89.htm>.

ECO, Umberto. "Retórica e Ideologia em *Os Mistérios de Paris* de Eugène Sue". In: *Apocalípticos e Integrados*. São Paulo, Perspectiva, 1979.

ESPAGNE, Michel. *Les Transferts Culturels Franco-allemands*. Paris, Presses Universitaires de France, 1999.

_____. "Sur les limites du comparatisme en histoire culturelle". *Gèneses*, vol. 17, nº 1, pp. 112-121, 1994. Disponível em: <http://www.persee.fr/web/revues/home/prescript/article/genes_11553219_1994_num_17_1_1266>.

_____. "Transferts culturels et histoire du livre". In: BARBIER, Frédéric. *Histoire et Civilisation du Livre. Revue Internationale V.* Genève, Librairie Droz, 2009.

FERRO, Marc. "*Fait divers*, fait d'histoire". *Annales. Économies, Sociétés, Civilisations*, 38e année, nº 4, pp. 821-826, 1983. Disponível em: <http://www.persee.fr/web/revues/home/prescript/article/ahess_03952649_1983_num_38_4_410962>.

GENETTE, Gérard. "Voix". In: *Figures III*. Paris, Éditions du Seuil, 1972.

_____. *Paratextos Editoriais*. São Paulo, Ateliê Editorial, 2009.

GINZBURG, Carlo. *A Micro-história e Outros Ensaios*. Rio de Janeiro, Bertrand Brasil, 1991.

GRAMSCI, Antonio. "Literatura Popular". In: *Literatura e Vida Nacional*. Rio de Janeiro, Civilização Brasileira, 1978.

GUIMARÃES, Valéria. "Apontamentos para a História do *Fait Divers* no Brasil". *Dossiê Policial*, Revista PJ: BR, ECA, São Paulo, edição 7, s/p, 2006. Disponível em: <http://www.eca.usp.br/pjbr/arquivos/dossie7_d.htm>.

HAMON, Philippe & VIBOUD, Alexandrine. *Dictionnaire Thématique du "Roman de Moeurs" et de la Nouvelle Realiste et Naturaliste.* Paris, Presses Sorbonne Nouvelle, 2003.

LOURENÇO, Eduardo. "Situação de Camilo". In: *O Canto do Signo – Existência e Literatura*. Lisboa, Editorial Presença, 1994.

LYONS, Martyn. "Les best-sellers". In: CHARTIER, Roger; MARTIN, Henri Jean; VIVET, Jean-Pierre (orgs.). *Histoire de l' édition française: Le temps des éditeurs – du romantisme à la Belle Epoque.* Paris, Promodis, 1983-1986, 4 vols., t. III, pp. 369-401.

LUQUET, Isabelle. "Émile Zola et le journalisme". In: CHARTIER, Roger; MARTIN, Henri Jean; VIVET, Jean-Pierre (orgs.). *Histoire de l' édition française: Le temps des éditeurs – du romantisme à la Belle Epoque.* Paris, Promodis, 1983-1986, 4 vols., t. III, pp. 144-145.

MARINHO, Maria de Fátima. "O Romance-folhetim ou o Mito da Identidade Encoberta". In: *Camilo Castelo Branco: No Centenário da Morte*. Santa Barbara, University of California, 1995, pp. 218-231.

MARX, Karl. "A 'Crítica Crítica' na Condição de Merceeira de Mistérios ou a 'Crítica Crítica' Conforme o Senhor Szeliga". In: MARX, K. & ENGELS, F. *A Sagrada Família*. São Paulo, Boitempo, 2003.

MEYER, Marlyse. *Folhetim: uma História*. São Paulo, Companhia das Letras, 1996.

_____. "Um Fenômeno Poliédrico: o Romance-folhetim Francês do Século XIX". In: *Revista Varia Historia*. Belo Horizonte, nº 19, 1998, pp. 38-50.

MINÉ, Elza. *Páginas Flutuantes: Eça de Queirós e o Jornalismo no Século XIX*. São Paulo, Ateliê Editorial, 2000.

MOLLIER, Jean-Yves. *A Leitura e seu Público no Mundo Contemporâneo: Ensaios sobre História Cultural*. Belo Horizonte, Autêntica, 2008.

_____. "La construction du système éditorial français et son expansion dans le monde du XVIIIe siècle au XXe siècle". In: MICHON, Jacques & MOLLIER, Jean-Yves (orgs). *Les Mutations du Livre et de l'Édition dans le Monde*. Canadá, Presses de l'Université Laval, 2001.

MONTANDON, Allain. *Le Roman au XVIIIe Siècle en Europe*. Paris, Presses Universitaires de France, 1999.

MONTEIRO, Ofélia Paiva. "Um Jogo Humorístico com a Verossimilhança Narrativa: O Mistério da Estrada de Sintra". In: *Revista Colóquio/Letras*. Lisboa, nº 86, 1985, pp. 15-23; nº 97, 1987, pp. 5-18; nº 98, 1987, pp. 38-51.

MORETTI, Franco. *Atlas do Romance Europeu*. São Paulo, Boitempo, 2003.

_____. "Conjecturas sobre a Literatura Mundial". In: *Contracorrente: o Melhor da New Left Review em 2000*. SADER, Emir (org.). Trad. Maria Alice Máximo *et al*. Rio de Janeiro, Record, 2001.

_____. "O Século Sério". In: *Novos Estudos CEBRAP*, nº 65. São Paulo, CEBRAP, 2003 (b), pp. 3-33.

OLIVIER-MARTIN, Yves. *Histoire du Roman Populaire en France*. Paris, Albin Michel, 1980.

PERROT, Michelle. "*Fait divers* et histoire au XIXe siècle". *Annales. Économies, Sociétés, Civilisations*, 38e année, Numéro 4, pp. 911--919, 1983. Disponível em: <http://www.persee.fr/web/revues/home/prescript/article/ahess_03952649_1983_num_38_4_410967>.

PONS, Christian-Marie. "Littérature populaire: le livre déterritorialisé". In: MICHON, Jacques & MOLLIER, Jean-Yves (orgs.). *Les Mutations du Livre et de l'Édition dans le Monde*. Canadá, Presses de l'Université Laval, 2001.

QUEIRÓS, Eça de & ORTIGÃO, Ramalho. *O Mistério da Estrada de Sintra*. Porto, Lello & Irmão Editores, 1963.

QUEIRÓS, Eça de. *Obras de Eça de Queirós*. Porto, Lello & Irmão Editores, 1986, 4 vols.

_____. *Páginas de Jornalismo: O Distrito de Évora*. Porto, Lello & Irmão Editores, 1981, 2 vols.

RAMOS, Graciliano. *Infância*. Rio de Janeiro, Record, 2008, 41. ed.

REIS, Carlos. "Camilo e a Poética do Romance". In: *Camilo Castelo Branco: No Centenário da Morte*. Santa Barbara, University of California, 1995, pp. 63-74.

RODRIGUES, Ernesto. *Mágico Folhetim: Literatura e Jornalismo em Portugal*. Lisboa, Editorial Notícias, 1998.

SARAIVA, António José & LOPES, Óscar. *História da Literatura Portuguesa*. Rio de Janeiro, Companhia Brasileira de Publicações, 1969.

SANT'ANNA, A. R. de. *Paródia, Paráfrase e Cia*. São Paulo, Ática, 2006, 7. ed.

SEIXO, Maria Alzira. *O Rio com Regresso e o Diálogo no Romance: Ensaios Camilianos*. Lisboa, Editorial Presença, 2004.

SIMÕES, João Gaspar. *Eça de Queiroz*. Lisboa, Edições Dois Mundos, 1945.

_____. *História do Romance Português*, Lisboa, Estúdios Cor, 1969-1972, 3 vols.

SUE, Eugène. *Les mystères de Paris*. Paris, Robert Laffont, 1989.

THIESSE, Anne-Marie. "Le roman populaire". In: CHARTIER, Roger; MARTIN, Henri Jean; VIVET, Jean-Pierre (orgs.). *Histoire de l' Édition Française: Le temps des éditeurs – du romantisme à la Belle Epoque*. Paris, Promodis, 1983-1986, 4 vols., t. III, pp. 455-469.

TORTEL, Jean. "Qu'est-ce que la paralittérature?" In: NOEL, Arnaud; LACASSIN, Francis; TORTEL, Jean (orgs.). *Entretiens sur la Paralittérature*. Paris, Plon, 1970, pp. 9-25.

VASCONCELOS, Sandra Guardini. *Dez Lições sobre o Romance Inglês*. São Paulo, Boitempo, 2002.

WATT, Ian. "O Realismo e a Forma Romance". In: *A Ascensão do Romance*. São Paulo, Companhia das Letras, 1990.

ZOLA, Émile. *Les Mystères de Marseille: roman historique contemporain*. Marseille, A. Arnaud, 1867. Disponível em: <http://gallica.bnf.fr/

Search?ArianeWireIndex=index&p=1&lang=PT&q=les+mysteres+de+marseille>.

_____. *Les Mystères de Marseille*. Paris, G. Charpentier et Cie. Éditeurs, 1884.

Sobre a Autora

Graduada e licenciada em Português e Linguística pela Universidade de São Paulo, Andréa Trench de Castro obteve o título de Mestra pelo Departamento de Letras Clássicas e Vernáculas da mesma universidade e é atualmente doutoranda do Programa de Estudos Comparados de Literaturas de Língua Portuguesa da Universidade de São Paulo e bolsista do Conselho Nacional de Desenvolvimento Científico e Tecnológico, desenvolvendo pesquisa a respeito das relações histórico-literárias entre Brasil e Portugal, especificamente sobre as obras de Graciliano Ramos e José Saramago.

No âmbito dos Estudos Comparados de Literaturas de Língua Portuguesa, tem artigos e trabalhos publicados em revistas acadêmicas no Brasil e em Portugal e em Anais de Congressos a respeito de variados autores, especialmente Camilo Castelo Branco, Eça de Queirós e Graciliano Ramos.

Tem experiência na área de Literatura Comparada, na qual desenvolve pesquisas relacionadas às literaturas brasileira e portuguesa. Atualmente, coordena o grupo de pesquisas "Estudos comparados: Graciliano Ramos: pontes literárias, socioculturais e com outras artes", juntamente com o professor Benjamin Abdala Junior.

Título	*Caminhos do Romance em Portugal:*
	Camilo, Eça e o Folhetim Francês
Autora	Andréa Trench de Castro
Editor	Plinio Martins Filho
Produção Editorial	Aline Sato
Capa	Tomás Martins (projeto)
	Henrique Xavier (ilustração)
Revisão	Ateliê Editorial
Editoração Eletrônica	Mariana Real
	Camyle Cosentino
Formato	12,5 × 20,5 cm
Tipologia	Minion Pro
Papel	Chambril Avena 80 g/m² (miolo)
	Cartão Supremo 250 g/m² (capa)
Número de Páginas	216
Impressão e Acabamento	Cromosete